DA CEHUA

大策划

丁洪　主编

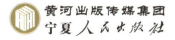
黄河出版传媒集团
宁夏人民出版社

图书在版编目（CIP）数据

大策划 / 丁洪主编. —— 银川：宁夏人民出版社，
2023.12
ISBN 978-7-227-07908-8

Ⅰ．①大… Ⅱ．①丁… Ⅲ．①新闻报道 – 作品集 – 中国 – 当代 Ⅳ．① I253

中国国家版本馆 CIP 数据核字（2024）第 020155 号

大策划   丁洪 / 主编

责任编辑　管世献
责任校对　陈　浪
封面设计　姜善玉
责任印制　侯　俊

黄河出版传媒集团
宁夏人民出版社　出版发行

出 版 人　薛文斌
地　　址　宁夏银川市北京东路 139 号出版大厦（750001）
网　　址　http：//www.yrpubm.com
网上书店　http：//www.hh–book.com
电子信箱　nxrmcbs@126.com
邮购电话　0951–5052104 5052106
经　　销　全国新华书店
印刷装订　宁夏银报智能印刷科技有限公司
印刷委托书号　（宁）0028308

开　　本　787 mm×1092mm　1/16
印　　张　23
字　　数　290 千字
版　　次　2023 年 12 月第 1 版
印　　次　2023 年 12 月第 1 次印刷
书　　号　ISBN 978-7-227-07908-8
定　　价　58.00 元

不惟止于此（序）

■ 丁 洪

却墨悬毫，归册付梓，《大策划》权为小结。

记录大时代是我们的职责。然则，我们，不仅限于此。媒体人之使命依然艰巨与悠远。时代文明的步伐迅疾与扩张，令人应接不暇。发现、追寻、记录、传递，镌刻瞬息万变的时代亮点，梳理纷呈澎湃的历史脉络，并升华和厚植其文化内涵的职责，离不开传媒人。

银川市新闻传媒中心是一个集报纸、电视、广播、网站、新媒体于一身的全媒体集团，面对大时代就必须有厚重的担当、深度的挖掘、权威的发布，以及在新的传播格局和传播技术的当下，需要更多创新实践与突破。

信息技术飞奔的融媒体时代，催生出多维多元、复杂纷呈的信息传播格局。无人能够阻挡时代潮流的万千变化，无人能够抵御扑面而来的爆裂信息。

媒体人的定力与功力，敏锐与涵养，决定着信息良莠的甄别，是非曲直的认知，舆情导向的判正，继而影响着社会正向。

恪守传统主流媒体主导地位，丰富新型媒介的灵便高效，互补互济，相得益彰，才能更好地诠释"全程媒体、全息媒体、全员媒体、全效媒体"的思想内涵，才能与时俱进地丰富锤炼媒体的"传播力、引导力、影响力、公信力"。

因此，传媒"策划"，愈显举足轻重。

银川市新闻传媒中心的"策划"，从体制机制运行，到新闻内容的攫取、产生，到传播手段的更新完善，与时俱进地持续推进。循沿着由表入里，由浅入深，由"小"渐"大"的趋向。

譬如，疫病肆虐的 2020 年，注定铭刻人类历史长河；也注定将记录抗疫的"大策划"彪炳史册。

这一年，银川传媒人的拼搏奋进气质，抵御着寰宇阴霾，书写着令业界瞩目的新闻"策划"大手笔。这一年，银川传媒人尽情展示着强大的凝聚力、创新力、执行力、聪慧才智及职业理念。

我们，站位高远地谋划、精选了 7 个大型新闻宣传报道主题工程——15 省区城市跨年直播、母亲河生态保护示范解读、百年地震遗址记忆、沿黄河 9 省区脱贫攻坚融媒体报道、高铁开通播报、葡萄产业展示等。以精到专业的智慧和素养，充分发挥融媒体矩阵优势，全员携手，全媒策划，全线联动，全点齐发，全位传递。坚持唱响主旋律，打好主动仗，谱写了政通人和、百业隆昌、家国情怀、生态保护、民生富强等恢宏篇章，也更进一步推动了融媒体格局下传播功能的创新创造与突破。

《大策划》，承载着高举旗帜、弘扬新时代的宗旨信念；维系着关爱受众服务民生的新闻情怀；凝聚着媒体人的心心向往；映衬着激浊扬清的职业操守；检验着信息传播新技术新手段的实践功能。

《大策划》，创建创新出了媒体人无穷的正气、信心、希望，蓄积了融媒体矩阵持续向前的力量。

《大策划》，给予媒体人些许启示与思考：守正、敬业、聚力与不断地创新，才能行稳致远，迈向辉煌。

守正——主流媒体，就是要立场坚定，高瞻远瞩；固守正道，紧扣时代主旋律。

敬业——就是希望每个媒体从业者，脚踏实地，以业为本，拍摄好每一帧画面，精雕每一篇华彩文章，传输好每一波跃动的信号，做好自己。

聚力——集体智慧是促推融媒体事业向更高更远发展永不枯竭的力量源泉。

创新——创新是融媒体时代永恒的主题。我们在创新中赢得了先机，我们还将一往无前地持续创出一片新的天地。

时代奔流不息，媒介任重道远。

往日已去矣，今朝正待时。媒体人的"大策划"，不惟止于此。

据此为序，共勉同行。

目 录

第六章　全媒体联制联播系列纪录片《脱贫攻坚　黄河大合唱》（节选）

第七章　银川日报社《北纬38度的世界荣耀》特刊

第一章

―――――◎―――――

2020—2021 全媒体跨年直播

总 策 划：李　虹

策　　划：邬　鹏　李建宁　丁　洪　孙晓梅

总 监 制：张心泽　罗　靖　陈宝全　陈卫华

策划执行：孙　磊　贾　蕊　申　亮

2020 年 12 月 31 日晚 20：30

银川电视台、集团各新媒体平台同步直播

全媒体跨年直播是银川市新闻传媒中心"守正创新"的品牌活动

也是银川市新闻传媒中心每年规模最大

动用工作人员最多、技术含量最高的一项直播活动

2020—2021 跨年直播已是连续第四年举办

创新·突破·尝试

——2020—2021 全媒体跨年直播策划手记

■ 申 亮

2020 年 12 月 31 日 20：30，由银川市委宣传部主办、银川市新闻传媒中心承办，石嘴山市新闻传媒中心、吴忠市新闻传媒中心、固原市新闻传媒中心、中卫市新闻传媒中心、襄阳广播电视台、福州广播电视台、西安广播电视台联合协办的"蓄势再出发，奋斗正当时"2020—2021 大型全媒体跨年直播在多地多个媒介平台同步直播。

直播当晚，仅银川发布客户端就有 29.7 万人次观看，由本次跨年直播衍生出的短视频作品，在抖音号、视频号等短视频平台的总播放量近千万。

全媒体跨年直播是银川市新闻传媒中心"守正创新"的品牌活动，也是银川市新闻传媒中心每年规模最大、动用工作人员最多、技术含量最高的一项直播活动。2020—2021 年跨年直播已是连续第四年举办。

不平凡 2020 年，我们用这样的跨年直播记录

2020 年底，当跨年直播的策划放在工作人员案头，

他们心底涌起更多的使命感和责任感。

2020 年是太不平凡的一年，有太多故事值得铭记，有太多情绪需要释放，有太多理由激起我们创作的欲望。因此，这一年的跨年直播注定要和往年不同，而创新、突破和尝试，本就是每年跨年直播的核心动力，如果只是按照固定套路，平稳地重复每一年的规定动作，那么对于推进媒体融合来讲就毫无意义，也无法刺激主创团队的创作欲望。

1. 更有温度的表达方式，去呈现宏大的主题

每年的跨年直播虽然一直在寻求突破和创新，但是有一个问题始终没有得到很好的解决，那就是总想着既要有政治高度，又要有民生温度，既要回顾和展示一年来银川经济社会发展的成就，又想着在跨年夜这样一个新年氛围里，体现万家灯火的烟火气息，但二者的展现形式并没有很好地融为一体，想要两边"讨好"，结果两边有些脱节，"宏大"的部分和"热闹"的部分像是"两张皮"，生硬地组接在了

跨年直播主持人与观众互动当中

（图片由申亮提供）

一起，所以有些环节给人感觉虽然完成了任务，但是"并不好看"。

王家卫在《一代宗师》里有句旁白"一味求全等于故步自封"，其实过去的问题就出在"一味求全"，总想"包罗万象""一锅杂烩"，结果就出现了"两张皮"的问题。

虽然是一场新闻类的跨年直播，而不是一台娱乐狂欢性质的跨年晚会，但是既然要面向广大受众、要体现传播力和影响力，就要与广大受众找到"共情""共鸣"之处，让人们觉得这台跨年直播"好看""接地气"，这尤为重要。当然，这不代表不要政治高度了，相反是要用更加时尚、更加贴近、更有温度的表达方式，去呈现宏大的主题，去展示这座城市和这里的人们在2020年共同的记忆。

经过几轮讨论，基本的架构成型。2020年的跨年直播将以《温暖》《圆梦》《飞驰》三大篇章，承载"战疫""圆梦小康""银西高铁通车"和"全国文明城市四连冠"这2020年的四大主题。同时，一场宁夏五市好物跨年带货直播和一场跨年夜"心愿墙"圆梦行动贯穿始终，前者是利用"带货"的风口，展示推介宁夏各地优质的农副产品，契合"脱贫攻坚"的主题，而带货主播是宁夏最具影响力的网红——"小李飞叨"李洋和银川、石嘴山、吴忠、固原、中卫五市的主持人，在前期的预热宣传中，这是一大卖点；后者则是为了体现一座文明城市的温度，同时在跨年夜上门为弱势群体圆梦，本身也具有话题度和关注度，为跨年之夜增添了美好之感。

2. 直播辐射范围又拓展

除了创新与突破，辐射范围的不断拓展，也成了银川跨年直播的特色。从第一年在银川本地直播，到第二年将范围拓展到三市一地，再到第三年将范围拓展到宁夏五市，2020年的跨年直播，走出宁夏成了一个必然的选择。这一年，根据"战疫""全面小康"和"银西高铁通车"三个主题，我们分别选择了襄阳、福州和西安，在三个篇章与银川进行互动。

在第一篇章《温暖》中，银川与襄阳互动，展现 2020 年驰援襄阳共同战"疫"当中结下的深情厚谊。

在第二篇章《圆梦》中，银川与福州互动，在决战脱贫攻坚之年展现"闽宁协作"的"山海情"。

在第三篇章《飞驰》中，银川与西安互动，在银西高铁通车之际唱一出"双城记"。

跨年之夜，银川与这三座城市的同频共振，严丝合缝地配合了三大篇章的主题，当晚也的确成了三个篇章里最大的亮点。

为了实现"有政治高度"和"有烟火气息"相统一的这个目标，在这次跨年直播的策划中，我们选择了更多百姓喜闻乐见的表现形式。比如邀请银川的相声团体"砚家班"专门创作和录制了相声《银川 2020》作为热场节目，奠定了整场直播的热烈氛围；比如在"银川—西安"的《双城记》当中，借鉴了一些综艺节目的表现形式，请银川的记者感受西安的风土人情，请西安的记者体验银川的风土人情，又把这种互相体验做成了两座城市之间的三轮PK；又比如，专门创作了五首翻唱的 MV 来晒宁夏五市的文旅，还邀请本地歌手或乐队演唱符合三个主题的歌曲，制作成精美的 MV，作为三大篇章的划分节点，大大增加了本次直播当中"唱"的篇幅，而这样的歌唱又和每个篇章的主题息息相关。这些创新，极大提升了整场直播的可看性和趣味性，同时也没有削弱它的政治属性和艺术格调。

3. 内容创新，"云相聚"中惊喜连连

对于"战疫""圆梦小康""银西高铁通车""全国文明城市四连冠"几个主题的表现，在策划时主创团队都

更加注重"故事性""可看性"和"贴近性"，尽可能通过一些细节、一些设计、一些处理方式，让网友在观看时能够"共情""共鸣"。

比如在当晚连线地点的选择上，主创团队特别选择了2020年银川网红食品——炉馍的生产车间。主人公是来自西海固的生态移民，现在日子富起来了，当晚热气腾腾的生产车间，恰恰如同热气腾腾的生活，象征意义强，符合篇章主题，网友的垂涎还增加了它的热度。

在此次跨年直播中，主创团队特别注重"视频通话"带来的情感冲击和催泪效果。除了记者的5G连线外，整场直播中共设计了三次视频通话。

第一次，银川市第一人民医院15位曾经驰援襄阳的医护人员，在两地媒体的精心安排下，跨年之夜与曾经并肩战斗的襄阳老河口市人民医院医护人员来了一次惊喜的"云相聚"，因为事先始终保密，现场双方的真情流露，催人泪下。

第二次，银川市第一人民医院的援襄医生付晶琏在驰援襄阳期间，父亲心梗做了手术，但付晶琏选择了坚守在襄阳。跨年之夜，记者到付晶琏父母的家中探访，并且现场直播了值班中的付晶琏与其父母视频互致新年问候的场景，战"疫"英雄与父母之间的互动，让人感受到他们平凡而温暖的一面。

第三次视频通话，来自福建省原扶贫办主任林月婵与闽宁镇村民谢兴昌等人，他们也分别是电视剧《山海情》中林月娟与马得福的原型人物。曾亲眼见证闽宁镇拔地而起的林月婵老人，始终关心着闽宁镇的发展变化，她和闽宁镇乡亲的互动，现场非常打动人。

这几次视频通话，成为当晚跨年直播当中的几次泪点，通过普通人的情感流露，打动了观众，也升华了主题。

而这种情感的互动，不只体现在人与人之间，也体现在城市与城市之间。

湖北襄阳在金庸先生笔下，便是一座有情有义的侠义之城。在跨年直播中，主创团队专门借金庸武侠的外衣，策划了一个名为《援鄂英雄传》的短视频，来展现六批宁夏援鄂医疗队"侠之大者，为国为民"的风范。而襄阳市也对宁夏人民的无私援助始终心怀感恩，为了配合本次跨年直播，当地媒体与住建部门沟通，使汉江沿岸建筑群在跨年之夜，亮起了向宁夏、辽宁问候新年的"感恩灯光秀"，引来当地和各地媒体极大关注，也成为当晚跨年直播中非常动人的画面。

4. 传播平台进一步拓展

全媒体跨年直播的定位是一个融产品，针对更多受众转向移动端的现实情况，本次全媒体跨年直播从预热阶段到直播阶段，都更加侧重在移动端的传播，除了电视、广播、宁夏五市的客户端同步直播之外，银川市新闻传媒中心所属七个抖音号进行了同步直播，进一步拓展了在移动端的传播范围。

同时，这也是宁夏地区的新闻类直播第一次把带货直播作为一个分会场引入节目现场并实时连线，使更多的新媒体基因融入到了这场直播当中。

另外在跨年直播结束后，直播当中所有精彩短片都在各抖音号、视频号等短视频平台进行了二次加工和推送，使跨年直播的热度得以延续，也使这些优秀的短视频作品得以更广泛、更多样地传播。

5. 新技术支撑，零差错跨省直播

新技术的尝试和运用，也是每年跨年直播的看点之一。此次跨年直播，最大的亮点在于银川市第一人民医院和襄阳老河口第一人民医院的连线，而这次连线从技术上难度

跨年直播主
演播室外忙
碌的各个工
种工作人员

（图片由申亮提供）

极大，既要保证银川和襄阳的两路信号进入演播室，又要
保证银川和襄阳的医护人员能够进行直接的交流。

　　经过银川市新闻传媒中心和襄阳广播电视台双方技
术人员对多种技术方案的测试，最终，通过利用 NDI 技
术及公有云平台，并采用多级 M/E 多个开窗填充两地信
号，送至各级及各自的现场大屏，实现了基于 5G 网络下
两地低延时互动。在我集团的跨年直播当中，首次尝试了
双现场、高质量的实时互动，又保证了现场直播在线包装
的高清画面效果。在各个部门的密切合作和精心准备下，
正常直播没有发生任何技术事故，以零差错顺利完成了本
场直播任务。

　　2020—2021 跨年直播结束后，收到大量的反馈：更
像一个跨年的节目了，有节日氛围，有烟火气息，在政治
高度和民生温度之间、在"有意义"和"有意思"之间、
在"严肃性"和"接地气"之间做到了平衡，取得了良好

的观看效果。

相关链接

这些年，我们这样直播跨年

近年来，每年的最后一天，各大省级卫视的群星跨年演唱会都是星光闪耀。虽然娱乐化的跨年节目比较符合节日氛围，但在每年这样一个特殊的节点上，除了娱乐和狂欢之外，是不是可以有更多的理性思考和家国情怀？仅仅用群星演唱会的方式去跨年，再让人眼花缭乱也显得单薄乏味。对于人们来说，跨年除了娱乐之外，或许更需要找寻一个富有仪式感和标识度的东西，去总结过去一年的得与失，展望新一年的目标与梦想。

所以有不少媒体开始试水，在娱乐与狂欢之外，打造出优质的、干货更多、受众面更广的全新跨年产品，比如深圳卫视打造的知识跨年就曾收获了不小的成功。

开启宁夏地区首场全媒体跨年直播

第一场新闻类的跨年直播是哪一个媒体所举办，目前已难以考证。但 2017 年 12 月 31 日，由银川市新闻传媒中心打造的《新时代·新气象·新作为 2018 银川·你好》大型全媒体跨年直播，应当是较早一批的探索者。

银川市新闻传媒中心第一次尝试跨年直播，实际上脱胎于银川电视台一年一度的《电视施政》节目。《电视施政》是银川电视台品牌栏目《电视问政》的姊妹篇，每年年末，《电视施政》会邀请银川市各职能部门的"一把手"到节目现场向市民述职，介绍过去一年的工作成绩，确定未来一年的工作目标。但这样的形式略显枯燥，不够"接地气"。所以在2017年的年末，银川市新闻传媒中心开始策划全媒体跨年直播。

在内容的设置上，既有对银川过去一年重大事件的回顾和梳理，也有与民生息息相关的职能部门负责人向市民的年终汇报，更有广大市民对崭新一年的憧憬与展望。而从传播平台和表现形式上，则从《电视施政》时期单一的电视直播，转为了全媒体融合传播。多路全媒体记者在跨年之夜深入城市的大街小巷，通过现场连线，关注了不同群体的跨年方式，全景展现了一座城市迈入崭新一年的景象。

这场直播开启了宁夏地区首场全媒体跨年直播，直播取得了极大成功，受到了业内人士及广大受众一致好评，取得了良好的社会效益与经济效益。

江苏师范大学传媒与影视学院院长唐宁教授评价：在全国各大卫视花巨资搞跨年演唱会，进行同质化竞争之时，银川市新闻传媒中心大胆创新，坚持唱响主旋律，打好主动仗，凝聚民心，点燃激情，在党和政府与市民之间搭建了交流与沟通的平台，是融合生产传播的成功实践。

跨区域联合直播再创新亮点

2018年12月31日，由银川市新闻传媒中心主办，石嘴山市新闻传媒中心、吴忠市新闻传媒中心、宁东基地管委会协办的"建设美丽新宁夏 共圆伟大中国梦"2018—2019大型全媒体跨年直播成功举办。在银川、石嘴山、吴忠、宁东基地的范围内，有近48万人次通过当地的新媒体平台关注了这场跨年直播，而电视直播的收视率最高也达到了1.47，传播效果均创各平台当年最高水平。广播融媒直播间与全媒体演播室的互动、县区融媒中心通过金鹊云平台与主会场的互动，都是这次跨年直播的亮点。

2019 年 12 月 31 日进行的"奋进新时代——我们都是追梦人"2019—2020 大型全媒体直播，再次拓展了覆盖范围，首度推出了宁夏五市联袂跨年，同时首次应用 5G+4K 的技术，用 5G 手机和 4K 高清盒子传回的画面清晰稳定，给了跨年直播的广大受众全新的视觉体验，也为今后 5G 技术和 4K 技术在新闻节目当中的运用积累了经验。

回首过去四年的跨年直播，它的品牌价值不断提升，市民认同度不断提高，传播的广度不断拓展，融合的深度在不断推进。而在这个过程当中，敢于创新、敢于尝试、敢于突破求变，敢于走出本地，敢于设想，也敢于实现，已经成为跨年直播的一个基因，而这或许是比跨年本身更加重要的意义。

每年跨年直播结束后的固定动作——大合影

（图片由申亮提供）

蓄势再出发　奋斗正当时

——2020—2021 全媒体跨年直播

【开播时间】2020 年 12 月 31 日 20：13
【预 热 片】预热片：砚家班相声《银川 2020》
【片　　头】20：30 准时开始
【主 持 人】马　俊　郑姗姗

【马　俊】大家好，这里是由银川市委宣传部主办，银川市新闻传媒中心承办，石嘴山市新闻传媒中心、吴忠市新闻传媒中心、固原市新闻传媒中心、中卫市新闻传媒中心、襄阳广播电视台、西安广播电视台、福州广播电视台共同协办的"蓄势再出发　奋斗正当时——2020—2021全媒体跨年直播"活动的现场，我是马俊。

【郑姗姗】各位观众、听众朋友以及各位网友，大家好！我是郑姗姗！

【马　俊】我们今天的节目正在通过银川电视台公共频道进行现场直播；手机用户可以通过"银川发布"新闻客户端观看并且与我们互动，同时，您还可以通过今日石嘴山、看吴忠、云端中卫、今日固原客户端上提供的直播链接收看。另外，直播银川、这里是银川、《银川晚报》、银川新闻联播、银川发布、银川新闻网、《银川日报》的抖音号也在抖音平台上同步直播，开车的朋友还可以选择通过 FM90.5、AM801 银川新闻综合广播，FM100.6 银川交通音乐广播收听我们的节目！

【郑姗姗】现在是 2020 年 12 月 31 日晚 8 点 32 分，再过三个多个小时，我们将挥手告别难忘的 2020 年，迈进满怀憧憬的 2021 年。今天，我们将继续用跨年直播的方式，和您一起辞旧迎新，在此，我们两位主播先要祝大家——新年快乐，万事如意。

【马　俊】回望 2020 年，注定是极不平凡的一年。这一年，我们坚持人民至上、生命至上，以坚定果敢的勇气和坚忍不拔的决心，取得了疫情防控的阶段性胜利；这一年，我们消除了绝对贫困，全面建成小康社会，写下中华民族发展史浓墨重彩的一笔；这一年，银西高铁开通，宁夏全面融入全国高铁大网。即将到来的 2021 年，是"十四五"规划的开局之年，是"两个一百年"奋斗目标交汇与转换之年，也是建党 100 周年，在这样一个重要的时间节点，让我们共同祝愿我们的祖国越来越富强，人民生活越来越富足。

【郑姗姗】大河流日夜，慷慨歌未央。刚刚，习近平主席发表了新年贺词，向全国人民致以新年的美好祝福。正如习近平主席贺词中所说的那样：站在"两个一百年"奋斗目标的历史交汇点，全面建设社会主义现代化国家新征程即将开启。征途漫漫，惟有奋斗。我们通过奋斗，披荆斩棘，走过了万水千山。我们还要继续奋斗，勇往直前，创造更加灿烂的辉煌！聆听新年贺词，我们体味着奋进中国踏浪前行的不凡历程，触摸经济社会澎湃跳动的韵律，更坚定着我们不断梦想成真的期待与自信。

【马　俊】蓄势再出发，奋斗正当时。我市以党的十九届五中全会精神和习近平总书记视察宁夏重要讲话精神为指引，坚决贯彻落实中央、自治区和银川市战略部署，努力建设黄河流域生态保护和高质量发展先行区，全面开启建设社会主义现代化新征程。

【郑姗姗】再见，2020，感谢每一个你我，在风雨兼程中的奋斗同行；你好，2021，让我们继续追逐梦想，勇毅笃行。

【马　俊】说到跨年直播，相信不少观众、听众以及网友都知道，这是我们连续第四年在这样的日子、用这样的方式陪伴大家一起迎接新年。今年，除了石嘴山、吴忠、固原、中卫四市继续和我们携手共度，我们的足迹还延伸到了襄阳、福州、西安等地，在疫情阻击、脱贫攻坚、高铁通车三个关键词的回忆与记录中，它们也将把各自与银川的缘分延续到新的一年当中。

【郑姗姗】同时，一场"跨年带货直播"也在我们的融媒体中心同步进行当中，那么有人要问了，带货的是谁呢？咱们先卖个关子，一会儿揭晓！如果您正在使用手机移动端收看，那您可要注意了，从现在起，我们会不定时地在直播平台里发现金红包！估计刚才已经有不少网友抢到了！别着急，请您始终关注，越往后红包越多！

【马　俊】凡是过往，皆为序章。在这个特殊时间节点，让我们一起在时间的回望中，追忆这座城市载入历史时刻的关键节点，感受经济社会发展的蓬勃脉动。

短片：《2020 银川大事记》

【短片梗概】以配乐片的形式，梳理回顾 2020 年银川社会经济发展进程当中，那些让人难忘的瞬间。

【马　俊】"社会主义是干出来的，幸福是奋斗出来的"。实现中国梦，每一个人都是主角，大家有多拼，我们的梦就有多美。希望大家在新的一年，以梦为马，继续拼搏，不负韶华。

【郑姗姗】是的，拼搏多一分，距离梦想就更近一步。看完 2020 年最难忘的瞬间，让我们把目光转向现在。此时此刻，在咱们银川的大街小巷已经充满了新年的味道，现在我们就连线正在大阅城采访的全媒体记者张佳丽，看看那里的情况！佳丽，你好！

5G 连线：大阅城

【连线内容】全媒体记者张佳丽在银川最大的城市商业综合体建发大阅城，介绍当晚市民迎接新年的氛围。

【郑姗姗】谢谢张佳丽给我们带回的报道，今年可能是最冷的一个跨年了，但是依然能感受到这种热乎劲儿。说到购物，其实十年前，咱们银川人还不太有"商圈"的概念，转街只能是逛逛步行街、新华街，最多再去个商城。随着金凤万达、建发大阅城等为代表的城市商业综合体先后投入运营，让咱百姓告别了"买衣服在商场，吃饭到处找饭馆，再过几条马路找影院"的传统消费方式。

【马　俊】事实上，银川市已经成为方圆 500 公里以内，涵盖陕、甘、宁、内蒙古周边地区的"消费之都"。商业形式之变，从某种程度上也折射出咱们百姓的生活越来越好。

【郑姗姗】百姓的生活越来越好，居民的消费潜力就能够被充分激发，这对于繁荣经济、畅通国内大循环是至关重要的。我们也期待每一个人的生活都能越来越好。好的，接下来我们再连线正在宁阳广场怀远不夜城采访的全媒体记者滕戈，看看那里的情况又怎么样呢？你好，滕戈！

5G 连线：宁阳广场

【连线内容】全媒体记者滕戈在西夏区宁阳广场怀远不夜城感受 2020 年最后一天美食城里浓浓的烟火气。

【马　俊】谢谢滕戈给我们带回的现场报道。我们的跨年直播今年已经是第四年了，看到这熙熙攘攘迎接新年的人群，似曾相识。过往，就像在眼前，清晰无限。其实不仅是我，我相信这一年，对于每个人来说，总有一些记忆不曾被磨灭，或是阳光灿烂，或是风狂雨疾，但无论是晴是雨，我们从未懈怠、从未退缩。

【郑姗姗】回忆是标注时间最好方式。在即将过去的 2020 年，不知道大家经历了什么，感悟了什么，又有哪些幸福瞬间总在不经意间涌上你的心头。下面我们一起听一听，大家在即将过去的一年，心中那些难忘的事儿。

短片：《2020 我最难忘的事》

【短片梗概】市民街采：2020 年我最难忘的事，通过市民的讲述，反映 2020 年银川人不断提升的幸福感和获得感。

【郑姗姗】人们的喜怒哀乐，各有不同，但相同的是，2020 年给他们的人生当中留下了深刻的记忆，不管多久之后，回忆起这些事，一定会想起 2020 年来。

【马　俊】是啊，2020 年的确发生了许多让人不那么开心的事，以至于人们常常在朋友圈里说，2020 年简直如何如何，但是要知道，所有糟心的事，都能教会我们要勇敢前行！

【郑姗姗】所以咱们就说点开心的事吧！最近许多媒体都在评选 2020 年的年度热词，有一个词的上榜毫无争议，

5G连线 曲银川联通
提供技术支持

演播室　　　现场

跨年直播主
演播室与跨
年带货直播
分会场进行
互动

（电视截图）

那就是"带货"！直播带货，是 2020 年新的风口，而今天晚上，一场跨年带货直播，就在同步进行当中！

【马　俊】对啊，刚才你还卖了个关子，到底今晚谁在带货啊？我也想知道！

【郑姗姗】那我们就赶紧让他自己来揭晓吧！来，让我们连线带货直播的现场！

分会场第一次连线　带货直播
【连线内容】银川市新闻传媒中心节目主持人、知名网红"小李飞叨"李洋与石嘴山、吴忠、固原、中卫等宁夏其他四市的节目主持人共同亮相，介绍当晚的跨年带货直播，以及推介宁夏好货。

【马　俊】原来是曾经跟我一个办公室的"小李飞叨"李洋啊！他可是宁夏 2020 年新电商达人第一名！同时也在今年担任了宁夏电子商务宣传公益大使！

【郑姗姗】是啊，今晚，李洋和来自石嘴山、吴忠、固原、中卫的主播们正在带的货，都是出自咱们宁夏五市的特色产品，Made in Ningxia！希望更多的朋友，在他们的直播间，认识宁夏制造，品尝到宁夏风味！

【马　俊】看到带货的李洋，我突然想起来前段时间，抖音上很火的"马背上的女县长"贺娇龙，她的抖音账号"贺县长说昭苏"粉丝超过51万，带动销售农副产品近1400万元，而且让全国各地的人们一下子就充满了对当地的向往！想去大草原上策马奔腾！

【郑姗姗】对啊，我们也准备了一部作品，相信看了之后，外地的朋友也会对银川充满向往！一首《银川欢迎你》，送给大家。

短片：《银川欢迎你》
【短片梗概】将流行歌曲《北京欢迎你》重新填词翻唱后的《银川欢迎你》MV，内容为晒本地文旅，让更多人了解银川、认识银川，欢迎更多人来到银川。

【马　俊】好一首《银川欢迎你》！不知道外地的朋友看到听到之后，有没有一种冲动？2021年，一定要来银川逛逛！

【郑姗姗】对啊，不只是银川！咱们石嘴山、吴忠、固原和中卫的朋友别着急！我们多才多艺的编辑们，为宁夏五市每座城市都创作了这么一首MV，今晚，我们要把宁夏五市唱给你听！

【马　俊】好，我们要洗耳恭听！

【郑姗姗】但是别光顾着听了，请屏幕前的您注意，在银川发布的直播平台上，我们会不定时地发放现金红包！请您一直守候，千万别错过了！

【马　俊】此时此刻，我们的新媒体平台上，已经收到了很多网友发来的祝福，让我们一起来关注。

【郑姗姗】谢谢各位网友衷心的祝福。这个跨年夜很冷，但是别急，接下来，我们马上进入今天跨年直播的第一篇章——《温暖》！

第一篇章：《温暖》

【马　俊】"蓄势再出发，奋斗正当时"，这里是2020—2021全媒体跨年直播的节目现场，我是马俊。在即将逝去的2020年，要说到最难忘的事，大家一定会想到疫情防控阻击战，这段不平凡历程，不仅是你我，都注定将成为中华民族不可磨灭的历史记忆。

【郑姗姗】回首这场战"疫"，我们脑海中浮现出的画面，是医护人员白衣执甲，逆行出征；是公安干警不惧风雨，坚守岗位；是社区工作人员严防死守，不辞辛劳；是志愿者们真诚奉献，无悔付出；还有咱们广大群众齐心协力，踊跃参与。这一幕幕动人场景，早已刻印在我们每个人的记忆深处，每一次回首，都让人心潮激荡，难以平复。

【马　俊】下面我们通过一个短片去一起回顾一下，2020年，银川的战"疫"时刻。

短片：《银川战"疫"》
【短片梗概】根据2020年新冠肺炎疫情阻击战期间的重要时间节点，以新闻素材、当时的纪录片剪辑的回顾短片，全面梳理和回顾银川战"疫"的全过程。

【郑姗姗】这个短片，勾起了我无限的回忆。我觉得疫情期间那句歌词最能表达我现在的感受："听我说谢谢你，因为有你，温暖了四季……"借助今天这个机会，真的要听我说谢谢你，在疫情期间默默付出的每一个人。

【马　俊】当然，虽然在 2020 年的疫情防控中，我们取得了阶段性的胜利，但是疫情防控始终不能放松，就在昨天，银川市委召开了应对新冠肺炎疫情工作领导小组第十五次会议，会议要求，全市上下要始终紧绷疫情防控这根弦，保持高度警惕，再接再厉、一抓到底，慎终如始做好疫情防控各项工作，坚决巩固好来之不易的疫情防控成果。

【郑姗姗】在这里我们也要提醒广大市民朋友，尽量减少不必要的外出和聚集，为疫情防控尽到自己的责任。发生疫情的时候冲在最前面的是我们的医护人员，而最牵挂他们的则肯定是他们背后的家人，其实每一个逆行的身影背后，都离不开家人的支持和支撑。

说到这里，我想起了一位白衣天使，银川市第一人民医院普儿科主管护师付晶琎，她也是咱们宁夏第一批援助湖北医疗队队员。在临出征之前，父亲和她曾有一个约定，每天要和她进行一次视频连线互报平安。但有一天，父亲却爽约了，为什么爽约了，大家当时都看新闻了，她的父亲突发心梗并做了手术，当时远在湖北襄阳的付晶琎坚强地说，不能回家在病床前尽孝，就把对父亲的爱转化到患者身上。自己既然选择了来支援湖北，一定不辱使命。这种大爱之心让我们动容，现在十个月过去了，付晶琎的父亲怎么样了呢？我们的记者也带着新年礼物去探望老人家了。让我们来连线记者。兰菁，你好！

5G 连线：付晶琎的父母

【连线内容】全媒体记者兰菁探访付晶琎的父母，对他们致以新年问候；付晶琎父母与正在值班的付晶琎视频连线，双方温情互动。

战"疫"模范付晶琎在跨年夜与她的父母视频问候新年

（电视截图）

【大屏图片】逐张播放抗疫期间感人照片。

【郑姗姗】无数个"付晶琎"身披白色"铠甲"逆行而上，倾尽全力守护人民健康，摘掉口罩，脸颊的勒痕清晰可见；脱掉防护服，汗水早已湿透衣背；年幼的孩子隔着防护栏探望几天没有回家的护士妈妈……一幅幅令人泪目、心疼的画面，定格了抗疫一线的医护工作者的诸多不易。

【马　俊】在当时，疫情来袭，武汉危急，同胞有难，八方驰援。湖北成了疫情防控斗争的重中之重和决胜之地。在援助湖北过程中，咱们宁夏总计派出 6 批 785 名医疗人员到武汉和襄阳进行驰援，他们将爱与勇气带到了荆楚大地，留下了一曲大爱无疆的赞歌。

【郑姗姗】幸得有你，山河无恙。谁都不是生而英勇，只是选择无畏坚守。他们没有慷慨悲歌的豪言壮语，只有不动如山的执着坚定；没有天降大任的英雄宿命，只有逆流而上的无畏选择。伟大来自平凡，英雄出自人民。我们一起从镜头里重新感受英雄们的曾经。

短片：《援鄂英雄传》

【短片梗概】 以金庸武侠影视剧的原声配乐为背景，剪辑出宁夏六批援鄂医疗队驰援武汉、襄阳的全过程，既是一种回顾，也是一种敬意。

【马　俊】 看了这个短片，让人不能不想起金庸先生笔下的《射雕英雄传》和《神雕侠侣》，因为在疫情发生之前，我听到"驰援襄阳"四个字，脑子里第一个画面就是杨过到襄阳去驰援郭靖，郭靖也正是在襄阳，对杨过说出了"侠之大者，为国为民"八个字！想不到，再一次听到"驰援襄阳"，是咱们宁夏的医疗队员，而他们的义无反顾，同样配得上"侠之大者，为国为民"。

【郑姗姗】 是的，今天晚上，曾经驰援襄阳的白衣大侠们，将会收到一份特殊的礼物和问候，是什么呢？让我们来连线现场。

银川市第一人民医院的援襄医护人员与襄阳市老河口人民医院的医护人员在跨年直播当中云相聚

（电视截图）

银川市第一人民医院也是这次"跨年夜云相聚"的主场

湖北省襄阳市老河口人民医院曾经是宁夏援襄医疗队战斗过的地方

（电视截图）

5G 连线：银川市第一人民医院援襄医生与襄阳市老河口人民医院医生视频连线

【连线内容】银川市第一人民医院 15 名援鄂医疗队队员与曾经并肩战斗过的襄阳市老河口人民医院医护人员，进行了一场跨年夜的云相聚，现场感人肺腑，又具有新年氛围，是当晚直播最大亮点。

【郑姗姗】这段连线看得我眼眶里湿湿的，我想起了战"疫"期间另一句流传很广的句子，出自《诗经》，"岂曰无衣，与子同袍"啊！虽然驰援襄阳这件事已经过去大半年了，但是他们双方在战场上结下的这份深情厚谊，却是历久弥新。

【马　俊】就好像大屏上现在出现的这片树林，这是宁夏医疗队离开襄阳时，和当地医护人员一起种下的纪念林，在今年 7 月份的时候，这片树林就开花了，相信两地人民之间这份无价的情谊，也会像这片树林一样枝繁叶茂，延续下去。

【郑姗姗】而且特别巧的是，就在今年 11 月，银川到襄阳的直航航线开通了！以后两地的人民可以更多地到对方的城市去走一走，看一看。那么，美丽的襄阳有哪些美景美食呢？我们请襄阳广播电视台的记者为我们介绍一下。

短片：《这里是襄阳》
【短片内容】襄阳广播电视台记者通过镜头，带银川的观众"云"游襄阳，介绍襄阳文旅，欢迎更多银川人到襄阳旅行。

【马　俊】看来，银川和襄阳有很多相似的地方，比如都是历史文化名城，都曾是古战场，都是依山傍水，都有影视基地，都吃牛肉面，而且在金庸小说中都是重要的场景！

【郑姗姗】对，咱们银川在《天龙八部》里的戏份也很足，所以银川和襄阳之间的文旅交流一定会越来越多。我们也欢迎襄阳人民到塞上江南银川走一走，看一看。

【马　俊】山美水美人最美，其实最美的是情谊。在疫情阻击战中，除了白衣执甲的医护人员，还有千千万万个志愿者用行动践行奉献精神，传递着温暖的力量，这温暖里有你，有我，有这个城市的所有人。

【郑姗姗】温暖可以慰藉，爱心可以传递。2020 年，我们或许会忘记一些人，会忘记很多事，但难以忘却的是那些曾经让我们温暖感动的瞬间。

【马　俊】文明产生力量，和谐带来兴旺。我们常说银川是一座有温度的城市，那是因为崇善向上、温暖和谐成了银川的一种城市性格。下面，让我们一起回顾 2020 年那些曾经温暖我们的瞬间，再次感受大爱银川的美好。

短片：《温暖 2020》
【短片内容】汇聚银川过去一年当中的温暖瞬间，包

括疫情期间的市民互相帮助，还有诸如中学生下水救人、交警抱老人过马路、四个小孩扶起老人、老人为老伴儿挡风等正能量新闻的汇集，体现一座城市的温度。

【郑姗姗】虽然此时此刻有寒潮侵袭，外面是滴水成冰，但是看完这个短片，我觉得自己心里如同进入了阳春四月，春暖花开。

【马　俊】所以说某种程度上，善良是我们内心深处的取暖器。在今年，《直播银川》栏目发起了"有事您说话"志愿服务活动，我们就是想通过这个活动来进一步激发文明向善的种子。

【郑姗姗】活动开展以来，我们收集了很多的心愿，也帮很多人完成了心愿，让一抹抹的"志愿红"温暖了文明城。那么，我们征集到了哪些心愿，又帮助哪些人实现了心愿呢？通过一个短片去了解一下。

短片：《心愿墙》
【短片内容】汇集《直播银川》"有事您说话"版块一年来征集到的市民心愿，以及帮市民实现了的心愿，既符合篇章主题，也为了引出当晚的"心愿墙圆梦时间"。

【马　俊】在今年的跨年直播活动中，我们的一个重头戏就是设置了"心愿墙圆梦时间"，从12月初开始，我们就发出了心愿征集令，收集来了许许多多人们的心愿，在今天晚上，我们会选出三个心愿，派出圆梦团上门去圆梦。

【郑姗姗】咱们都征集来了些什么心愿啊？

【马　俊】有的人的心愿很美好，比如希望世界和平啊，希望祖国繁荣昌盛啊，希望疫情早点过去啊，这些都是我们共同的心愿。还有的人心愿是希望有一套房，希望

"心愿墙"特别环节在跨年之夜把惊喜送到了最需要帮助的人身边

（电视截图）

有个女朋友等等，对于这样的愿望，我只想说，幸福是要靠自己奋斗出来的。

【郑姗姗】没错！当然，也收到了一些心愿，非常具体，也承载了许多人对于美好生活的期盼。那么我们今天晚上将要去实现的第一个心愿是什么呢？我们通过一个短片去了解一下。

短片：《惠民南巷需要墙绘》
【短片内容】银川市惠民南巷位于老旧小区，这里的居民心愿是希望这条巷子能有五彩缤纷的墙绘，美化自己的生活环境。

【马　俊】在惠民南巷居民的心愿发出后，宁夏大学团委和宁大美术学院认领了这个心愿。目前，我的圆梦团成员张喆就在惠民南巷，下面我们跟随张喆一起去看看，这个心愿能否成真呢？

【郑姗姗】好，下面让我们连线圆梦团成员张喆。

5G 连线：心愿墙圆梦时间，惠民南巷墙绘

【连线内容】宁夏大学团委书记闫蓉代表宁大团委、宁大美术学院现场认领这个心愿。

【马　俊】感谢宁大美术学院的老师和同学们，我们期待着，春暖花开的时候，到文艺气息十足的惠民南巷，看一看那里的墙绘，能给一个小巷带来多少生机。

【郑姗姗】说到墙绘、涂鸦，这些都是我们年轻人非常的艺术形式，不知道像马老师你这样的中年人感不感兴趣呢？

【马　俊】我告诉你，我的心年轻着呢！我何止知道墙绘和涂鸦，我连剧本杀都知道，而且我知道此时此刻，就有一群年轻人，正在用他们喜欢的这种方式跨年呢！不信？来连线我的同事苏镝和折洋！

5G 连线：剧本杀体验馆

【连线内容】全媒体记者苏镝和折洋在这家剧本杀体验馆，感受年轻人喜欢的新颖的跨年方式。

【郑姗姗】马老师啊，你确定这种年轻人喜欢的游戏你也喜欢？

【马　俊】干嘛不喜欢啊，我跟您讲，只有不断接受新生的事物，才能有一颗永远不变老的心。

【郑姗姗】谢谢您的夸奖！但是我跟你讲，我们年轻人可不只是光喜欢玩这些新鲜的娱乐项目，比如认领心愿的宁大学生，他们就是在用这种新的形式来做公益，其实咱们银川越来越多的年轻人，都加入了青年志愿者的行列，所谓"志愿一颗心，温暖一座城"，青年志愿者们希望能帮到更多需要帮助的人，去传递温暖，传递爱。

"95后"和
"00后"的
年轻人是怎
么跨年的？
当晚的跨年
直播没有忘
了这个群体

（图片由申亮提供）

【马　俊】对，社会越发达，文明程度越高，人们对志愿服务就越认可和推崇。不管那是雪中送炭还是锦上添花，都是社会里最美的音符，是永不会淡漠的精神抚慰。

【郑姗姗】现在银川市有了很多鲜明的名片——国际湿地城市、全国文明城市等，其中志愿之城的名片效应也越来越明显，我们也希望每一个人都能成为这个城市里那抹最美的志愿红。

【马　俊】其实有时候我自己也会参加一些志愿活动。当自己帮助别人的时候，其实感觉并不是负担，而是一种付出的快乐。

【郑姗姗】我付出，我贡献，我快乐。下面我们通过一个短片去感受银川最美的这一抹志愿红！

短片：《银川志愿者》

【短片内容】关于银川市志愿者群体过去一年开展志愿服务的微纪录片，体现这座文明城市的温度与亮色。

【马　俊】看了这个片子，我觉得我的志愿服务做得还远远不够，我得努力跟上大家的步伐！

【郑姗姗】没错，咱们这个篇章的主题是温暖，志愿服务就会带给这座城市更多的温暖。

【马　俊】但是我觉得还有一种东西，特别能在冬日里给人温暖，何止是温暖，简直就是滚烫！

【郑姗姗】你说的是?

【马　俊】当然是一桌热辣的火锅！想想我都流口水。

【郑姗姗】那下面这个现场你一定要去看看，因为在今天这样的寒夜里，有家火锅店正在请一群人免费吃火锅！

【马　俊】还有这样的好事?

【郑姗姗】不信吗?让我们连线我的同事王晴。王晴，你好！

5G 连线：袁老四火锅店温暖爱心活动

【连线内容】袁老四火锅店老板在跨年之夜邀请辖区内环卫工人免费吃火锅，共同跨年。

【郑姗姗】怎么样?看完这个现场是不是觉得特别温暖?

【马　俊】的确温暖，而且还特别地馋、特别饿……

【郑姗姗】瞧你这味蕾的涌动，舌尖的贪婪，虽然我也很饿，但是我没有你那么贪心，哪怕让我吃上一口大武口凉皮，我也心满意足了！

【马　俊】你想吃大武口凉皮啊?那容易啊，安排！

【郑姗姗】真的有凉皮吗?

【马　俊】一首翻唱 MV《我想和你去石嘴山》听完

之后，绝对可以画皮充饥、听歌解馋！

短片：《我想和你去石嘴山》
【短片内容】根据流行歌曲重新填词翻唱的 MV，通过这首歌介绍石嘴山市的市容市貌、地方特色等文旅闪光点。

【马　俊】怎么样？听完这首歌，是不是满脑子的大武口凉皮？

【郑姗姗】还真不是！大武口凉皮的确好吃！但石嘴山的风景也特别美！而且从每座城市每一年的风光片当中，真的都能看到，每一年都在发生着巨大的改变，而未来一年，新的改变又要开始了。

【马　俊】是的，历史并不常常在某个特定的时刻，让一切发生改变，只是在我们的心里，习惯找一个新的开始。2021，让我们又有了崭新的期盼。新的起点，新的梦想。

【郑姗姗】新的起点也有新的祝福，在这个特殊的时刻，有许多人，想把祝福送给我们这座城市，让我们在祝福声中来一起感受幸福的感觉。

短片：《我为我的城送祝福》
【短片内容】街采：本地市民及外地人对银川的新年祝福。

【郑姗姗】谢谢本地的、外地的朋友们送来的祝福，我们也把同样美好的祝福送给本地的和外地的朋友们。祝大家新的一年，开开心心。

【马　俊】新的一年，祝福你，也祝福我。因我们每个人都是时代的坐标，都是世间最美的风景。我们希望每个人的美好愿望都能在新的一年梦想成真。

【郑姗姗】到这里，我们的第一篇章已经到了尾声，马俊，现在正在看咱们直播的网友，他们留下了什么美好的愿望呢？

【马　俊】好的，我们来看看网友们给我们的留言。（读留言）

【郑姗姗】好的，今晚直播的第一篇章《温暖》就到这里，什么才是真正的温暖呢？歌声中一定会有《你的答案》！接下来请欣赏由咱们本土乐队翻唱的歌曲《你的答案》！歌声之后，我们的直播仍将继续！

短片：《你的答案》

第二篇章：《圆梦》

短片：《圆梦》片花

【郑姗姗】"蓄势再出发，奋斗正当时"，这里是2020—2021全媒体跨年活动的直播现场，欢迎回来，我是郑姗姗。下面进入的是今年我们跨年直播的第二个篇章《圆梦》。

【马　俊】每到新年，我们总是给大家送去新年祝福，祝福其实也是一种对美好期待的梦想，在新的一年，很多人也会制定目标，比如要买房、准备结婚等等，这些目标也是对未来可期的一种梦想。虽然每个人的小梦想各不相同，但我们每一个人有一个共同的梦，那就小康梦，中华民族伟大复兴的中国梦。

【郑姗姗】历史常常以惊心动魄留下深刻印记，也常常以波澜壮阔写下厚重篇章。2020年不仅是"十三五"规划的收官之年，也是全面小康社会的圆梦之年。在这个特殊的日子里，让我们一起回顾我市决战决胜脱贫攻坚、圆梦小康的难忘瞬间。

短片：《圆梦 2020》

【短片内容】配乐片，全面梳理和回顾银川市 2020年在脱贫攻坚收官、实现全面小康这个方面的重要节点、难忘瞬间和农民心声。

【马　俊】说到脱贫攻坚，就不得不说我们的产业发展。包括葡萄酒、枸杞、花卉等特色产品的崛起，让移民群众脱贫致富有了源头活水。

【郑姗姗】而且不知道你发现了没有，今年咱们全区各地在脱贫助农工作当中，几乎都少不了带货直播的场景！多少昔日的庄稼汉，现如今成了自带流量的网红啊！

宁夏五市节目主持人组成了当晚跨年带货直播的阵容

（图片由申亮提供）

【马　俊】说到这里，不知道李洋和他的朋友们的带货怎么样了，来，下面继续让我们连线跨年带货直播现场。

分会场第二次连线：带货直播

【连线内容】银川市新闻传媒中心节目主持人、知名网红"小李飞叨"李洋与石嘴山、吴忠、固原、中卫四市的节目主持人共同亮相，介绍当晚的跨年带货直播的进行情况，以及推介宁夏好货。

【郑姗姗】马老师，看完之后有什么感觉？

【马　俊】感觉就是我想当网红。

【郑姗姗】什么啊！我是问你对咱们宁夏各地的特色产品感觉怎么样？

【马　俊】我的感觉当然是很好了！但是要让更多的人知道！过去是酒香不怕巷子深，但是现在，酒香也怕巷子深！要学会自我推销，说白了，要学会晒！有好的农副产品要晒，有好的历史文化、旅游资源也要晒！晒出来了，才能让人们产生向往，才能促进消费！

【郑姗姗】说到这里我突然想起来了，不是说今天宁夏五市都有一首歌吗？刚才听了银川的，听了石嘴山的，那么既然说到脱贫攻坚这个话题了，咱们就来看看固原的MV吧！看看今天的固原是个什么样了！

短片：《固原之歌》

【短片内容】根据流行歌曲重新填词翻唱的MV，通过这首歌介绍固原市的市容市貌、地方特色等文旅闪光点。

【马　俊】说到固原，六盘山国家森林公园，六盘山红军长征纪念馆，火石寨国家地质公园，还有隆德的老巷子等等，都相当值得一去。

【郑姗姗】除了旅游资源，固原市也是宁夏脱贫攻坚的主战场，一度被认为"不适宜人类生存"。如今，贫困渐行渐远，幸福越来越近。山已不是原来那座山，人也不是原来那样的人了。

【马　俊】梦想是奋斗精神的起点，毛泽东同志率领中央红军长征翻越六盘山时"不到长城非好汉"的豪言，如今已被宁夏人奉为激励前行的"宁夏精神"。依托着脱贫致富的梦想，靠着这样的精神，我们翻越了一个又一个山头，克服了一个又一个的困难。

【郑姗姗】奋斗不止步，幸福方可期。如果要找寻2020 年最幸福的人群，肯定是我们的移民群众了。今年12 月15 日，自治区扶贫开发办公室在脱贫攻坚工作新闻通气会宣布：宁夏9 个贫困县全部摘帽，1100 个贫困村全部脱贫出列。脱贫摘帽不是终点，而是新生活、新奋斗的起点。

【马　俊】说到这里，就不能不提"闽宁协作"了！1996 年9 月召开的中央扶贫开发工作会议作出了推进东西对口协作的战略新部署，其中确定福建对口帮扶宁夏。自此，远隔千山万水的闽宁两省区结下了不解之缘，一批批带着海风和温暖的福建援宁人，从闽江水畔来到六盘山下。下面我们通过一个短片去了解一下"闽宁协作这些年"。

短片：《闽宁合作这些年》
【短片内容】透过几个人物故事，全面回顾闽宁东西协作开展以来，在脱贫攻坚事业当中取得的光辉成就。

【马　俊】说到闽宁协作，我们必须要提到一个人，时任福建省扶贫办主任，也是福建省闽宁办首任主任林月婵女士。她先后40多次来到宁夏，"移民吊庄"、招商引资、援建学校……福建援宁的多个项目里，都有她的心血。前不久，我们的跨年直播特别派出了小分队，赶往福建省福州市林月婵老人的家里，把闽宁镇父老乡亲的问候带给了她！一起来看短片。

短片：《采访福建援宁干部林月婵》

【短片内容】银川市新闻传媒中心全媒体记者滕戈、张斌斌千里迢迢赶到福建省福州市，探访曾经多次踏上闽宁镇、见证了干沙滩变成金沙滩的福建省扶贫办原主任林月婵老人，听老人讲述闽宁镇往事，并现场请林月婵老人与闽宁镇村民们视频连线，互致新年问候。

【郑姗姗】看完这个短片，眼眶有些湿润。我们也祝福林月婵老人身体健康，有机会再到宁夏、再到闽宁镇的土地上走一走、看一看！

【马　俊】24年来，12批近200名福建挂职干部大力弘扬"接力攀登"精神，一任接着一任干，他们从繁华都市来到偏远山乡，脚沾泥土，与移民群众心心相连，他们以海一般的豪迈、山一般的坚韧，和宁夏干部群众一道久久为功，探索出一条具有典范意义的扶贫协作道路。我们的记者在福州还采访到了第九批福建援宁干部黄嘉铭，一起去听一听他的故事。

短片：《采访福建援宁干部黄嘉铭》

【短片内容】银川市新闻传媒中心全媒体记者赴福建省福州市，采访第九批福建省援宁干部代表黄嘉铭，由他讲述在闽宁镇走过的"扶贫岁月"。

【马　俊】福建挂职干部、支教、支医、支农工作队员，敢拼会赢的闽商，他们虽然年龄不同、职业各异，但他们却有一个共同的名字"闽宁对口扶贫协作援宁群体"，让我们对他们表达最诚挚的谢意。

【郑姗姗】确实很感动，深深的谢意送给你们。正是因为你们的付出让移民群众的日子越来越好，生活越来越有奔头。一批一批的移民搬出大山之后，现在日子过得怎么样呢？我们马上要走进一户移民家庭办的食品厂，您或许不认识这家人，但估计您肯定吃过他们家的炉馍！

【马　俊】怎么？刚才火锅没有吃到，你又提吃的？良田镇的炉馍，馋啊！

【郑姗姗】那当然，而且此时此刻，他们正在生产炉馍呢！这个在 2020 年风靡银川的网红食品是怎么生产制作出来的呢？来，我们连线全媒体记者朱红杰。

5G 连线：良田镇生产炉馍

【连线内容】记者探访 2020 年爆红的网红食品"良田镇炉馍"生产车间，从红红火火的生产车间看搬迁移民们红红火火的日子。

【郑姗姗】热气腾腾的车间，热气腾腾的生活！2008年，当这家炉馍生产工厂的女主人从泾源县搬迁到良田镇金星村的时候，不知道有没有想过，有朝一日，她的日子会有这样天翻地覆的变化！自己做的炉馍竟然成了网红？她的经历充分印证了那句话："幸福是奋斗出来的"！

【马　俊】说到网红，我还要考考你，说起咱们宁夏现在的网红景点，您最先想到的是哪里？

【郑姗姗】那还用说吗？中卫的沙漠星星酒店！黄河宿集！还有 66 号公路啊！那叫一个火，一个暑假硬是没有订到一间房!

【马　俊】中卫的景点为什么一个个都成了网红呢?来,咱们不妨从这首歌里寻找答案!

短片:《中卫之歌》

【短片内容】根据流行歌曲重新填词翻唱的 MV,通过这首歌介绍中卫市的市容市貌、地方特色等文旅闪光点。

【郑姗姗】看完这个短片之后,我决定在 2021 年给自己确立一个小梦想!

【马　俊】到沙漠酒店看星星吗?

【郑姗姗】还有到 66 号公路打个卡! 这一篇章不是圆梦吗,梦想成真总是能给人带来好心情! 那你 2020 年的梦想是什么,实现了吗?

【马　俊】我的梦想其实就是这座城市很多人的梦想,而且在 2020 年真的实现了!

【郑姗姗】是什么呢?

【马　俊】蝉联四次"全国文明城市"荣誉称号,这里面付出了太多人的汗水与心血。2020 年 11 月 10 日,中央文明办公布第六届全国文明城市入选城市名单和复查确认保留荣誉称号的前五届全国文明城市名单,其中,银川蝉联四届全国文明城市称号。得到这个消息的那天,全银川的人们是怎样的自豪、怎样的兴奋,至今我都历历在目,接下来,通过一个短片,再去感受一下文明银川——我的城、我的家!

短片:《我的城　我的家》

【短片内容】关于银川市"全国文明城市"荣誉称号四连冠的微纪录片。

【马 俊】从公交车上的一次礼让，到斑马线上扶老人过红绿灯；从人群中的一个微笑，到陌生人之间的真情奉献；从一次无偿献血到不留姓名的帮忙，曾经的文明倡导已成为现实生活中的亮丽风景。

【郑姗姗】我的城，我来守；我的家，我来护。建设文明城市需要你我共同努力，持续守护，希望在今后我们每一个人都能成为城市文明的主角，让我们的家更美。

【马 俊】好的，下面也让我们再次来连线李洋，他又要和他的朋友们来给我们介绍宁夏的好货了！

分会场第三次连线：带货直播
【连线内容】银川市新闻传媒中心节目主持人、知名网红"小李飞叨"李洋与石嘴山、吴忠、固原、中卫四市的节目主持人共同亮相，介绍当晚的跨年带货直播的进行情况，以及推介宁夏好货。

【马 俊】好的，谢谢李洋和他的搭档们！希望今晚有更多的人下单购买我们宁夏的产品！

【郑姗姗】时间不早了，又到了我们的"心愿墙圆梦时间"，如果您的生活陷入困境，如果您需要社会的帮助，有什么想要达成的心愿，都可以在相关的直播平台写下您的心愿，也希望爱心人士和爱心企业能够在这个平台上认领心愿，我们《直播银川》栏目的"有事您说话"版块会关注您的善举！

【马 俊】十几天之前，我们发出了心愿征集令，收集了很多的心愿，其中有一个心愿也是比较特别，下面我们一起去了解一下。

短片：《盈南村 16 岁女孩渴望得到资助》

【短片内容】盈南村康玉芳老人的心愿：她和 16 岁的外孙女相依为命，家庭困难，渴望能有爱心企业资助外孙女完成学业。

【郑姗姗】在这个心愿发出之后，银川市银房物业服务有限公司认领了这个心愿。目前，我的圆梦团成员张怡凡就和心愿认领者一起来到了盈南村康玉芳老人的家里。好，下面让我们连线圆梦团成员张怡凡。

5G 连线："心愿墙圆梦时间"盈南村康玉芳老人家
【连线内容】全媒体记者张怡凡与认领心愿的爱心企业代表到康玉芳老人家中，实现她的新年心愿。

【郑姗姗】我们也希望这个女孩的未来，就和她的画一样美，也希望她有了自己的能力，也能把这份关爱传递下去！

【马　俊】请各位观众、听众以及网友继续关注直播活动。在我们的新媒体平台上，很多网友也在一边看直播，一边发来他们的祝福，下面我们看一看网友给大家带来的新年祝福。（读新年祝福）

【郑姗姗】谢谢各位网友的新年祝福。一首好听的歌曲《听到花儿就想家》之后，我们将进入今天的第三篇章——《飞驰》。不要走开，马上回来！

短片：《听到花儿就想家》

第三篇章：《飞驰》

短片：《飞驰》片花

【马　俊】"蓄势再出发，奋斗正当时"，这里是 2020—2021 全媒体跨年活动的直播现场，欢迎回来，我是马俊。下面进入的是今年我们跨年直播的第三个篇章《飞驰》。

【郑姗姗】疫情阻击战，圆梦小康，蝉联四届文明城市，说起即将过去的 2020 年，可以说每一件事都将成为这个城市不可磨灭的记忆。

【马　俊】除了这些，对于咱们银川来说，还有一件不能不说的大事，而且是五天前刚刚发生！

【郑姗姗】毫无疑问，那肯定就是银西高铁的开通了，银川加入了全国高铁朋友圈，不仅仅开通了银川到西安的动车，还借助银西高铁，将开通银川到北京、上海、广州、郑州、杭州等城市的直达动车，这两天已经可以买票了！过去，开放不足是制约咱们发展的突出短板，而如今，这条高铁的开通无疑对地处内陆的银川意义重大。

【马　俊】相信有的市民已经进行了体验，而有的市民已经购票准备出行，下面我们通过一个短片再去感受一下，宁夏是如何迈进高铁时代的！

短片：《高铁时代》

【短片内容】微纪录片：从银西高铁的建设、通车，到银川—包头高铁、银川—兰州高铁的期待，全面介绍宁夏迈入高铁时代的历程。

【马　俊】银西高铁形成了以西安为中心的关中城市群和以银川为中心的沿黄城市带交流的便捷通道，对咱们宁夏和外部的联系和沿线地区建设发展意义重大。

【郑姗姗】因为一条高铁的开通，无数人的生活得以改变，我们也期待包括包银、中兰等高铁线路加紧建设，让银川的高铁线路更加四通八达。

【马　俊】银西高铁是一条黄金旅游线、一条革命传统教育线，更是一条致富奔小康的精准扶贫线。一条高铁的开通，改变了无数人的生活，也开启了沿途无数人对银川的向往！来，我们听听他们怎么说！

短片：街采《我们想去银川》
【短片内容】银西高铁沿线（吴忠、庆阳、西安等地）居民街采，表达当地人期待银西高铁通车后对银川的向往。

【马　俊】看完短片，心里暖洋洋的。热情好客看来是西北人民共同的性格底色。银西高铁沿线的朋友都想来银川看看，欢迎你们来！银川的羊肉等着你们！而对于我们来说，当然也想坐着高铁，一路向东南出发！看看沿途的风景！

【郑姗姗】那么第一站肯定是我的家乡——吴忠了！有道是玩在中卫，吃在吴忠！作为一个吴忠人，我诚挚邀请大家去吴忠做客，现在很多银川人，周末都会到吴忠去喝早茶！我相信高铁开通之后，会有更多沿途的朋友，到吴忠去一饱口福！

【马　俊】怎么今天就不停地跟我提好吃的呢？据说在外打拼的吴忠人，一年有 365 天在想家，这里面有一半是想念家乡的人，剩下另外一半，心里全装着家乡的美食。

【郑姗姗】那只能证明我们家乡美食是何其的丰富，其实除了美食，吴忠还有很多好玩的地方等着大家去游览。接下来，咱们就通过一首歌曲，品美食看美景。

短片：《吴忠吴忠》
【短片内容】根据流行歌曲重新填词翻唱的 MV，通

过这首歌介绍吴忠市的市容市貌、地方特色等文旅闪光点。

【郑姗姗】怎么样？看到这里，是不是直流口水呢？

【马 俊】谁说不是呢？其实不只是吴忠，我发现银西高铁沿线，一路都有美食！吴忠的早茶就不说了，高铁是从盐池出宁夏的，盐池滩羊很有名吧？出了盐池就到了甘肃庆阳，庆阳苹果也很有名吧？

【郑姗姗】你怎么就是对吃有研究呢？庆阳苹果当然好吃，但是过去限于交通不便，其实能吃到并不是很容易，但是高铁开通之后，那真是不一样了！

【马 俊】对，高铁不仅代表着飞驰的速度，更展现着飞驰的时代。和以往的交通方式相比，高铁到底便捷在哪儿，我们的记者也做了一个体验，在高铁开通前后，分别以不同的交通方式，体验了一下从银川到庆阳的路程，我们去看看，这两次的旅程有什么不同呢？

短片：《从银川两次到庆阳不同体验》
【短片内容】记者在银西高铁通车前后两次从银川前往庆阳，通过路程的对比，感受银西高铁通车带来的便捷。

【马 俊】高铁有多便捷，一对比就有答案了！这就是高铁时代带给我们生活的改变。

【郑姗姗】好，那咱们坐着高铁继续出发，离开了甘肃，进入陕西，让我们到千年古都西安去看看。老实讲，我对西安特别有感情，因为我人生中第一次离开宁夏，就是去西安，而且坐的就是火车。当然那个时候的绿皮火车，从银川到西安，非得在车里待一个晚上！但是现在，三个多小时就从银川到西安了！

【马 俊】是啊，到时候你就真的可以早晨在吴忠吃早茶，中午到西安吃羊肉泡馍了！

【郑姗姗】说到羊肉泡馍，我常常在想，如果用我们宁夏的滩羊作为食材，去做西安的泡馍，是不是更好吃呢？

【马　俊】银川和西安，到底哪里的美食更好吃？在银西高铁开通之际，我们派了一组记者，到西安品尝了一下当地的美食，这组记者回到银川时，又请来了一位西安台的同行，来品尝我们本地的美食，到底哪个更好吃呢？

【郑姗姗】这是要 PK 的节奏吗？

【马　俊】正有此意。

【郑姗姗】那就放马过来，首先"银川—西安双城记"之第一轮 PK，PK 双方的美食！

短片：《"银川—西安双城记"之美食 PK》

【短片内容】两座城市美食 PK，西安羊肉泡馍 PK 银川手抓羊肉。

【郑姗姗】看来第一轮 PK，双方的美食是不分伯仲、各有所长啊！

【马　俊】套用一句网络用语：不扶墙，就服你。难道没有感觉到我们大银川美食更胜一筹吗？

【郑姗姗】都说王婆卖瓜——自卖自夸，你这老马卖瓜又该怎么讲呢？

【马　俊】我们老马家不擅长卖瓜。

【郑姗姗】那么你说，接下来 PK 什么呢？

【马　俊】你最近在追《大秦赋》和《装台》吗？

【郑姗姗】当然在追啊！西安的历史文化、风土人情让我非常着迷呢！

【马　俊】可是咱们银川也不差啊！前两天银西高铁开通的时候，有人就扮成紫霞仙子坐高铁来银川打卡呢！

因为心中有《大话西游》的情结。

【郑姗姗】那咱们第二轮就 PK 一下两地的旅游吧！

【马 俊】对啊！美食之后肯定美景了，好，下面进入"银川—西安双城记"之旅游 PK。

短片：《"银川—西安双城记"之旅游 PK》
【短片内容】两座城市景点 PK，西安古城墙、永兴坊、袁家村 PK 银川镇北堡、志辉源石酒庄。

【郑姗姗】马老师，怎么样，有没有甘拜下风的感觉？

【马 俊】年轻人要讲武德，不要拾人牙慧。

【郑姗姗】以其人之道还治其人之身而已。

【马 俊】看来还是不服，那我们就美景加美食组合式 PK。

【郑姗姗】美景加美食组合是个啥组合？

【马 俊】美景加美食当然就是夜经济了，比如我们的怀远大夜市，赏美景品美味实在是人生美事。而西安呢，这两年凭借大唐不夜城的繁华，一跃成为全国有名的网红城市！在这样的夜晚，当然要 PK 一轮夜经济！

【郑姗姗】那就走起么。

短片：《"银川—西安双城记"之夜经济 PK》
【短片内容】两座城市夜经济 PK，西安大唐不夜城 PK 银川怀远夜市。

【马 俊】怎么样，看完之后，还是家乡美吧？

【郑姗姗】越是内陆城市，越要有开放心态；要想走出去，心先要飞扬出去

【马 俊】没错，外面的客人请进来，银川的人民走

出去，区域协同才有大发展。

【郑姗姗】不过我想提醒大家的是，即便还没有坐着高铁来银川，您也可以在网上对宁夏的产品下单！

【马　俊】说到这里，我知道又要连线"小李飞叨"了！不知道那场带货直播结束了吗？来，我们连线李洋和他的朋友们！

分会场第四次连线：带货直播
【连线内容】银川市新闻传媒中心节目主持人、知名网红"小李飞叨"李洋与石嘴山、吴忠、固原、中卫四市的节目主持人共同亮相，介绍当晚的跨年带货直播的情况，代表宁夏五市共同送上新年祝福。

【马　俊】谢谢李洋以及咱们的几位同行，也希望宁夏各地出产的土特产品，今后借助这个飞驰的时代，飞驰到更多的地方。

【郑姗姗】是啊，其实不仅仅是银西高铁沿线，在这个飞驰的时代，城市与城市之间，时间、空间的距离都被大大拉近了！拿西安来说，它既是咱们银西高铁沿线朋友圈里的好友，也是沿黄九省区朋友圈里的好友！

【马　俊】是的，就在这个月，自治区第十二届委员会第十二次全体会议通过了《中共宁夏回族自治区委员会关于制定国民经济和社会发展第十四个五年规划和二〇三五年远景目标的建议》。文件提到：要奋力担当时代新使命，努力建设黄河流域生态保护和高质量发展先行区。这是政治责任所在、全国大局所系、黄河流域所需、宁夏发展所向。

【郑姗姗】在这特殊的日子里，沿黄九省区省会（首府）城市主持人给银川人民发来的新年祝福，下面我们一起感受一下，来自母亲河沿岸的祝福声。

短片：《沿黄九省区省会（首府）城市主持人新年祝福合辑》
【短片内容】西宁、兰州、成都、太原、呼和浩特、郑州、济南等沿黄九省区省会（首府）城市台送来新年祝福。

【郑姗姗】谢谢同行们给银川的祝福，也希望通过我们共同的努力让黄河成为造福人民的幸福河。

【马　俊】时间也不早了，我们赶紧进入心愿墙圆梦时间，看看在这个寒夜里，还有谁的心愿能够达成。

【郑姗姗】好的，让我们一起通过一个短片，看看下一个心愿是什么？

短片：《心愿墙圆梦时间：胡宏宁的心愿》
【短片内容】身残志坚的大学毕业生胡宏宁的新年心愿，渴望能够有一台帮助自己恢复的理疗设备。

【马　俊】在这个心愿发出后，是银川市雷锋纪念馆认领了这个心愿。目前，我的圆梦团成员任志骏和雷锋纪念馆的志愿者，就在胡宏宁家里，让我们连线任志骏，看看胡宏宁的心愿是否能被实现呢？

【郑姗姗】好，下面让我们连线圆梦团成员任志骏。

连线第三个心愿：为胡宏宁送礼物
【连线内容】全媒体记者任志骏与雷锋纪念馆到胡宏宁家中认领了这个心愿。

【马　俊】今天晚上，我们的跨年直播圆梦团已经为人们实现了三个心愿，但是我知道，还有许许多多的人需要帮助，还有许许多多的心愿需要认领，我们希望通过这个平台征集更多的心愿，也希望更多的心愿被爱心人士、爱心企业、公益组织认领。

【郑姗姗】是的，所有被认领的心愿，我们也将会通过《直播银川》的"有事您说话"栏目进行报道。大爱之城，爱心有你。此时此刻，在我们的新媒体平台上，很多网友也在一边看直播，一边发来他们的祝福，下面我们看一看网友给大家带来的新年祝福。

【马　俊】读新年祝福。

【郑姗姗】新的一年马上到来，让我们一起计入倒计时时间。

短片：《倒计时＋银川跨年夜夜色＋襄阳跨年夜夜色＋九宫格外的祝福》

【短片内容】倒计时零点钟声敲响，银川当晚的夜色（地标建筑亮起"你好2021""新年快乐"等字样）；襄阳当晚的夜色（汉江沿岸建筑亮起感恩灯光秀，打出"宁夏新年快乐"字样）；北京、广州、香港、武汉、拉萨、重庆、成都、襄阳等地市民在各自城市的地标建筑前，向银川市民问候新年！

【马　俊】新年到了！2020年终于过去了！

【郑姗姗】新年来了！人们都有哪些美好的新年愿望呢？来，我们听听！

短片：《2021我的新年愿望》

【短片内容】多地市民街采：2021年，我的新年愿望。

【马　俊】再见 2020，你好 2021。蓄势再出发，奋斗正当时。奋斗的征程，只有进行时没有完成时；正如新年的钟声，永远是又一次出发的号角。迎着新年的第一缕阳光，让我们站在新的起点眺望未来。

【郑姗姗】在这个新年元旦里，我们凝望着波澜壮阔的时代，仍然能听到，那些向往美好的心声犹如滚滚春潮，建设美丽新宁夏，共圆伟大中国梦，让我们一起祝福银川。

【马　俊】再见 2020，你好 2021。不管这一年，你过得快乐或是伤心、收获还是迷茫，都要心存梦想，抓住这眼前幸福，穿越这时光之海，祝愿所有朋友新的一年，开启新的梦想。

【郑姗姗】今天的节目就到这里，观众朋友，再见！

【马　俊】再见！

短片：歌曲《生来倔强》

音乐中加滚屏字幕（直播结束）。

第二章

―――――――――――――――――――――― ◎ ――――――――――――――――――――――

银川日报社《母亲河　幸福河》特刊

总 策 划：丁　洪　孙晓梅　陈宝全

策划执行：崔　露　李慧娟　刘文静

2020 年 7 月 6 日《银川日报》刊发

《黄河特刊》作为《银川日报》对于重大选题报道的尝试

从前期策划

到最终定版

探索出了一条可供借鉴的道路

也使得《银川日报》的"武器库"中又多了一张王牌

地市党报做好重大主题报道的思考与尝试

——银川日报社《母亲河　幸福河》特刊出炉的背后

■ 丁　洪　崔　露

在媒体深度融合的大考中，纸媒如何能够安身立命，用新的形式展现多维的角度？在内容为王的时代，怎样避免地市级党媒的人员、资源劣势，做出符合党媒定位的重大主题报道？在媒体改版的压力下，如何能够推陈出新，争取吸引更多的目光，达到改版的初衷？

可以说，2020 年 7 月 6 日出炉的《银川日报》《母亲河　幸福河——努力建设黄河流域生态保护和高质量发展先行区特刊》（以下简称《黄河特刊》）既有实验性质，为下一步的办报方向投石问路，也有实践的性质，考验了队伍，为媒体融合、策划、沟通、执行、设计能力摸了底，为我们摸索新的办报特色，吃下了定心丸。

重大主题报道　一场关于"优劣"的思考

新年前夕，国家主席习近平发表了 2021 年新年贺词，指出"2020 年是极不平凡的一年。"看似平实无华的话，却是对 2020 年最准确的回顾。2020 年，对于全国来说是不平凡的一年，对宁夏、对银川来说更是如此——抗疫、脱贫攻坚、创建全国文明城市……一件又一件大事，接踵而来，而其中的重中之重，就是 2020 年 6 月，习近平总书记对宁夏的视察。在视察过程中，习近平总书记明确指示要"努力建设黄河流域生态保护和高质量发展先行区"，赋予了宁夏新的时代重任、寄予了宁夏人民殷切期望，为建设美丽新宁夏注入了强大动力、提供了重大机遇。

近几年，黄河流域生态保护和高质量发展，与"一带一路"、京津冀协同发展、长江经济带发展、长三角一体化发展、粤港澳大湾区建设等一起，上升为具有空间属性的国家发展战略。而习近平总书记的讲话，则指明了宁夏在整个黄河流域大发展中的定位和发展方向，这对于宁夏而言，是发展中的绝对大事，对于宁夏媒体而言，则是一次融合中的大考，需要各显神通，八仙过海。

作为党媒，不论从政治站位的角度，还是从本土情怀的角度，《银川日报》都应该对"先行区"的建设有所反应，对这种重大主题，我们不仅要做，还要大做，在人家之前做。但该如何在重大报道中到位不缺位、抢位不越位，扬长避短，找到属于自己过海的"神通"？必须有一场头脑风暴，找出优劣、对症下药，做好眼前报道，为之后重大主题报道探索经验，找到出路——

在抢抓类似重大主题的报道中，我们的地市级党报天然的劣势一目了然：

第一，客观短板。我们相较于中央、省级媒体，离核心较远，掌握资源相对有限。中央、省区的重大战略、政策的核心信息传导到我们这层有时间差，对政策方针的解读理解上有滞后性，直接导致很多时候抢抓重大主题第一落点较为被动和滞后。在我们对"建设黄河流域生态保护和高质量发展先行区"的选题进行策划（2020年6月中旬）时，就遇到了这样的问题。由于"先行区"的提法刚刚提出，区内乃至国内，都没有权威的解读，一些区内专家也只能泛泛而谈，因此我们面临着报道的"准确性""权威性""全面性"的问题，而对于此类重大主题报道，这些方面的缺失，是致命的。

第二，主观短板。1.前端：由于沉淀问题，相对于区级、国家级媒体，我们的人员素质整体偏弱，在同样的篇幅和主题上，经常处于下风，尤其是对于宏观角度的把握与拔高，与国家级、区级媒体有很大的差距。2.策划：在策划上，理论水平不高，对政策吃得不透，有时候策划舍本逐末，难以直达重大主题的本源。策划缺乏系统性和整体性，少有后方主导的、集中成体系的大型报道。3.后端：在后端编辑、组版的提炼与展示上，存在差距，难以集中。

但基层党媒的优势也很明显，那就是机动灵活、勇于创新、敢打敢拼、接近基层。

做特刊　一场关于扬长避短的思考

找到了优劣，就找到了重大主题报道"症结"，如何下药？经过讨论与思考，我们决定试一试"特刊"的疗效。

但这个试一试，也是反复思考的结果——我们认为，特刊，能够发挥现阶段我们最大的优势，最大限度地避免劣势。总结起来特刊的突破就是四个字：笨、新、巧、快。

笨。俗话说笨鸟先飞。我们与省级媒体，客观上存在差距，就要通过更大的气势、更多的版面、更深的思考、更细的采访、更广的维度、更多更有趣的故事等这些笨办法来弥补甚至超越其他媒体在同一个事件上的报道力度。

换句话说，就是在单位质量无法领先的情况下，用更大的数量与更系统的叙事，扬长避短，做到一力降十会。

可以说，为了《黄河特刊》，我们从"笨功夫"着手，仔细研究习近平总书记历次事关黄河的讲话，分析思想脉络，研究中央以及兄弟省市关于黄河流域发展的相关报道与解读。从最终每个版主题的确定，到版与版内容的衔接，到读者情绪的递进等等反复推敲、细细思量，最终完成了区内迄今为止最成系统、最具气势、最有厚度的"先行区"报道。

我们也相信，笨有时候不是劣势，因为勤能补拙。

新。首先，新在表现形式。作为西部内陆省区的宁夏，特刊类新闻较少。而特刊类报道凭借版面大气、统一，形式美观，内容全面有深度，不仅在新闻上有强大的竞争力与传播力，也有很高的艺术性，是本地表达的一种新的形式。

其次，新在创造报道的差异化。在报道形式上，与省级、国家级媒体的系列通讯等报道形成了差异化。

再次，新在符合时代需求。统一的版式、精美的设计、连贯的思维更适合制作新媒体产品和新媒体传播，符合融媒时代的需求。

巧。由于版面较多，可以充分容纳评论、理论文章、图片、通讯、人物特写等不同类型的报道，使得整个报道形式多样、内容丰富、富有张力、亲民可读、形式美观，可供发挥的余地大，可供表现的舞台宽，所以用劲可以更"巧"，可以用更多的小的细节和故事，来衬托更大、更宏观的主题，做到以活以巧取胜。

此外，在美术设计上，由于主题统一，较传统版面的可操作空间更大，用"巧劲儿""耍小聪明"的地方更多，换句话说，就是更容易在小细节上突出编辑的思路。从后来的实践来看，《黄河特刊》我们就给每个版安上了一个关键字，比如"黄河之【思】""黄河之【惠】""黄河之【治】"等，通过同样的大体设计，和其中细节的一字之差，突出版面内容，反映编辑思路。

深。由于特刊版面和内容较传统版面的大幅扩充，就在深上有了更大的空间。也许同样 1000 字的稿件，我们在深度上有落后，但利用特刊，我们可以在更多细节故事、更多角度上对重大主题进行分析和追踪，再由封面的核心评论来"提鲜"，升华主题。

笨、新、巧、深的特刊特色，突出了我们地市党报接近基层、活鱼较多的优势，也突出了我们船小好调头，敢于创新的优势，在相当程度上对冲了深度不够、广度不足的劣势。用特刊反映重大主题，成了共识，就在这个背景下，《黄河特刊》来了。

策划，关乎每一个细节的思考

1. 封面与标题：找口子，定调子

"天下黄河富宁夏。"作为最受黄河惠泽的省区，报道黄河，宁夏的故事太多、羁绊太多、角度太多。"黄河流域生态保护和高质量发展先行区"几乎涵盖了宁夏发展的方方面面……怎样在众多角度中，做出能够抓住核心、准确地阐释"黄河流域生态保护和高质量发展先行区"内涵的新闻？我们决定在千条线里，找到适合自己的切入口，先给本次特刊定调子，定封面，定标题。

要找切入口，必须从"学原文，悟原理"出发。通过不断的查找与学习，幸福河的提法，映入了我们的眼帘——习近平总书记在 2019 年提出："让黄河成为造福人民的幸福河。"这句话彰显了习近平总书记的为民情怀，而且简练生动，勾勒出了黄河流域的美好未来，是为"金句"。

用幸福河做标题，站位既准，而且朗朗上口、贴近性强。而黄河之于宁夏，又极其重要，有母亲河之称。因此，几经思索，特刊的名称就此定下：《母亲河 幸福河——努力建设黄河流域生态保护和高质量发展先行区特刊》，意为将母亲河打造为幸福河之意。

同时，标题的确定，也为整个特刊的策划思路定下了调子——策划必须有"幸福河"的高度和站位；还要有"母亲河"的情怀，能够引发共鸣，有民生出口。

当然，最重要的就是重大选题的本土化阐述。

2. 内容：要站位，要厚重

确定封面之后，我们确定，特刊第一个内容，一定是黄河的保护和治理。

习近平总书记在《在黄河流域生态保护和高质量发展座谈会上的讲话》明确了黄河流域生态保护和高质量发展的主要目标任务：治理黄河，重在保护，要在治理。

作为"主要目标任务"，银川曾经如何开展黄河的保护和治理？取得了哪些成效？未来打算怎么融入整个黄河流域的治理？下定了怎样的决心？又忍痛付出了怎样的代价？依黄河而生的个体，究竟是什么样的状态……

我们把自己换位成读者，在策划的阶段将问题细化，从宏观和微观的多个角度，把问题提供给了记者，后方细致策划加上记者后期优秀的执行，最终成就了我们想得到的整版《黄河之治》。

如果《黄河之治》的目的是反映银川"怎么保护黄河"，那么接下来的两个整版《黄河之利》与《黄河之美》就解答了"为什么要保护黄河"。

银川人的生活用水、生产用水、美好生活环境等，无不依赖黄河，两个版面的内容，把这些日常场景掰开揉碎了，用潜移默化去填充熟视无睹，让人们重新审视自己与母亲河、宁夏与母亲河的关系，引起共情，并得出"为什么保护黄河"的结论——离开了对黄河的保护与治理，高质量发展一定就无从谈起，每个银川人的生活质量，一定无从谈起。

黄河的治理、黄河流域的发展，都依靠的是人，策划过程中，必须对事件的历史走向和现状有着深刻的理解，将历史感与现实感有机地融为一体，将个体经历放进大背景下进行解读，才能为报道增添厚重与深度。

因此，在特刊中，推出了《黄河之缘》《黄河之史》两个版面。《黄河之缘》讲述的是几个与黄河流域的建设和发展有着紧密联系的个体的故事，而《黄河之史》则是讲述黄河流域治理与发展的史诗。它们不仅进一步加重报道的厚重，也让整个特刊更具人文情怀，更接地气。

习近平总书记 2020 年 6 月初视察宁夏，我们 6 月中旬开始相关策划，"黄河流域生态保护和高质量发展先行区"到底有什么思想内涵？这困扰着许多干部群众，我们有必要对此进行理论上的解读，解答困惑，指明方向。因此，《黄河之思》也被列入了特刊之内，邀请中共宁夏区委党校课题组、中共银川市委党校课题组分别撰写了两篇理论文章，对新思想进行了阐释，也提升了整个报道的高度与思想性、服务性，起到了结尾的效果。

3. 版面：重美观，重联系

版面就是报纸的脸面，读者在看报纸的第一眼，不会看细节的文字，而是会关注能够反映主题的版面。《黄河特刊》的主题大气，与之相对的，版面就必须大气、精美、统一。

在设计时，版面以大幅照片为基础，红黄色为基调，辟出边栏，注重留白，版面大气不局促，也不显得太过呆板。版面基调一致，切割基本保持一致，注重整体性。

特刊的一个特点，就是需要极致注意细节的形式感。《黄河特刊》在设计时，从字体、栏目安排，以及印章、主题词、引言、提要等等，每一个都经过仔细讨论与设计，让内容与版式和谐依存，以版式烘托了内容的核心。

4. 评论：重点题，重拔高

在内容上的策划和设计上，我们虽然设计了内容上的层层递进的关系与版式设计上的联系，但要把七八个版面彻底统合起来，还需要一个点睛与拔高，因此需要一个优质的、能够统合所有稿件内核的评论。在与评论部沟通的基础上，《奏响新时代黄河大合唱银川篇章》出炉。

至此，《黄河特刊》也终于迎来了它的最后一块拼图。

【后话】《黄河特刊》作为《银川日报》对于重大选题报道的尝试，从前期策划，到最终定版，探索出了一条可供借鉴的道路，也使得《银川日报》的"武器库"中又多了一张王牌。

从2020年7月至今，《银川日报》共策划推出了《母亲河 幸福河——努力建设黄河流域生态保护和高质量发展先行区特刊》、《脱贫攻坚战正酣 贺兰山下党旗红》七一党建特刊、《高质量发展和重点项目》特刊、《北纬38度的世界荣耀》葡萄酒产业特刊、银西高铁《来了》特刊、脱贫攻坚全纪录特别报道、《奋斗的征途》新年特刊、《牛年更牛》党建特刊等等一系列的重大深度报道，从《黄河特刊》开始，《银川日报》做到了"月月有特刊，周周有重点"，并逐渐形成了日报办报的一个新特色。

奏响新时代黄河大合唱
银川篇章

■ 银川日报编辑部

不久前，习近平总书记视察宁夏指出，要把保障黄河长治久安作为重中之重，实施河道和滩区综合治理工程，统筹推进两岸堤防、河道控导、滩区治理，推进水资源节约集约利用，统筹推进生态保护修复和环境治理，努力建设黄河流域生态保护和高质量发展先行区。

作为母亲河，黄河发源于青藏高原，流经9个省区，全长5464公里，地区生产总值23.9万亿元，占全国26.5%。换句话说，对于中国而言，无论是古代，还是当下，"黄河宁，天下平"，这始终都是百姓关注的地方。

事实上，很多人潜意识里都有这样的想法，如今科技发达，资本雄厚，黄河水资源的使用，可以利用技术单纯提升效率，甚至可以忽视黄河本身资源的"库存"。但这样的想法显然是错误的。如今农业高效生产，工业发展形成规模，城市人口大量聚集，对于水资源的截取速度更快，自然修复与人类索取之间，呈现出了极大的不平衡。

因此，对于黄河流域的生态资源，用好了，这叫作大自然的馈赠，用多了，就是对大自然的掠夺。而对于宁夏而言，黄河流速相对缓慢，灾害发生率较低，更加适合推进建设黄河流域生态保护和高质量发展先行区。不断从量的小步积累，逐渐形成质的彻底改变，最终为黄河下游省份提供更好的生态资源和生态产品。所以，在黄河面前，宁夏人当仁不让，应该冲在这项工作的最前沿。

黄河水资源总量不到长江的7%，人均占有量仅为全国平均水平的27%。水资源利用较为粗放，农业用水效率不高，水资源开发利用率高达80%，远超一般流域40%生态警戒线。面对这样的数字，我们应当更好地利用好每一滴黄河水。谨防假借一些概念，滥用黄河水资源，无节制地截取水资源的行为，尤其是在工业领域，将水资源阶段性利用率计算在环评内容和综合效益之中，就是对黄河负责的态度。

通过统筹治理，推进两岸堤防、河道控导、滩区治理。事实上，包括河滩治理等内容，已经是多年以来宁夏沿黄流域一直在推进的工作，但具体工作实效如何，有没有漏网之鱼或者置若罔闻的现象，这还需要基层职能部门绷紧这根弦，做好自己的分内事。

在这些工作同步推进的情况下，统筹推进生态保护修复和环境治理，这是让黄河持续保持良好状态、造福本地、造福下游的根本性工作。黄河水既是我们高效利用的资源，又是我们倍加呵护的主体。作为黄河中上游城市的银川，我们多做一些黄河生态保护工作，就是为下游城市多出一份力，同时也为我们的经济发展，留下更多的发展空间。

高质量发展一定不是一蹴而就的，前期就是建立在一点一滴的黄河流域生态保护工作上。同时，因为更高质量的发展，我们才有更多的力量，持续加码黄河流域生态保护，为黄河增值，为宁夏增值，为银川增值。而这也是我们对于母亲河最好的致敬，感谢她为了我们付出的一切。

守好生命线、建设先行区，银川必将以更大力度、更实举措精心呵护母亲河，奏响新时代黄河大合唱银川篇章。

黄河之治　银川之智

■ 陈　玲

全面打响黄河保卫战，黄河之治的银川作为，换来母亲河的水清、河畅、岸绿、景美。银川将打造一条集"生态保护、黄河风情、休闲游览"于一体的黄河生态廊道，筑起祖国西北的生态安全屏障。

关键词：呵护生态　净化水质　人水和谐

黄河与银川的相遇，织就了银川平原无数精彩和奇迹。一个村庄的故事、一条排水沟的故事、一片湿地的故事、一批河长的故事……这些故事的背后，是湖城儿女的治水智慧。

探寻湖城儿女呵护母亲河的足迹，记者采撷到了银川铁腕治理黄河水的担当与作为。透过镜头，这些担当与作为次第延展。

退出河滩地　重现母亲河生态本色

"河滩上种了 15 年的地，舍不得也得舍啊！"说起河滩上那四亩三分地，永宁县望洪镇东和村村民王森林眼里泛着难以割舍的泪花。15 年，靠着这四亩三分地，王森林和媳妇撑起一个家，养育了懂事能干的儿子，又带大了乖巧懂事的孙子。

今年，河滩上不再有王森林耕种的身影。

"为了咱的绿水青山，舍不得也要舍啊！"王森林说。

从舍不得到不得不舍，王森林和其他村民一样，都知道这是为了保护黄河生态的千秋大计着想，也是为了子孙后代的福祉种下福根。村党支部书记王成新原本以为收回河滩地的工作会很难做，没有想到村民们在万般不舍之下，还是通情达理、眼光长远的。

王成新告诉记者："大家伙都知道，河滩上种地影响泄洪不说,化肥农残还影响黄河水质、破坏黄河水生态环境。洪水来了损失最大的还是咱农民自己。"

今年,东和村 480 户村民让出 1270 亩河滩地。退出河滩地,换来的是黄河水质持续提升、黄河沿岸生态持续向好。还原黄河沿岸生态本色,银川的努力不止于此。

今年,兴庆区通贵乡河滩村黄羊沟旁的河滩地违建养殖场被彻底拆除。违建养殖场拆除给村民们上了一课:黄河沿岸乱占、乱采、乱堆、乱建,法理不容、决不姑息。

通贵乡副乡长石坤今年也松了口气:"汛期不用再担心村民养的牲畜被淹,谁也不敢再在黄河岸边搞养殖,祸及子孙后代的事儿坚决不能干!"

在兴庆区武警小区附近,第二排水沟沿岸的排污口可以看到封堵的痕迹。沿线的排污口被逐一封死,居民们是最大受益者。"往主干道走都要经过第二排水沟,以前都是远远躲着走,现在沿着沟边走环境好多了!"居民丹丽玲说。

在银川保卫母亲河的战役中,从源头减少化肥、农药、污水入黄,从根上清除沿黄岸边乱占、乱采、乱堆、乱建,最大限度减少黄河岸边生态环境的人为破坏和干预,银川正为黄河沿岸生态本色恢复吹响集结号。

银川市河长制办公室相关负责人介绍,2019 年银川市为黄河河滩地停种回收工作建立了"四乱"问题销号台账,银川黄河段河湖环境明显改善。今年,银川市启动了黄河银川段干流滩地综合整治修复项目,银川四县(市、区)已收回河滩地 18.93 万亩,依法打击"乱占、乱采、乱堆、乱建"专项行动持续开展。

精耕细作治水情　换来清流惠百姓

在银川，黄河水徜徉 83.8 公里，铺就黄河宁夏段 21.1% 的塞上长卷，银川也因黄河而坐享"塞上湖城"美誉。

从吴忠市叶盛公路桥黄河入水口断面，到平罗黄河大桥出水口断面，黄河水在这一段接受着最严格的"体检"。银川市环境监测站 38 位监测员长期坚守着为黄河水"体检"的使命。

"测量设备越来越智能，测量效率越来越高速，我们对黄河水质的监测标准也越来越严格。"监测黄河水质 30 年的老监测员郭英茹，对监测技术的突飞猛进感慨颇深。

在银川市环境监测站，存放着不同类型的上千个水体样本。这些样本中，有的来自于黄河断面水样，有的来自于排水沟，有的来自于湖泊湿地，还有眼下银川人正在饮用的黄河水。

为了让放心水汇入黄河，像郭英茹一样的监测员们对水质"体检"有着近乎苛刻的要求。2020 年上半年黄河银川段 3 个水质监测断面平均浓度均达到 II 类水质。水质提升背后，是银川精耕细作、统筹布局洒下的治水智慧。通过消除黑臭水体、建设银川滨河水系净化湿地扩建连通工程，银川市凭借黑臭水体治理示范项目成功入选 2019 年财政部、住房和城乡建设部、生态环境部评选的第三批全国黑臭水体治理示范城市，而银川滨河水系净化湿地扩建连通工程的建设则为黄河银川段量身打造了一湾天然的二次净化池。

银川市市政管理局城市用水管理处相关负责人告诉记者，2017 年银川市采用"一沟一策"的治理方法，投资 1.35 亿元对第二排水沟、银东干沟、城市四排沟等 9 条城市黑臭水体进行治理。2018 年，银川 9 条黑臭水体全部变身城市带状休闲湿地，黑臭水体恶臭不堪、蚊蝇肆虐的景象一去不复返。银川的 8 个污水处理厂也在这一年提标改造，出水水质全部达到Ⅰ级 A 排放标准，为下游沟渠和黄河生态的整体保护装上了净化器。

曾经汇入黄河的 9 条排水沟如今统一汇入滨河水系，入黄排水口从 9 个变成 1 个。由银川滨河水系净化湿地扩整连通工程形成的长约 50 公里、面积约 1.1 万亩的滨河水系，成了黄河银川段的天然肾脏，为黄河水质净化提质加码，是黄河水体净化的又一创新。站在滨河水系沿岸，10.5 万平方米的石墨烯催化网，通过光合作用吸附降解了水体中的各类污染物，为滨河水系沿线湿地装上了"过滤器"。一系列行之有效的治水智慧，让今天的入黄水质稳定达到Ⅳ类水质以上标准。

河湖水系治有方　"一张蓝图"筑屏障

2019 年 5 月，金凤区上海西路街道办事处唐徕社区成立。年轻的卜雅楠在担任社区党支部书记的同一时间，也成了上海西路街道办事处唐徕社区唐徕段的三级河长。

"我是最基层的河长，发现问题第一时间上报是我的责任！" 3000 米的巡河路程，每周巡河两次，卜雅楠既是唐徕段的守护者，也是沿岸绿化环境持续向好的见证者。就在 2019 年 10 月以前，卜雅楠负责的唐徕段西侧还是一片裸露空地。生活垃圾、建筑垃圾遍地，让生活在唐徕渠西侧的居民怨声载道。

当年 10 月的一天，一辆铲车驶入这片废墟。2020 年的春天，这里的景致开始变得不同。如今，周围居民打开窗户，就能望见渠边绿意盎然、草长莺飞的景象。

发现有杂物漂浮、占用河道、水体异样、污水偷排偷放等情况，卜雅楠都会通过"巡河通"APP第一时间上报情况。银川市河长制办公室接到上报后会第一时间转交到各县（市、区）或者相关单位进行限期督办。河长是否巡河，巡河路线是否完整，一款"巡河通"APP就能全程记录河长的巡河轨迹。

点滴汇聚，涓流成河。在银川，共有794名河长为黄河水筑起智慧巡河的壁垒。市、县、乡、村四级河长制工作体系，将全市所有河湖纳入河长制范围，河长制在银川实现了全域覆盖。2019年，四级河湖长全年共巡河32906次，上传巡河问题工单185条，受理河湖投诉37条，办结率达90%。

银川遵循人水和谐的治水理念，10年间累计投入24.5亿元开展退田（塘）还湖、河湖连通、植被恢复、鸟类栖息地修复、湿地管理等项目建设，全市现有湖泊湿地面积5.31万公顷，水域面积占到城市建成区面积的10%。自然湖泊湿地近200个，百亩以上湖泊128个，总面积12.32万亩，拥有3个国家级水利风景区、5个国家级湿地公园。794名河长有序驻守在黄河流经的地方，全面打响了黄河保卫战。银川铁腕落实河长制，换来黄河的水清、河畅、岸绿、景美。

"保护好母亲河，不仅是当下的生态建设大任，更是福泽子孙万代的大任。"银川市自然资源局相关负责人告诉记者，《黄河银川段两岸河滩地生态修复规划》已经启动，规划方案正在进行深化，规划初稿已经完成。

负责规划编制的北京中林国际林业工程咨询有限责任公司项目负责人张安荣说，对黄河最好的保护就是最大限度地减少人为干预，用最简约的手段恢复黄河沿岸的生态本底。

向着这一目标，银川计划利用规划区内现有生态资源，通过植树造林、湿地恢复等手段开启黄河保卫战的新征程。按照区域划分，专家们为滨河大道沿边、河滩地内、黄河洼地设计了不同的养护修复蓝图。

按照城市开发建设"一张蓝图"的全局思路，《黄河银川段两岸河滩地生态修复规划》严守生态保护红线、永久基本农田保护红线和城镇开发边界，生态空间、农业空间、城镇空间与黄河沿岸融为一体，林、田、湖、河有机生长。银川将打造一条集生态保护、黄河风情、休闲游览于一体的黄河生态廊道，筑起祖国西北的生态安全屏障。

黄河之水 惠泽万家

■ 梁小雨 闫 茜 鲍淑玲

黄河，在银川人的心中，分量很重。得黄河水灌溉之利，这里不仅稻香鱼肥，还常年瓜果丰饶、香气袭人；依水而建的供水工程也让优质的黄河水流进千家万户，守着黄河的银川人民终于解渴了；还有波光粼粼的湖泊湿地顺势而成，不仅在茫茫沙海中孕育出一片富足的绿洲，也为城市带来了丰富的旅游资源……穿境而过的黄河，为两岸的工业发展、农业灌溉、文化旅游以及人畜饮用提供了源源不断的优质水源。

关键词：依水而居　得水之利　伴水而兴

吃在黄河　优质农产富农户

再过两个月，贺兰县晶诚水产养殖有限公司养殖的加州鲈鱼将大量上市，负责人高长城每天都会到鱼池边上转转，查看鱼池的水温、溶氧含量、水的 PH 值、水浊度、饲料投放量等参数。从沈阳来银川 18 年，高长城借助黄河之水，在这里扎下了根，过上了富足、安逸的生活。

"当时银川市水产养殖部门去沈阳考察，从中了解到这边的渔业资源丰富，就抱着试一试的心态过来了。"贺兰县是西北五省区重要的水产养殖地，第一次到贺兰县考察时，高长城被这里星罗棋布的鱼塘深深震撼，"没想到这边水资源条件这么好，当地人养鱼都非常有经验。"

虽然期待满满，但一开始因为不了解当地气候、水质等问题，高长城交了不少"学费"，他回忆道："第一年越冬的时候，气温没控制好死了近 7 万条鱼，损失了 40 多万元。"后来在水产站技术人员的指导下，高长城对水温、光照等各个方面进行了调整，养殖基地才慢慢走上正轨。

如今高长城的养殖基地已经达到 600 亩，其中工厂化养殖 360 亩，稻渔综合种养 240 余亩，常年养殖加州鲈鱼、南美白对虾、叉尾鮰、螃蟹、鲟鱼 5 个品种，年销售额超过 1000 万元，利润达到 200 万元。

与高长城养殖基地不远的贺兰县稻渔空间乡村生态观光园最近也迎来了旅游旺季。一二三产业融合，实现多产业、多业态同步发展，是"稻渔空间"主题农业公园的最大亮点。这里结合稻渔综合种养模式，不仅种稻、养鱼、养虾、养鸭子和粮食深加工，还在田野里制作了稻田画，吸引了大量的游客纷至沓来。

"有了黄河水的灌溉，我的三产融合发展的梦想才能得以实现。"园区负责人赵建文已经和宁夏大米打了 30 年的交道，通过"一产提质、二产带动、三产提效"，他逐步形成立体种养、粮食加工、电商销售、休闲农业、社会化服务等多种业态，产业间相互渗透、相互提升、融合发展，农业功能不断拓展，产业效益集聚提升，实现了"1＋1＋1＞3"的发展效应。

"以前传统大水漫灌的种植方式已经不适合当下黄河流域保护治理和高质量发展的目标，我们要做的就是通过节水灌溉、高效种植，让宁夏大米生态有机更有味儿。"赵建文的水稻种植基地建设了 4 个高密度的养鱼池，每天通过泵将鱼粪和鱼产生的富营养化水抽出来，循环到稻田里，给水稻提供营养，同时在稻田里喂养鸭子、鱼虾、螃蟹、田螺，而在稻田里净化后的水再次回到鱼池用以养殖，实现了闭合的循环养殖模式。

由于生态种养基本不施用化肥、农药、除草剂等化学投入品，大米、稻田鱼、稻田蟹、稻田鸭等产品品质好、价格高，2019 年园区稻渔（蟹、泥鳅、小龙虾、鸭）综合种养亩均净收益达到 1000 元以上，是普通水稻种植的 2 倍。

喝在黄河　甘甜水源润万家

2020年6月3日，随着贺兰、永宁段市政主管网建设完工，用水高峰期"水压低""水量不足"的问题得到了彻底解决，同时银川都市圈城乡西线供水工程也让银川市三区两县的居民，喝上了放心、甘甜的黄河水。

每年6月，银川市开始进入用水高峰期，过去，银川中铁水务集团客服部刘晓丽每天要接六七百通投诉电话，"水压低""水量不足"是市民最常反映的问题。今年客服工作的开展要从容得多，她告诉记者，即使是高峰期，关于水压问题的投诉大幅度减少了，大部分电话来自于报修和用水咨询。"今年我们通过回访往年用水问题集中的小区，发现市民对现在的生活用水都很满意，这说明西线供水解决了高峰期用水难的问题。"刘晓丽告诉记者。

这样的改变，银川中铁水务集团贺兰供水有限公司经理王涛也感同身受。"虽然公司年年都在新增水源深井，但依然不能满足全县生产、生活用水，使得县城朔方街以东如中恒花园、阳光水岸等住宅小区在夏季高峰期及冬季供暖期经常出现供水压力不足的现象，近万户居民深受水压不足困扰。"王涛坦言，虽然县政府对一些老旧小区的供水设施也进行了改造，但是一到用水高峰期，清水池抽空的尴尬就让供水人无奈。

上午10点钟，走进长城须崎社区张兰香的家中，正在洗菜的她告诉记者："去年，这个时间段用水还很成问题，每天中午12点左右，水管里的水才缓缓流出，夏天经常要用水而发愁，定期储水几乎成了我家的习惯，今年开始，24小时都能用上水，水还更清凉了，真是件好事。"

银川中铁水务集团客服部副部长杜天祥告诉记者，过去，银川三区两县的日供水量最高是 55 万立方米，现在最高能提供 90 万立方米，极大满足了居民和工业的用水需求，这都得益于西线供水工程。

西线供水工程将黄河水引入西夏水库进行沉降，经过银川南部水厂和贺兰山水厂的净化，被输送到一条长约 60 公里的配水管线，再流入千家万户，这么长距离的供水，如何保证居民喝到的水安全放心呢？

银川中铁水务集团治水公司经理张德全告诉记者，黄河水的处理工艺比地下水增加了 4 步，水流进水厂要进行机械搅拌、絮凝、沉淀、过滤以及加氯、紫外线消毒等一系列工艺，经过检验后，才能输送到居民家中，水中氨氮等有害物质全部被过滤掉了，喝起来更甘甜。

"饮用水浊度国家标准是不得超过 1NTU，过去银川市使用地下水能够达到 0.7NTU，现在处理后的黄河水能够达到 0.12NTU，远远超过了国家的标准。"张德全告诉记者，过去，由于水源地区的不同，每个区域的居民喝到的水从颜色、味道上都有细微的差别，西线供水工程完成后，所有居民的饮用水都是统一标准了。

游在黄河　惊艳美景引客来

7 月的黄河岸边，原生态的底色愈加清丽，自然质朴、原始野逸的湿地风光，尽收眼底的美丽让人流连忘返……

周末，从银川市区出发，沿北京路经过滨河黄河大桥时，你会发现自己忽然"跌"入了一派田园风光之中。这里百余公里的黄河岸边，分布着水洞沟、黄沙古渡、黄河军事文化博览园、黄河外滩公园、黄河横城等 10 多个边界相连、景观各异、功能多样的旅游景区，已成为市民茶余饭后津津乐道的话题。从空中俯瞰黄河两岸，绿色生态防护屏障一眼望不到头。这里，江南水乡与大漠风光自然融合，黄河、长城"两龙相交"，长河、大漠、戈壁、草原构成独特的黄河人文景观。

黄沙古渡景区内的大漠风光、黄河古韵、自然湿地、黄沙拥长河的塞外奇景，是原生态自助游的好去处。古老的羊皮筏子、原始的沙漠之舟骆驼、现代的黄河龙舟、刺激的沙海冲浪，是宁夏最好玩的地方。来黄沙古渡还可以饱览大漠风光、九曲黄河湿地、黄沙拥长河的塞外奇景，感受宁夏民俗文化的浓浓乐趣。

曾是历史上有名的黄河古渡口的黄河横城旅游度假区，有着浓厚的历史文化积淀。景区立足旅游新业态，发展黄河生态旅游和休闲旅游，重点保护古城及黄河自然生态，又注入文化元素，注重生态保护与历史文化融合，为保持黄河和古城旅游资源的唯一性和稀缺性，将黄河横城打造为黄河与长城资源相融合的旅游典范。

在黄河外滩景区，南起黄河横城旅游区，北至黄河军事文化博览园，全长10公里，集自然风光、文化探秘、休闲运动、主题旅游于一体，黄河落日、长城遗址、十里栈道、百鸟河图、千亩稻香、万亩果园……

小龙头是黄河与明长城的交会点。明长城河东段，又称河东墙，该段地形东南较高，长城沿隆起的丘脊向西北蜿蜒，与北侧长堤前后相伴伸入黄河，宛若两条黄色巨龙卧饮于大河之滨。黄河、长城"两龙"相交，形成奇异的人文和自然景观，极为罕见。

而屹立于黄河岸边的银川黄河军事文化博览园，秉承军事化管理理念，围绕和谐生态宗旨进行开发建设，这里的每一道景观都倾情诠释着军旅情怀、海洋情结、战舰情愫、家国情感和兵民情谊，逐步锻造出集军事博览、主题纪念、国防教育、拓展训练、互动体验于一体的军事主题旅游景区和国防教育基地、青少年素质提升教育基地。同时，也让游客在军事主题和文化元素相融合的深度体验中，感受到军事探险和军旅生活的刺激，体验到海军水兵生活和海洋文化魅力。

行走于银川黄河岸边，水清岸绿、怡然泛舟的黄河湿地游渐入佳境。一路随着潺潺的水流声，悠闲的白鹭从草丛中飞起；黄河、草原、大漠、湿地、长城等首屈一指，神奇的自然景观与深厚的历史文化相得益彰。如今，这些宝贵的资源已经成为人们向往的旅游目的地。

黄河湿地　胜似江南

■ 闫　茜　吴　璇

银川湿地位于中国西部干旱地区的宁夏平原。在如此地理位置中的银川却拥有近 200 个自然湖泊、沼泽湿地。湿地分布密度大、范围广、数量多，在西部干旱地区少见。而这一切，都得益于黄河的滋养。黄河让优美的水生态在银川大地重现，成为造福地方人民的幸福河。黄河不仅富饶了银川的土地，更塑造了湖在城中的塞上新景，可以说，银川因黄河而生，因黄河而兴，古有"七十二连湖"的美称，现成就"国际湿地城市"的荣誉。

关键词：野生鸟类 239 种　一级保护动物 5 种　湿地面积 5.31 万公顷　5 处国家湿地公园

银川，曾经黄沙漫天、干旱少雨。历经几十年的发展与保护，银川湿地经历了萎缩、减少和再恢复。如今，大漠孤烟的景象早已不再，展现在人们面前的是一幅波光粼粼的湖河美景，"七十二连湖"的盛景已然重现。

风光秀丽的阅海公园，别具风情的黄沙古渡，荷花芦苇相伴的鸣翠湖，环境优美的宝湖公园……一道水不断流、绿不断线、景不断链的湿地生态屏障，和"不是江南，胜似江南"的湿地美景，宜居宜业。而这一切，得益于银川多年来对生态的保护，也离不开黄河的滋养。

鸟儿飞来，湿地恢复，"七十二连湖"胜景重现

"二十多年前，现在的阅海湿地公园还是一片湿地滩涂，我经常能见到成群的鸟儿飞起来的壮观景象，后来这样的景象慢慢消失了。"银川市湿地保护中心主任王筱平说，近年来，银川市加大了湿地的保护力度，昔日的壮观景象，在候鸟回迁和南下时，又重现飞鸟翔集之景。

现在，一些珍稀鸟类也经常驻足银川湿地。王筱平介

绍，在黄河外滩国家湿地公园可以看到黑鹳，在黄沙古渡可以看到白尾海雕，在银川黄河湿地公园可以看到大天鹅和小天鹅。去年，银川观鸟爱好者在黄河边拍到了国家二级保护动物卷羽鹈鹕，全国的鸟友们都"炸开了锅"，纷纷驱车千里到宁夏一睹卷羽鹈鹕的风采。

为了保护鸟类，自2013年以来，银川相继通过了《关于加强黄河银川段两岸生态保护的决定》《关于加强鸣翠湖等31处湖泊湿地保护的决定》等，并于2017年成立了湿地保护修复专家委员会。

目前，银川湿地野生鸟类共有239种，其中国家一级保护动物有黑鹳、中华秋沙鸭、白尾海雕、小鸨、大鸨5种，国家二级保护动物有大天鹅等19种。银川湿地成为中国西部以及东亚—澳大利亚鸟类重要的迁徙路线和栖息繁殖地。

在宝湖附近生活了大半辈子的陈安宁，作为一名湿地保护工作者，见证了宝湖的变化。他指着眼前的宝湖路告诉记者："这条路当初就是穿湖而建的。过去湖的周围到处是鱼塘，湖泊淤积严重，后来经过退塘还湖，对基础设施也进行了整修，现在的宝湖既能发挥对城市的生态调节功能，也满足了市民休闲、娱乐、观光的需求。"

这些年，通过保护和恢复，银川像宝湖一样的湿地越来越多。对于在银川湿地保护中心工作了15年的吕金虎来说，保护湿地就好比保护我们身边的"绿洲"。吕金虎说，从2002年开始，银川停止了所有填湖项目，并从鸣翠湖和阅海两块湿地入手，通过植被恢复、水系连通、扩湖整治等方式进行湿地修复，涉及面积约31万亩。目前，全市共有湿地总面积5.31万公顷，其中自然湖泊近200个。已有5处国家湿地公园、1处国家城市湿地公园、6处自治区级湿地公园。

同时，银川市还结合城市园林绿化建设，对南塘湖、流芳湖、丽景湖、金波湖、文昌湖等市内小型湖泊进行清淤改造，建成了一批以湖泊、水系为主体景观的公园绿地，为市民营造了"开窗有景，开门有绿"的宜居生态空间。

今年已经55岁的吕金虎，参与过的湿地保护项目不计其数。他介绍，过去银川的湿地大多以农田和鱼塘为主，"七十二连湖"得益于黄河的馈赠。这些年，随着"治水""治污""增绿"，当年的盛景又得以重现，甚至比过去更美、更有序。

2005年，学习林业的吕金虎，跨行参与到湿地保护工作中来，那时候银川不少湿地已经丧失了生态功能，而修复是一项综合措施，需要宽广的知识面和经验。他说，这些年，通过人工种植水生植物，投放贝类、鱼类以及石墨烯等新材料，增加水体生物的多样性，帮湿地慢慢恢复自净功能。同时，大量种植树木，丰富岸边植物的种类，降低了水土流失。

"问渠哪得清如许，为有源头活水来。"让水活起来，对于生态保护的意义也很重大。吕金虎介绍，通过银川滨河水系截污净化湿地扩整连通工程和典农河工程，将大大小小的湿地连接到一起，不仅保证了银川整个水系水位和生态的稳定性，也截流了11条入黄排水沟，保证了入黄排水的质量。

生态环境改善，催生与湖相伴的生活方式

鸟儿多了，可以休闲游玩的地方也多了，连空气也更湿润了，是近些年来银川市民最直观的感觉。说起空气湿度的变化，银川市湿地保护中心有个数据，2018年之前，银川市的空气湿度是30%，如今已经达到了50%。

张女士在南方定居，每隔几年会回银川探亲。早些年，她每次回来都会"水土不服"，不是嘴唇干裂，就是上火流鼻血。去年春天，张女士又一次回银川探亲，这次，她明显地感觉到这里的空气没有以前那么干燥了，虽然不及南方湿润，但一直让她担心的嘴唇干裂、上火的情况再没有发生过。而这种感觉，银川本地人更加强烈。作为一名在银川土生土长的"60后"，郑女士记得，十几年前，银川还时不时来几场沙尘暴。"记得一次下午3点多，天原本应该很亮的，但刮起沙尘来，外面黄蒙蒙一片，什么都看不清。"她回忆道，那时候，在沙尘暴天气下赶路的人，满头满脸都会是沙子。

而近些年，随着湿地面积的不断扩大，空气湿度逐渐提高，沙尘暴出现的频率也越来越低，好几年都没有出现过令人印象深刻的沙尘暴了。

近年来，不论是在燕鸽湖、北塔湖，还是在华雁湖、典农河，每年红嘴鸥迁徙的季节，都会有许多市民前来观鸟。而湿地给银川市民带来的，远不止更加湿润的空气和精灵般的红嘴鸥，更是一种与湖相伴的生活方式。

位于丽景街的丽景湖公园，是小型湿地湖泊改造的公园绿地之一，自建成以来，每天早晨，都会有周围的居民或沿着公园小道散步，或在空地打太极拳、跳广场舞，或在无人的地方吊嗓子，一展歌喉。

家住高台寺巷清雅园小区的王女士就是丽景湖公园的常客，已经退休的她每天早晨吃完早餐，都要沿着湖滨街来到丽景湖公园，和几个志同道合的朋友，一起绕着公园快走3圈以上，结束后在附近买点菜回家。

在宝湖公园，湖边水流平缓的地方被安全网围起来，还铺了沙滩，是附近居民夏日消暑、休闲娱乐的好去处。"过去，这里是一片荒地，湖边也没个安全标识，孩子过来玩，大人都紧张得不行。"市民孙先生说，"现在到了周末，我们一家三口一起过来，一玩就是半天，能亲近自然，孩子特别高兴。"

开通"生态廊道"，探索湿地管护新模式

年近 50 岁的观鸟爱好者李志军，每年都要沿着候鸟在银川境内的迁徙路线走一遍。李志军介绍，它们的路线通常有两条，一条沿着贺兰山，一条沿着黄河，从银川的湖泊水系飞进来。"如果水系周围的空间狭小，布满高楼大厦，鸟类是无法飞进来的。这条为鸟类开启的专用通道叫'生态廊道'。"

记者从银川湿地保护中心了解到，2013 年开始，银川依法划定湿地生态保护红线，对黄河银川段两岸湿地保护区域划定了 500 米区间的红线，对典农河及其连通湖泊湿地保护区域划定了 100 米区间红线，对鸣翠湖等 31 处湖泊湿地根据面积的大小，划定了 50 米至 100 米不等的区间红线，规定除公益项目外，任何单位和个人不得在保护范围内进行开发建设和经营活动。

如今，不少荒废的滩涂湿地，被建设成了环境优美的湿地公园，而那些湿地生态保护红线，不仅保护着鸟类的栖息地，也为市民休闲娱乐让出了一片天地。吕金虎说，湿地环境好了，沿河锻炼身体的人越来越多，市民保护环境的意识也在增强。当遇到破坏湿地的行为，大家会主动举报，偷猎、捕猎等行为得到了有效的遏制，全民参与到保护湿地的队伍中，是最好的状态。

2017 年，灵武市白芨滩国家级自然保护区发现 400 多只濒危物种——遗鸥。银川市湿地保护中心的王筱平连忙带人在当地配置了三个摄像头，将白芨滩纳入银川湿地

生态监测系统内，实时观测遗鸥的栖息状态。

"作为国际濒危物种，遗鸥在全世界范围内只有 2 万多只，它对生态的要求极为苛刻，今年遗鸥在宁夏的数量已经增加至 2000 多只。今年通过湿地监测系统，我们还发现遗鸥已经在白芨滩进行了繁殖。"王筱平介绍，2015年，银川市湿地保护中心利用互联网平台，建立了湿地生态监测系统，通过远程监控，记录、储存、分析相关数据，形成湿地生态数据库，这是湿地管护的新模式。

自运行至今，已经记录了包括黑鹳、白尾海雕等珍稀鸟类的栖息行为。宝湖、阅海、鸣翠湖、海宝湖、黄沙古渡、鹤泉湖及花博园等 9 处湿地公园已实现了信息互联互通。

湿地生态监测系统不仅能监测鸟类，还能监测湿地自身的水位、植物等状态。吕金虎介绍，银川不少湿地湖泊都设置了水尺，水位一旦下降，监测系统的探头会进行反馈，工作人员会第一时间对湿地进行补水，避免整个生态系统出现问题。

2017 年，银川湿地生态监测系统被国家林业局评为中国智慧林业最佳实践50强。因水而焕新颜的"塞上湖城"，获得了中国人居环境范例奖、全国文明城市、国家园林城市、全国节水型城市、中国最具幸福感城市等多项荣誉称号。

黄河之畔　情怀之地

■ 刘旭卓　吴　璇　李　尚

一方水土养育一方人，在黄河水流淌过的地方，还有许多人与黄河结下了不解之缘。从大桥的建设者，到岸边的摆渡人，再到运用现代化理念开发景区的管理者……他们的故事，也许就是黄河岸边每人的故事。正是有了这份真挚的情感，让我们对于母亲河有了更深的情怀。

关键词：拼搏奋斗　追寻理想　留住情怀

两座桥，几代人，一个梦

新的叶盛黄河大桥建成时，70 岁的顾金保站在老叶盛桥上，一手举在额前遮住阳光，一手指着新桥说："真是好，好，现在这技术太先进了。"顾金保遥望的新桥，在距离老叶盛黄河大桥下游 1.1 公里处，一虹横贯，磅礴大气。

顾金保是老叶盛黄河大桥的建设者，而新桥的项目经理，是他的儿子顾龙。这两座桥于他而言，意义非凡。顾金保说："这两座桥，是几代宁夏人为了同一个梦想，努力奋斗出来的。"

为了满足群众的交通需求，1968 年，宁夏回族自治区政府决定修建一座黄河大桥，地点选在宁夏南北交通的枢纽——叶盛镇。

"那时候别说水泥桥了，小沟渠里的木桥都没几座，还能从黄河上架一座桥？"1969 年，21 岁的顾金保前来建设叶盛黄河大桥时，心中就一直有个疑问，从小到大坐渡船过河的他，怎么也想不明白，那么宽的黄河上，怎么能架一座桥。

经过一年多的测量选线，1969 年 10 月，叶盛黄河大桥开工建设，仅用时一年零两个月，就建成了宁夏第一座黄河公路大桥。1970 年 12 月 26 日，大桥竣工通车，结束了宁夏没有黄河桥梁的历史。

"我们当初建桥的时候，真是壮观。"顾金保记得当初的叶盛镇都炸锅了，一听说要在黄河上修桥，全镇子的人都跑来看，都想知道这座桥怎么修。

说是建桥，但最基本的设施都没有，甚至连睡的地方都没有，施工队就在黄河边搭起茅草屋，一大帮人睡通铺，冬冷夏热，还有蚊虫叮咬。设备也很简陋，为了运输建筑材料，在黄河岸边上用木头搭建起两座高高的架子，中间拉起一道绳索，相当于现在的塔吊。

老叶盛桥的修建过程很艰辛，但也充满智慧。代表例子便是"木笼筑岛围堰"。"浇筑混凝土的时候，是1970年1月。这种土办法要等到冬天黄河结冰了才能施工呢。"顾金保说，当时的技术员先是用木头制作了8米高的木笼，然后用绞磨机将木笼拉到河中间桥墩的位置，再用炸药炸开冰面，将木笼投入河中，之后迅速地往木笼里填石头固定好，最后在中间打孔灌混凝土。"那时候做一个墩子好像就得半个月时间。"艰辛的过程，顾金保记忆犹新。

"在黄河上修桥，是几代宁夏人的梦。"顾金保站在老叶盛桥上，抚摸着栏杆，显得很感慨。顾龙站在父亲身边，介绍着远处的新桥，那座桥，是宁夏首座、西北最大的一座波形钢腹板预应力混凝土连续箱梁桥。大桥主桥桩基有250根，其中114根变截面桥桩的施工难度堪称"宁夏之首"。

作为宁夏路桥人，顾金保亲眼看见黄河上的桥梁，一座座建设起来，曾经的天险，真的变成通途。"现在的桥建得不仅多，而且一座比一座美。"顾金保说，如今的黄河大桥，就是黄河上一道美丽的风景线。他也庆幸儿子顾龙，能够继承他的梦想，成为一名路桥人，继续着他的脚印，继续着几代宁夏人的脚印，为了跨过黄河继续奋斗。

景区管理者李丽：黄河外滩就像我的孩子一样

"黄河外滩国家湿地公园就像我的孩子一样，看着它从'牙牙学语'到如今稳健成长，我的内心是欣慰的。"银川滨河新区文化旅游投资有限公司董事兼总经理李丽说。

李丽大学读的是法律专业，看似和湿地搭不上边，可她 1997 年从大学毕业后，进入了灵武市的旅游部门工作，后来又在旅行社工作了十几年，成了一名经验丰富的文旅人。2015 年，她成为银川滨河新区文化旅游投资有限公司的当家人，也扛起了在黄河外滩建立国家级湿地公园的责任。

那时，黄河外滩还是一个籍籍无名的地方，来这之前，李丽甚至没有听说过这个景区的名字，可就在来到这里的第一天，她就被眼前的景象深深折服，爱上了这片土地。"那时候的黄河外滩虽然只有一个栈道、几个亭子，但作为旅游景区，有两个不可复制的优势，母亲河和明长城，从那时起，我就觉得自己守护着一个最有潜力的'孩子'，一定要让它茁壮成长起来。"

2016 年底，黄河外滩湿地公园开始创建国家湿地公园，由于湿地公园建设存在一定的不可复制性，当时的 30 多名工作人员都处于摸索状态，为了尽快寻找到一条稳健、完善的发展途径，李丽想尽一切办法。对内，她在短短 3 年内，把黄河外滩的每一寸土地都走遍了，哪里有几棵树，她都一清二楚。对外，她积极学习杭州西溪国家湿地公园的经验，并尝试在黄河外滩复制杭州西溪国家湿地公园的成功经验。

"相比银川市其他几家湿地公园，黄河外滩有着得天独厚的优势，它就在母亲河的旁边，几乎没有人工雕琢的痕迹，可以说是最原生态的湿地公园。"李丽说。

为了发挥黄河外滩原生态的优势，让旅游和湿地建设相辅相成，形成旅游经营、湿地建设、科普宣传齐头并进的态势，在发展之初，李丽就向相关部门申请开放了黄河航道权限，让游客可以从黄河上乘船进入湿地公园，零距离接触湿地、了解湿地、感受湿地。

2018 年，黄河外滩成功入选国家湿地公园，成为银川市六个国家湿地公园中"最年轻的"一个。在这里，野鸡和野兔大大方方地出现在游人的视线中，喜鹊和其他鸟儿直接飞进办公区域做窝，这一切被李丽看在眼里，收获了满满的感动和欣慰。

"这种感觉，就像看着一个孩子一步一步地成长起来，除了孩子本身十分优秀，我们做家长的也不断探索着，努力着，加上各级政府和相关部门的政策扶持，让孩子的成长环境越来越好，才能取得如今的成就。"李丽说，"下一步，我们将继续严格按照最开始的规划，加快推进湿地公园的发展。"

黄河岸边的摆渡人

黄河边的渡口，如今正渐渐被取代或者消失，但在贺兰县的通义渡口，上百年的熊家渡一直在河上，把一批又一批人送到对岸。

通义渡口的摆渡人

通义渡口，也被人们叫作"溜山头渡口"，就在贺兰县京星农牧场紧挨着黄河那一带。作为这里唯一还有摆渡人的渡口，"熊家渡"在当地颇有名气。如今掌舵的是第四代摆渡人，名叫熊新金，他和妻子卜海霞每天都守在渡船上。

河边有两条渡船，大船是摆渡船，小船用黑色的布搭了个棚子，这是熊新金和卜海霞的家。

前两天赶上一个阴天，一些人来附近郊游，要坐船溜达一圈。熊新金两口子把缆绳松开，跳板摇起来，载着车辆和人向对岸驶去，一路上伴随着柴油发动机的轰鸣声。熊新金掌舵，看着河流和远方，卜海霞给大家发完救生衣，在船尾靠着栏杆站着，勘察路况。夫妻俩习惯了这些，而游人则特别兴奋，聊天、拍照，毕竟这样的摆渡体验在今天已经很难得了。

"自从兵沟黄河大桥和滨河黄河大桥通车之后，这边的人就少了很多。"卜海霞说，别看现在人少，上世纪八九十年代的时候，这个渡口可是一派繁忙的景象。

守着船，守着河

熊新金自小在河边长大，他记得从爷爷那一辈起，都是划着木船摆渡，后来才有了挂浆机，而且木船的两边是没有栏杆的。直到1988年，熊新金的父亲熊清在别的渡口试乘了一次钢质挂浆机渡船，感觉更安全，速度也更快，回家也焊了两艘。

后来，黄河对岸月牙湖吊庄移民陆续搬来，加上宁夏境内修成的国道通车，人多，车多，货多，交通量也大，正是摆渡生意最好的时候。"那阵子，两艘渡船在黄河上来回跑，河岸等着渡河的人和车辆还要排队呢。"熊新金说。

熊清在新焊的渡船上没待几年，就因为打针时青霉素过敏去世了，那是在1989年。熊家的摆渡营生一度停滞，但没多久，船头的马达声再次"突突突"地响起来。站在船上的，是熊清的妻子肖凤英和两个大一点的女儿。没过多久，家里唯一的儿子熊新金也上船了，开始摆渡人的生涯。

摆渡人的故事也许还能讲下去

"这个活是真苦。"卜海霞说。眼下正是炎炎夏日，河边没一处树荫，只能站在太阳下干晒着，草丛里蚊虫也多。冬天就更难熬了，天冷，河边湿气重，特别容易得风湿。卜海霞指着熊新金说："他的手都变形了。"

可是，几代人传下来的营生，多苦也不能放弃，特别是看到母亲肖凤英的坚持，熊新金夫妇总觉得，这船上满载着一家人的情感，是割舍不断的。不过他们的儿子熊飞起初感受不到，还总劝父母别干了。坐船的人少了，渡口一个接一个地消失，再这么忙下去，也不知道意义在哪儿。而且在他记忆中，父母忙了几十年，没有一天休息，也没有一天像别的父母那样，带着他到处玩一玩、转一转。

然而，作为摆渡人家的儿子，熊飞最终还是走上了这艘船，只是对于这艘船未来要驶向哪儿，有些自己的想法。"以前坐船干啥的都有，现在大部分都是出来游玩的，过河体验一下。"熊飞说，未来想开发农家乐项目，几代摆渡人的坚守，已经成为黄河岸边一个有情怀的故事，或许这个故事，能抓住乡村旅游开发的契机，继续讲下去。

黄河九曲　水富一方

■ 刘旭卓

黄河对于宁夏的"独宠"，孕育了这方热土。从秦朝蒙恬率大军北击匈奴，攻取河南地（今宁夏平原及内蒙古河套地区）之后，宁夏平原拉开了灌溉农业文明的序幕。宁夏平原富庶繁荣，成为举足轻重的政治军事战略要地，农耕文化、畜牧文化、边塞文化、移民文化交错汇集，在此得到了长足发展。

关键词：孕育沃土　润泽千年　独宠宁夏

在贺兰县立岗镇幸福村村头的田埂上，村民王海东席地而坐，眼睛时不时看看眼前的田地，地里一人高的玉米苗正"咕咚咕咚"地"喝"着黄河水。这个季节，上午 11 点，太阳就已经晒得人燥热，不过，当你像王海东一样面对一大片翠绿的玉米地时，内心会生出一种清凉的奇妙感觉，足以对抗太阳的毒辣。

而此时，对于地处西北内陆、年均降水量仅 200 毫米的银川来说，也有着对抗酷夏的平静，这样的平静，有很大一部分来源于黄河水的润泽。

来自母亲河的恩赐

仲夏时节，从贺兰县城出发，沿着金河大道一路向东，几分钟后，高大的行道树走进视野，在行道树后边，是一望无际的绿色田野，地里的玉米苗、水稻秧迎风舞动，生机勃勃。王海东见了同村的邻居，会有一句没一句地拉着家常，"看着苗，今年的收成肯定好着呢。"

其实这个季节，从银川市区出发，无论朝着哪个方向前行，都能看到这样的景象。黄河水从一条条渠道中流淌下来，再经过无数的支渠，润泽着宁夏平原的每一寸肌肤。资料显示，黄河在宁夏流程 397 公里，全区近 90% 的水资源来自黄河，直接受益于黄河水的土地面积近 5 万平方公里，59% 的耕地用的是黄河水，77.7% 的人吃的是黄河水；25 条引黄干渠铺展开来、密如网织，引黄古灌区范围已达8600 平方公里，总灌溉面积 828 万亩。

在电子地图上，数据变得具象。随着鼠标滑轮的滚动，一条条蓝色的渠流，清晰地显现出来，汩汩黄河水从青铜峡黄河大峡谷出发，经过这些渠道，向着宁夏平原扩散开来。细看地图，这些渠流像极了一条条血管，黄河水顺着通畅的"血管"，润泽着这片土地，成就了沃野千里。

今日站立秦渠、汉延渠、唐徕渠等古渠旁，看着平缓流淌的黄河水，你会自然地想到千百年前，先辈们"天堑分流引作渠"的壮观场面，也会想象秦汉时期宁夏平原被称为"新秦中"的富庶繁荣。而黄河母亲对于"塞上湖城"的宠爱，绝不仅限于此。

"七十二连湖"，便是它对于宁夏的恩赐。"黄河从银川地区穿流而过，因宁夏平原地势平坦，河床屡屡改道，加之贺兰山各山谷洪水、泉溪的作用，在银川沿黄两岸和贺兰山东麓的洪积扇大地上，留下了众多的湖沼湿地。"银川史地专家汪一鸣先生说，银川在历史上就有"水抱城"之称谓。

许多初来银川的人，都会错愕。一座深处西北内陆，甚至连接沙漠的城市，竟然会有"七十二连湖"？会有"水抱城"的称谓？固有的思维，很难将西北内陆和"塞上湖城"有机统一，直到他来到银川，见到阅海湖、宝湖、典农河……

贯穿银川全城的典农河，被称为城市绿肺，更像一条翠绿的翡翠项链。始于 2002 年的"塞上湖城"水系连通工程，将散落塞上，宛如明珠一般的湖泊串联起来，经过多年的清淤、联通工程，形成了如今壮美的城市绿肺。我们不得而知历史上的月湖夕照、汉渠春涨、西桥烟柳、官桥柳色、大河春浪景致多么优美迷人，但如今漫步典农河畔，流连于四季常绿的银川城时，内心也是满满的幸福。

九曲黄河为何独宠宁夏

九曲黄河为何独宠宁夏？

黄河流经青海、四川、甘肃、宁夏、内蒙古、陕西、山西、河南、山东9个省区，最后注入渤海，全长5464公里。从公元前21世纪的夏朝开始，4000多年的历史时期中，历代王朝在黄河流域建都的时间延绵3000多年。中国历史上的"七大古都"，在黄河流域和近邻地区的就有安阳、西安、洛阳、开封4座。黄河孕育了璀璨的中华文明，也成为中华儿女的"母亲河"。

"黄河经历了漫长的演变，才能独宠宁夏平原。"汪一鸣说，早在2000万年前，西边贺兰山脉急剧抬升，东边鄂尔多斯高原也缓缓隆起，中间陷落成盆地，到了200万年前，银川盆地成为一个浩瀚大湖，后来随着地壳运动，分水岭被切开成峡谷，打开湖水出路，原始的黄河便开始出现，之后再随着黄河的摆动，泥沙不断淤积，逐渐形成了黄河上游一片较大的冲积湖平原。

为何黄河上游、下游对黄河的利用相对较少？汪一鸣解释，对于上游的甘肃、青海而言，周围地势高，河道地势低，黄河水利用难度大；而到了内蒙古河套地区，地势又变得过于平缓，不利于排水，土壤容易盐渍化，而在中下游，黄河河床不断淤积，形成高于底面的"悬河"，利用率也大大降低。唯独在宁夏，最适宜引黄灌溉。正因如此，引黄灌溉渠道，也成为我国最古老的黄河水利工程之一。

而黄河对于宁夏的独宠，也孕育了这方热土。今日置身水洞沟的千沟万壑，4万年前古老群落刀耕火种的景象仿佛遥不可及，但又真真切切发生在这里。古老黄河岸边的古人类脚印，终结了"中国没有旧石器时代文化"的论断，揭开了宁夏平原璀璨的一页。宁夏文史专家吴忠礼先生说，从秦朝蒙恬率大军北击匈奴，攻取河南地（今宁夏平原及内蒙古河套地区）之后，宁夏平原拉开了灌溉农业文明的序幕，彼时沿河置44县，迁数万人到此垦殖守边。此后各朝励精图治，宁夏平原富庶繁荣，成为举足轻重的政治军事战略要地，农耕文化、畜牧文化、边塞文化、移民文化交错汇集，在此得到了长足发展。

引黄古渠　绵延千年

2017年，宁夏引黄古灌区成功申请成为世界灌溉工程遗产时，汪一鸣激动地说，宁夏引黄古灌区是黄河文明的杰出代表，流淌着千年的璀璨文明，而这部文明史，也是生活在这方热土上的人们，对于黄河的开发利用史。

从银川市区出发，过了滨河黄河大桥，再向北前行15公里左右，就到了兵沟旅游区浑怀障汉墓群景区。站在这里遥望黄河，穿越2000年风云，能寻找到最初的那座军事要塞——浑怀障。而这座军事要塞的建立，便和黄河最早的开发利用，紧紧联系在一起。

曾任银川市地方志办公室主任的戴亮先生，在其主编的《银川史话》一书中写道：始皇帝三十二年（前215年），蒙恬率30万大军北伐匈奴，将匈奴各部赶至漠北，并筑长城以拒匈奴。也就是从此时开始，银川地区对于黄河的开发利用，拉开大幕。

为了保障当时北方的安全，秦朝十万大军常年驻守，军需因此成为巨大问题，而解决这一难题的最好方法，便是移民屯田。宁夏地区土地肥沃，黄河水量丰沛，又便于开渠引水，满足灌溉需求，在这样的前提下，秦王朝举全国之力大规模移民开发这片土地，黄河水通过一条条引水渠道，流向这片沃野，移民至此的人们，将这片丰饶的"河南地"，称为"新秦中"。如今，人们推测，银川平原上流淌的古老秦渠，便是此时所开。

汉延渠、唐徕渠、惠农渠……随着历史的车轮滚滚向前，历朝历代在这片土地上开凿出了一条条沿用至今的渠流，润泽着这片富饶的土地。世界灌溉工程遗产的申请，有两条重要标准：可持续性运营管理的经典范例；"申遗"工程的历史需达到或超过 100 年。汪一鸣说，这就要求灌溉工程的使用是绵延不断的。众所周知，两河流域，尼罗河流域，印度河、恒河流域，长江、黄河流域并称为世界四大文明起源，为何其他 3 个流域的灌溉工程无法入选？就是因为这些文明是中断的。宁夏引黄古灌区之所以成功申请，正是因为其千年来的延续性。

在今日银川西门桥头，一座巨大的雕塑引人注目，底座上密密麻麻的文字，介绍了郭守敬，这位水利工程专家的丰功伟绩。西夏灭亡之时，因连年战乱，久负盛名的"塞上江南"满目疮痍，而改变这一局面的，便是郭守敬。在《黄河与宁夏水利》一书中，收集了卢焕章先生所作的《宁夏治水历史人物拾零》一文，文章写道：元世祖忽必烈即位后，派遣唆脱颜和郭守敬巡视西夏河渠。郭守敬勘察地势水情后，疏浚古渠，增开新渠，这才使得弃置的古渠，再次焕发出新的活力。

无尽的绿色在流淌

1949 年之后，宁夏平原对于黄河水的开发利用，更是创下了许多壮举，西干渠的开挖，便是其一。

家住平吉堡乳香花园的马东老人，如今已是耄耋之年，他说自己最爱的景色之一，便是家门口流淌了 60 年的西干渠。

引黄河水开发贺兰山东麓，是宁夏人祖祖辈辈的梦想，但由于山洪以及地势高等原因，一直未能如愿。1960 年，青铜峡水利枢纽施工围堰合龙后，抬高了黄河水位，为开挖引灌自流渠创造了条件，西干渠便在这样的背景下，应运而生。

"太苦了，这条渠是几万人用小背篓背出来的。"时至今日，想起当年开挖西干渠的情景，马东依然会皱起眉头。老人的记忆中，20 世纪 60 年代的西干渠沿线，就是盐碱滩，几乎寸草不生，唯一的植物，就是芨芨草。没有地方住，他们就在盐碱地上挖个坑，上边搭几根木棍，再搭上草居住，也就是人们常说的"地窝子"。冬天没有水做饭，就找来一堆堆的雪倒进铁锅里，融化后做饭，因为风沙大，吃饭的时候，嘴巴里老感觉有沙子和泥。开挖的地面就更不用说了，全是白僵土和砂砾，洋镐都挖不动。运土的工具，就是背篓和小推车。在这样艰苦的环境下，5 万人用了仅仅半年多的时间，就开挖出了全长 112 公里的西干渠，实际灌溉面积达到 80 万亩。

这一时期，除了开挖东西干渠等新渠外，裁弯取直、加固护砌、植树护堤等工程也同步开展，渗漏大减，保证了输水安全。

仲夏时节，站在黄河岸边向西遥望，视野的尽头，是巍峨贺兰山，在山与河之间，无尽的绿色流淌，这绿色溢满银川平原，让人在燥热的夏日，心生安宁。

黄河安澜 长治久安

　　母亲河以她的博大与无私哺育着宁夏人民，而对她的保护与治理是我们给予她的唯一回馈。对黄河的保护任重道远、意义重大，未来应如何治理，才能保障这条古老而又伟大的河流生生不息，才能让黄河水资源变得更有价值，不断造福于两岸人民，这是一个值得深思而又亟待解决的重大课题。因地制宜，加大预防，推进系统治理；尊重自然规律，促进人与自然和谐，促进自然与社会和谐……专家学者给出了答案。

　　关键词：污染防治　保护红线
　　　　　　　长治久安　生态保护
　　　　　　　系统治理　因地制宜

协同保护治理黄河是
造福宁夏的重大历史机遇

　　黄河流域生态保护和高质量发展上升为国家战略，对宁夏打赢脱贫攻坚战，确保堤防、饮水、生态安全，维护社会稳定、推进高质量发展具有十分重要的意义，是造福宁夏的重大历史机遇。

积极融入国家战略，全面提升黄河流域生态安全保障能力，协同推进"生态立区"战略

　　宁夏位于全国"两横三纵"城市化战略格局中包昆通道纵轴的北部，是连接华北与西北的重要枢纽，处于风沙进入国家腹地和京、津、唐地区的咽喉要道，是国家西部

重要的生态屏障。积极将生态建设、扶贫开发有关工作融入国家战略，既有利于增强宁夏社会经济发展的协调性，又有利于协同推进"生态立区"战略的实施。可以借鉴内蒙古阿拉善种植菌草固定流动沙丘的新方法，大力推广应用菌草技术，对黄河宁夏段生态脆弱地区进行生态修复治理，在黄河与腾格里沙漠、毛乌素沙地相邻地带实施防沙固沙试验示范。重视宁蒙河段淤积形成的新悬河问题，做好黄河古渡口、六盘山古关口的发掘和保护。尽快谋划能有效融入国家战略的路径及举措，全面推动贺兰山、六盘山等地及沙湖、葫芦河等河湖湿地的生态保护建设，实现多条生态廊带为框架、连通生态源区"蓝脉绿网"的生态网络格局。

因地制宜、突出重点，加大预防，推进系统治理。树立"一盘棋"思想，厘清各种重大关系，特别是实现与上下游的协同。通过采用防御保护、自然修复与综合治理相结合的方式，使宁夏中南部区域脆弱的水生态系统不断得到修复，从源头上维系区域良性水循环，提升区域生态安全保障能力。合理开发利用和保护水土资源、提高水源涵养能力、减少入河泥沙、改善生态环境，促进农村生产生活条件改善。强化水土保持建设，加快中部荒漠化地区治理与修复。以彭阳经验为基础，积极推进清洁型小流域建设，结合生态移民深入开展退耕还林、还草，保护水源涵养林，维护区域饮用水安全。以宁夏的生态问题和生态功能恢复为导向，探索系统治理的新途径，在确保堤防安全和滩涂湿地稳定的同时，以防护林为基础营造生态景观，探索岸线生态经济。

大力推进宁夏水生态水环境建设，确保生态及饮水安全。以水为媒，加快推进宁夏城乡融合发展，推动宁夏南北区域实现协调发展。大力提升宁夏水生态、水环境承载能力，从"保护和恢复生态系统结构功能""优化和调整经济社会涉水行为"两方面入手，加快推进饮水安全、生态安全。实施系统严格的水生态保护、合理配置水资源、调整优化涉水行为，推进水资源高效集约利用，持续提升水功能区和饮用水水源地水质，不断减少水土流失和盐碱地面积，全面提升宁夏的生态保障能力，努力建设黄河流域生态保护和高质量发展先行区。

高效利用水资源，助推脱贫攻坚战，大力发展节水产业，全面实施节水管理，深化节水服务

严格水资源总量控制、定额管理和计划用水制度，实施水资源统一调配。新上工业生产用水项目应以水权转换方式解决，努力将农业节约的水转向工业。将节水示范区建设与宁夏生态保护工作结合起来，既发展林果等农业经济、修复生态，又带动脱贫富民实现。

加快西海固地区脱贫引水工程和银川都市圈供水工程等沿黄生态经济带城市水源替代工程建设，努力解决脱贫和发展用水问题。强化生活节水，优化城乡供水管网布局并实施节水改造，全面实施城乡生活用水计量控制。继续推行合同节水管理，健全市场融资、利益分享的运行机制，扶持培育一批专业化节水服务企业。推进供用水改革，加强管护，确保用水安全。推进水权水价制度改革，建立水权收储、抵押、转换机制，大力培育水市场。建立反映供水成本、与投融资体制相适应的水价形成机制，促进农业节水。加快推进小型水利工程产权制度改革，推行运行管护专业化、市场化，发挥以农民用水者协会为主的基层水利服务体系聚合作用，在山川土地流转集中区开展"水协会"试点，延伸拓展功能，逐步实现用水、工程管护一体化。

加快实施饮水安全巩固提升工程，推进城市供水管网改造和水质提标行动，实现贫困村人饮工程全覆盖。

整合国土、农发等涉水项目资金，加大中低产田治理力度，推进旱涝保收高标准农田建设，实施引黄灌区连片及扬黄灌区盐碱地治理，持续提升灌区农业综合生产能力。高效利用水资源，以水促发展、促就业。大力推进青铜峡等现代化灌区升级改造，发展高效节水和特色农业，在农业领域开辟更多就业岗位。把水资源承载能力作为宁夏经济社会布局的前置条件，统筹考虑区域、城乡协调发展对水资源的需求，以多水源、多工程联合调度为抓手，合理调配本地水、过境水和非常规水源，确保扶贫济困产业用水。充分保障河湖生态环境用水，推进再生水等非常规水源和雨洪资源利用，增加可供水量，协调好水资源节约保护与开发利用之间的关系。

进一步加大对黄河宁夏段生态修复及绿化的研究，从安全与景观角度，细化不同树种的搭配及栽种绿化布局。加强对黄河流域特色农业的研究，在河川变美变绿的同时，吸纳更多当地农民、移民实现稳定就业。

构建协同高效的水生态水环境保护服务体系，建立协同高效的水务服务体系

进一步将农村人饮、高效节灌、中小河流管护等项目审批权下放到市县，激发县（市、区）治水、管水、护水的积极性，多方探索水生态水环境建设与地方经济社会协同发展的方式和经验。推进管养分离，大力推行政府购买水务公共服务，建立市场化、专业化和社会化的水务工程维修养护体系。

进一步完善基层水务服务体系，健全考核奖补机制。

加强水资源无序开发、违法违规排污、侵占河湖水域岸线、人为水土流失、河道非法采砂、河湖水环境污染、水生态破坏等重点领域综合执法。加快推进农田水利、河湖管理等立法进程，不断完善水行政执法体系，大力推行综合执法，提升依法治水能力。建立高质量发展水务的评价指标体系，将干部的履职评价与推动水务发展的能力及效果结合起来，作为一项长期指标，延续记录。

分级管理，行业监管，社会参与。以河长制为牵引，以管控水资源、防治水污染、改善水环境、修复水生态为主要任务，建立水治理长效机制和四级河长制体系。以南部黄土丘陵区为重点，以小流域为单元，大力开展生态经济型、清洁型小流域和坡耕地综合治理及淤地坝建设。在城镇和工业园区污水处理厂管网建设、农村水污染防治和人居环境建设方面，应结合当地情况，因地制宜，形成标准化、规范化的治理技术及运营模式。借助宁夏云基地等基础设施及数字城市建设机遇，加快建设供用水信息服务平台，推进国土、环保、气象、农牧、城建等公共水数据整合共享，实现水情、雨情、汛情、灾情等公共信息互联互通，让"智慧水务"更好发挥促发展、惠民生作用。

（原载于 2020 年第 11 期《共产党人》）

（执笔人：龙生平）

努力建设黄河流域生态保护和高质量发展先行区

■ 中共宁夏区委党校（宁夏行政学院）课题组

黄河流域宁夏段的生态保护和高质量发展，对于实施我国区域协调发展战略、乡村振兴战略，决胜全面小康社会、决战脱贫攻坚，对于中华民族大家庭繁荣发展，乃至中华民族伟大复兴都具有十分重要的意义。本着尊重自然规律，促进人与自然和谐，促进自然与社会和谐的原则，坚决整治黄河流域宁夏段在生态环境方面存在的突出问题，宁夏责无旁贷。

黄河自黑山峡小观音进入宁夏，过境 397 公里后，再由石嘴山三道坎出境，其间冲淤形成了宁夏平原。以青铜峡为界，青铜峡以上被称作卫宁平原，青铜峡以下就是银川平原。黄河流经宁夏段的地区，是宁夏各种生产要素和经济活动最为集中的地区，"集中了全区 57% 的人口、80% 的城镇、90% 的城镇人口，创造了 90% 以上的地区生产总值和财政收入。2017 年，宁夏黄河干流区域共完成地区生产总值 2227.36 亿元，人均 64142 元，地方一般公共预算收入 101.81 亿元，城镇居民人均可支配收入 27830.6 元，农民人均可支配收入 13040.7 元；耕地面积 607 万亩，农田实灌面积 489 万亩，分别占全区的 31%、59%。"黄河宁夏段生态环境的保护与污染治理，直接关系宁夏生态立区、脱贫富民战略的实施效果，关乎宁夏的高质量发展。以往的黄河宁夏段治理，有值得自豪的地方："宁夏引黄古灌区范围 8600 平方公里，引黄干渠 25 条，总灌溉面积达到 828 万亩。"2017 年 10 月 10 日，在墨西哥召开的国际灌排委执行理事会上，宁夏引黄古灌区被正式授予世界灌溉工程遗产。宁夏历代引黄灌溉的发展，造就了宁夏平原丰富而独特的农田生态系统，成为我国西部重要的生态屏障。

从目前黄河流域宁夏段生态环境存在的问题看，既有黄河流域水流量减少的问题，也有黄河污染问题，还有河道滩地资源开发利用的无序状态问题。针对这些问题，黄河流域宁夏段的生态环境保护工作可以考虑从以下方面进行。第一，进行黄河岸线划定。2015 年，自治区出台了《关于深化改革保障水安全的意见》，明确提出实施生态环境保护红线、环境质量底线、资源利用上线"三条红线"管理，对用水总量超过控制指标的市、县（区），实行项目和用水的"双限批"。目前还需要从空间上明确黄河流域保护区域和范围，强制非法挤占行为限期退出，严格黄河岸线用途管制，留足河道、湖泊的管理和保护范围。第二，加大环境保护投入。一方面加大宣传力度，开展环境教育，提升人们的健康生活卫生概念，使环境保护深入人心，从生产生活方式的转变上，理解绿水青山就是金山银山的深刻含义；另一方面，在农村建立专门的污水处理沟渠、垃圾处理厂，集中收集村民生产的有毒有害液体和固体垃圾。第三，进行污染防治。进一步细化河长职责，既要明确水环境改善的具体目标，也要将巡查责任覆盖到具体河段，持续推进水环境质量的提高。流域内区域要开展工业、城镇生活、农业等各类污染源调查，核实水污染物排放总量，制定污染防治计划方案。加快城镇污水处理厂运行管护和配套管网建设，提升农村污水处理厂运行管理水平，对造纸、焦化、氮肥、有色金属、农副食品加工、原料药制造等重点污染排放行业进行专项整治，提级改造工业园区污水处理设备，实施清洁化改造，对重点工业污染源实行24小时在线监控和全面达标排放，严禁新增工业直排入黄口。第四，严格遵循"山水林田湖草是一个生命共同体"的生态理念，以生态问题治理和生态功能恢复为导向，探索源头保护、系统治理、全局治理的新途径。在保证堤防工程运行安全和滩岸稳定的同时，有效实现岸线生态经济效益，并对沿河城市及重点区域，结合防护林建设营造中心景观。同时发挥河道自身生态及景观功能，因地制宜，开发建设河道生态旅游景点，与沿线旅游景区相衔接，打造形成沿黄旅游黄金走廊。

（执笔：王志岚）

黄河四季　各美其美

■ 苏　勇

　　蜿蜒于宁夏境内的黄河，是那么美，春夏秋冬各有风致，或壮美或柔美。她的壮美是李白的"君不见黄河之水天上来，奔流到海不复回"，她的柔美是王维的"大漠孤烟直，长河落日圆"。而她的美，需要我们来呵护，需要在不断的保护与治理中才能赓续延绵。今天，黄河的水清了，沿岸的生态环境美了，依黄河而生的百姓生活滋润了；未来，黄河必将更加美丽丰饶，持续不断地造福两岸的华夏儿女。

　　关键词：大美风光　四时皆景

第三章

---◎---

银川晚报社《海原大地震 100 周年》特刊

总 策 划：丁　洪　孙晓梅　陈宝全
策划执行：刘文静　李振文　刘旭卓　李　尚

2020 年 12 月 15 日《银川晚报》刊发

时光虽已远去

但我们理应铭记历史，勿忘苦难

在海原大地震 100 年这一重要节点

对这场人类史上罕见的大灾难进行一次深入的回顾

是很长时间以来

我们作为媒体人的一个心愿

铭记历史，勿忘苦难

——海原地震 100 周年特刊策划、采写备忘

■ 李振文

2020 年 12 月 15 日一大早，银川人的朋友圈被一则则"海原大地震 100 周年"的消息刷屏，这些微信推文或者 H5、短视频，分别从多个角度和主题，或陈述，或分析，或缅怀，对 100 年前这一令人刻骨铭心的历史事件，进行了一次深入、翔实且饱含温度的回顾。

比快捷的新媒体稍晚一些，这一天的《银川晚报》也出现在银川读者的案头。封面的黑色标题很醒目：《海原大地震：百年追忆特刊，凝望坚韧新生》。这一期《银川晚报》的"文化周刊"，以 8 个整版的"望海原"特刊，聚焦于这一重大事件。一早刷屏朋友圈的新媒体推送，源头即在于此。

1

1920 年 12 月 16 日晚 8 点刚过，一场人类历史上罕

见的 8.5 级大地震突然降临海原。"霎时，山摇地动，天空红光如练，龙卷风犹如万马嘶鸣，大地在疯狂中完全失去自控……震害殃及陕、甘、宁、青等 17 个省区市，方圆面积 2 万平方公里……致 27 万余人之殁。"这是今天刻在《海原大地震甘盐池（震中）碑记》中的一个个令人心痛的字符。2020 年的 12 月 16 日，距离这场惨烈地震整整一百年。

时光虽已远去，但我们理应铭记历史，勿忘苦难。在海原大地震 100 年这一重要节点，对这场人类史上罕见的大灾难进行一次深入的回顾，是很长时间以来，我们作为媒体人的一个心愿。印象中，早在 2020 年上半年，这期纪念特刊的几位主要策划者，丁洪、孙晓梅、陈宝全等集团领导，就多次提及相关报道事宜，并给出策划意见与指导，强调一定要高度重视起来。

特刊报道确定具体日程，策划方案进一步细化，是在 2020 年的 11 月初，作为本次报道的具体执行部门，专副刊部正式成立"海原大地震 100 周年"采访报道小组，成员包括刘文静、李振文、刘旭卓、李尚，经过多次部门会议商讨，并与海原县委宣传部、海原县地震局等当地相关部门沟通联洽，确定 12 月 1 日前往海原展开实地采访。

12 月 16 日，是海原大地震过去整整 100 年的日子，也是我们计划推出纪念特刊的时间点。之所以将前往实地采访的时间，确定得与这个节点如此接近，我们心底是有些思量的，后来我们也把它写进了《海原大地震 100 周年》特刊的序言中："一百年过去了，有些遥远，远到我们这些一百年后的，而且并未在那片土地上成长生活的'局外人'，无法企及。之所以选择在这时前往采访，我们是想在尽量接近的时间里，'踏进同一条河流'，对百年前的往事能尽可能多些体会与感受……"

2

确定实地采访时间的同时，经过前期对海原大地震大量相关史料、报道、视频节目、书籍等参考资料的了解和梳理，并与银川和海原当地相关部门和专家学者的沟通，我们将采访方案大致确定为七个方面的内容，简述如下。

封面序言。总括专题，提炼中心，升华主题。

回顾当年。地震实录：借助相关史料与当地人的回忆讲述，对海原大地震的历史进行一个还原，让读者先对事件主体有一个清晰的了解。采访人物：了解当年那段历史的文史研究者、地震部门专家、当地老人。采访地点：地震博物馆、地震各遗迹所在地及附近村镇等。

今昔之变。在仍留存有当年地震遗迹的附近，找一处或几处有代表性的村庄，在今昔时空的"切换"中，感受今日新农村建设的巨变。采访人物：当地村民，采访地点："海原大地震震中"碑；甘盐池等。

生生不息。寻找一个或几个有代表性的家庭，以"一家人的故事"（家中过世的先辈经历过大地震的年代，仍在世的子女辈听过上一辈人的讲述，更年轻的孙辈人也有着自己对当时那场灾难一定的了解与感受），通过他们的讲述与感受，他们如今的生活故事，反映出"生生不息"的主题。相关采访地点：哨马营震柳、甘盐池等。

缅怀书写。以石舒清先生（海原籍著名作家）新创作的小说《地动》为切入和叙述，以对话访谈的形式，对海原大地震的情形、影响和意义进行述说。

今日海原。通过实地走访，受访人讲述、记者观察，书写海原今日的发展建设、产业、文化、民生、城市风貌等。

影像图说。采访中拍摄到的代表性影像,用影像和图片更直观地来讲述,与海原大地震相关的故事与今昔之变。

需要说明的是,以上方案,只是我们采访前的一个初步计划。能否完全落地?具体实施中会不会有变数?一切还得等到了实地时,才能确定。而事实上,我们在赴海原当地的采访中,也确实从实际情况出发,对方案做了不少的调整与变化。有"打折",也有惊喜,这也许就是采访工作的特点和魅力所在吧。

3

11 月 30 日,我们开始准备第二天出发的行装。下午,海原那边的采访联系人发来消息:海原当地天气阴沉,晚上或明早有可能下雪!

海原为黄土丘陵沟壑地貌,境内丘陵起伏,沟壑纵横,许多地震遗迹所在地,山大沟深,行路不易。一旦下了大雪,实地采访必然会受到影响甚至无法开展。况且,雪情势必会影响到前往当地高速路的通行。

一时间,已经准备好的计划和行程,陡生变数。直到写这些文字时,我对那天的心情仍是记忆犹新。焦灼、等待、问询……不断看着手机上的天气预报,听着广播里的路况信息,从当天下午到晚上,到第二天早晨。

第二天,12 月 1 日早,海原那边传来确定的消息:下雪了。时间相隔不长,银川这边也开始飘起密集的雪花。雪情看来不小。行程不得不延后了。

史料中有记载,一百年前那次大地震发生的几天后,也是刮起大风、下起大雪,让灾情雪上加霜。此刻,面对不得不延后的行程,以及即将到来的 12 月 16 日的节点,我们心中也满是无奈与焦灼。

然而，只有等待，等待雪情过去，等待交通条件允许。

时间这下就到了六天之后。此时那场大雪基本消融，海原当地的联系人也确定了山区道路可以通行。12月7日，我们的海原采访终于得以成行。

印象也很深，出发当日的节气正好是"大雪"，虽然天气预报显示银川和海原均不会有雪，但天仍有些阴沉，我们的采访车启程之时，天空竟然又飘起了小雪花。还好，当采访车驶出市区、进入高速，雪花消失了，天空也变得一片明朗。

4

12月7日中午时分，采访组一行顺利抵达海原。

当地相关部门对我们的采访，给予了很好的配合。海原县委宣传部和海原县地震局，已事先给我收集了一些大地震的相关资料和采访线索，并且专门协调和安排人员给予采访协助和行程引导。

这里必须提到和感谢的，是在我们此次采访中，全程陪同并提供很大帮助的白鸽女士。她是海原当地的一位知名作家，在多年来的写作中，对当年那场大地震有着持续的关注与研究，近年来，更是被抽调到"中国（海原）防震减灾科普科研教育基地推进工作领导小组"工作，接触和研究了大量珍贵的历史资料，并且为了和同事编著《海原大地震》系列丛书，更加频繁地奔波在海原的旷野与田垄之间。

有这样懂行且熟悉当地情况的人士全程协助，我们的采访工作无疑变得更加心中有底了。

12月7日下午，采访工作随即展开。我们前往的第一处采访目的地，是海原震柳，沿途将走访各种地震遗迹，包括山体"左旋错动"、山体开裂等具有代表性的 1920 年海原大地震遗迹。

起伏的山丘与沟壑间，上周的积雪还没有完全消融，有的路段还有残冰，须谨慎慢行。下午 2 点半左右，我们到达位于西安镇西华山北麓的哨马营村。

尚被积雪覆盖的哨马营遗址旁的山沟内，白茫茫一片，数棵沧桑的老柳树向着沟谷排开，深冬里，光秃但苍劲的枝条构成它们庞大的树冠。积雪下，有一道泉水静静流着，在不远处汇集成一汪小塘。整个震柳沟，一片素净。

一百年前的海原大地震，让群山移动，地面开裂，无数生命在这场灾难中消失。但在这里有一棵被地震撕开的柳树，却顽强地活了下来。这棵柳树被称为"震柳"，是海原人的精神标签。来到这里，采访组成员更多是感受，感受这场景"还原"给我们的百年前的惨痛；感受这震柳故事，带给人的一种精神上的震撼。

5

探访过震柳，我们的采访车又开往下一个目的地——海原盐湖。沿途将经过并走访"海原大地震震中"碑以及甘盐池古城等地。

当年那场大震，从震中甘盐池地下 17 公里处释放，不仅摧毁了地面上的城池、民居，而且使甘盐池盆地的盐湖，向北位移约 1000 米。

这里的盐湖位移、田埂错动，不仅是海原大地震具有代表性的几处遗迹，而且如今在近旁又有着生生不息的村落与人家。后来我们在特刊报道中写道："站在定戎堡（即甘盐池古城）遗址前，千百年前的繁华已是残垣，转头南望，如今的盐池却依然产盐，一排排太阳能发电板整齐排开，不远处的山包上，风力发电机的叶片，欢快转动，绿树环绕的地方，一个叫唐家坡的村子，欣欣向荣……"

甘盐池的采访行程一路走完，回到住处已是晚间 8 点左右。

快快吃过晚饭，报道小组决定在临休息前，开上一次碰头会。对今天的采访行程做一个小结，同时根据实地情况，再度对之前拟定的采访方案，进行修改和补充。"床头小会"，开得还是比较有成效的，一番交流与商讨后，采访方案得以更加合理与完善。

12 月 8 日，采访第二日。清晨 7 点，报道小组即驱车出发，赶往这一日的采访目的地——海原海子震湖。

海子震湖，是 1920 年海原大地震发生时，造成山体滑坡，堵塞河道形成的堰塞湖。冬日的海子震湖，被冰雪覆盖着，与望不到边的枯黄芦苇，构成一幅严寒中的图景。湖边冷冽的风尤为强劲，我们攀登一旁高高的山坡时，风声在耳旁呼啸，寒意能透过厚厚的羽绒服传到身体。

山坡一旁崖壁的土层中的地震遗迹，近在眼前，伸手就可触摸到这当年的累累伤痕。一百年前，正是在这严寒的冬日，大地震夺去了这片土地上无数人的生命，也极大地改变了当时这片土地的地形地貌。这些累累伤痕，还有眼前苍凉辽阔的海原海子震湖，便是明证。

一百年，已经很是遥远。我们想要用一辑特刊，在这一特殊的节点，来纪念这一沉痛的事件。事实证明，要想采写好这组报道，实地走访是必须的。被撕裂的震柳、扭动错位的山体、被长距离位移的盐湖，掩藏在山谷中的苍凉震湖……只有在实地走访中，细心地看到、认真地听到、发自内心地去感受到，当你的内心被触动，你采写的东西、制作的报刊，才能打动读者，才是对历史最忠实和带着温度的回望与记录。

6

结束对海子震湖的走访，已近中午 12 点，我们开始朝海原县城的方向返回。这返程的一路，也是我们规划中的重要的采访时段，现在回顾，也是整个采访行程中接触受访对象最多也最为忙碌的一段。

返程经过海原县九彩乡，我们被这个充满色彩的地名所吸引，停下车后的采访，又被这里一个个"彩色"的新农村故事所打动。我们还偶遇了一头刚出生的早产的小牛犊，被养殖户抱进暖和的屋里，精心照顾着。这里的每一只新诞的小牛，都是人们心头的欣喜与希望。

史店乡田拐村，在白鸽女士的带领下，我们拜访了已99 岁的田百选老人。他父母是 1920 年海原大地震的幸存者。他对当年的回忆，他对当下的讲述，是这片土地沧桑巨变的一个生动注脚。这些，我都一一写在了报道中，"拜访结束，老人拄着拐杖，执意要把我们送到大门口。恰逢小儿子刚回到家，孙子也站在老人身边，祖孙三代人站在一起，笑得很开心……"

这不正是我们在前期策划中，希望找到的"一家人的故事"吗？只要用心去寻找，那些生动的采访线索，就在你甘愿为之奔劳的步履中。

一路采访下来，返回海原县城时，已是下午近 4 点。报道组没有停歇，兵分两路，一路前往采访两位海原当地的非遗传承人；一路前往海原县地震局，采访地震局局长刘刚等专家学者。

海原大地震已过百年，除了那些留在大地上、史料记载中的印痕，还有许多的"痕迹"，以各种各样的方式，存在于海原人现在的生活中，比如文化和艺术。一路为我们提供引导与讲解的作家白鸽，用她的一本本著作，书写和记录着与大地震相关的方方面面。这次接受我们采访的非遗传承人乔亚茹和买元花，分别通过自己的刺绣与剪纸作品，记录和思考着那场灾难，表达着自己对生命的感受。

这一采访环节，是我们在前期策划中，没有事先计划到的。随着采访的深入，总会有一些灵感和"偶遇"出现，这时便需要及时调整思路，使之更加丰富和完善。事实上，这一元素和主题的加入，确实让特刊内容变得更加丰满和有了延展性。

7

12 月 8 日整整一天的采访，回到住处，又是夜幕时分。我们的采访本、录音笔、照相机里已装满了素材，特刊内容的制作思路也一步步确定和明晰。

有了 7 日和 8 日扎实而丰富的积累，12 月 9 日的采访就相对"轻松"和顺利了许多，我们将镜头和目光，对准这几日早出晚归"无暇顾及"的海原县城，感受今日海原日新月异的城市发展与建设。有了前几日对大地震这一主体事件的扎实采访，这一环节也就显得更容易"进入角色"，更有知彼而识今的历史纵深感。

匆匆写下上述记录，更多的是有些琐碎的采访经历，但我相信在这些琐碎的采访记录里，读者朋友更能具体而细微地看清我们这一纪念特刊策划与采写的思路与方法，为以后类似专题的采写提供一些借鉴与参考。

赴海原两天多的实地采访，再加上前前后后的外围采访，包括从海原返回后，我们与石舒清先生做的深入的对话式访谈。都为这辑《海原大地震 100 周年》特刊，积累下丰富的素材，打下了坚实的基础。有心的读者，也可以将我们当初的前期采访方案，与最后出版的特刊作一对比，也能清晰发现我们这一路采写之后，做的各种调整与完善。

　　12 月 15 日，这辑包含着策划、采写、编辑制作等等人员心血的特刊，终于面世，出现在各路新媒体以及银川读者的案头。并于当日晚间送至海原当地，赶在第二天——12 月 16 日，出现在当地的海原大地震 100 周年纪念活动中，与各界人士及专家学者见面。这份特刊，也是海原大地震 100 周年之际，宁夏乃至全国媒体界，篇幅最大的一次报道。我们相信，在诚意和深入度上，它也是经得起评价与时间考验的。

海原大地震 1920—2020

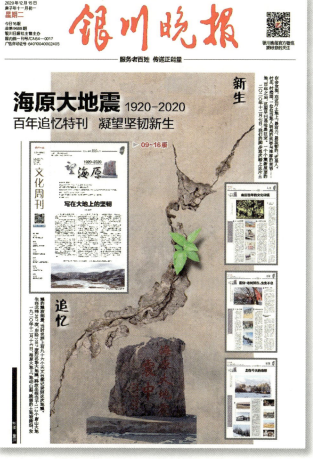

追　忆

1920 年 12 月 16 日，海原大地上，地动山摇，脆弱的土地被撕裂，发生在北纬 36.7 度、东经 105.7 度的这场大地震释放出相当于 11.2 个唐山大地震的震波能量，当时世界上有 96 个天文台都记录到这次地震。

新　生

2020 年 12 月 7 日，我们的脚步再次踏上这片土地，百年之后这里早已是沧桑巨变。一个个簇新屋顶的村庄、村落里，一位位当地人明亮的笑容与淳厚的言语……你会发现，在这片土地上，最有力、最坚韧的，还是人。

望海原 1920—2020

■名称：海原大地震

■时间：1920 年 12 月 16 日晚 8 时 6 分 9 秒

■震中位置：宁夏海原县西安镇、大沟门至甘盐池之间

■能量：释放出相当于 11.2 个唐山大地震的震波能量，当时世界上有 96 个天文台都记录到这次地震

■伤亡人数：27 万余人死亡；约 30 万人受伤

■极震区：包括海原、固原、隆德、西吉、靖远、景泰等县，呈条带状，北西向展开

■余震时间：3 年

写在大地上的坚韧

■ 李振文

从一张老照片说起，照片引用在石舒清创作的长篇小说《地动》"附录"里。

照片中是山体滑坡掩埋村庄后的一幕。石舒清先生为它加了这样的注说："从照片中看，甚至看不出这是一个大难后的现场，路平直而静谧，阳光明朗，树影越过路面，清晰地投照在路边的田野里。后面的山坡也静静的，看不出它曾经像海水一样翻滚，看不出它下面，深处，压灭了一个鸡叫狗咬、炊烟袅袅，女人围着热灶，婴儿正闹着吃奶的生机勃勃的村庄……"

1920年12月16日晚8点刚过，一场人类历史上罕见的8.5级大地震突然降临海原。"霎时，山摇地动，天空红光如练，龙卷风犹如万马嘶鸣，大地在疯狂中完全失去自控……震害殃及陕、甘、宁、青等17个省区市，方圆面积2万平方公里……致27万余人之殁。"（《海原大地震甘盐池（震中）碑记》）

照片中的画面，即是惨剧中的一幕。

2020年12月7日一早，我们踏上去海原的路途，这天的早上，银川的天空飘着雪花。好在，出发时的雪并没有影响行程。到达海原后，虽然天冷风大，却并未影响几日的采访。

今年的12月16日，距离当年那场大震整整一百年。

一百年过去了，有些遥远，远到我们这些一百年后的，而且并未在那片土地上成长生活的"局外人"，无法企及。之所以选择在这时前往采访，我们是想在尽量接近的时间里，"踏进同一条河流"，对百年前的往事能尽可能多些体会与感受。

那一天，天应该也像这般冷，窑洞里的人们，开始在暖热或并不那么暖热的土炕上躺下，然后，天摇地动……震后，余震不断，且天气陡然变得更冷，起大风，还下雪。

我们在海原大地上穿行，在墚峁沟坎之中寻找、辨识着当年大地震残留的痕迹。这片土地上的山好大、好多啊，当庞大的山体上，那些当年的伤痕被一处处指认出来，不禁让人有种越来越强的感觉——大自然中的人类是何其脆弱、渺小。而当绕过一个又一个山头，看到一个个簇新屋顶的村庄；走进村落，一位位当地人明亮的笑容与淳厚的言语……你又越来越感觉到——在这片土地上最有力、最坚韧的，还是人。

再以一张照片为这段文字结尾吧，同样出自小说《地动》的"附录"。

照片中，当年经历过海原大地震之后，一位男子站在临时搭建的简陋窝棚前。

石舒清先生在图说中这样写道："住所前面站着的男子给人一种能担能扛的样子……门前的门板上孩子还在忘我地玩耍，一边的狗也显得温和日常。日子有平常的一面就说明是好日子。有鸡犬相闻，有孩童玩闹，有男人顶天立地，日子就会一天天好起来。"

一百年过去了，走在这片叫海原的土地，望向那海一样的原野与丘壑，我们看见这片土地早已沧桑巨变，盛满希望。当年曾被撕裂的"脆弱"土地上，其实一直深牢地刻着两个字：坚韧。

本次特刊采访，特别感谢海原县委宣传部、海原县地震局，以及作家白鸽的大力支持。

1920 年冬，山走动了

■ 刘旭卓

12月8日，记者站在海原县李俊乡海子震湖旁的山坡上时，凛冽的寒风正从西北方吹来，透过衣服，侵入身体。还有8天就是海原大地震100周年纪念日，100年前的冬天，海原老百姓就是在这样的寒风中，面对那场灾难。

寰球大震

海原海子震湖，是1920年海原大地震造成山体滑坡，堵塞河道形成的。那个寒冷的冬天，地震重塑了这一带土地的面容，也给二十几万鲜活的生命画上句号。

海原县城西门外有个"万人坟"。现任海原县地震局局长的刘刚今年54岁，他还记得8岁初见这里时的情景。"当时我和父亲赶集经过，看到部分已经塌陷的地方，裸露出白骨，我还好奇地问父亲。"从老一辈人那里听说过地震情况的父亲告诉刘刚，"万人坟"里，埋葬着海原大地震中遇难的同胞遗体。刘刚家震殁的4人，也葬于此。

2000年，进入地震局工作的刘刚，开始从各处搜集资料，寻找见证人。一幅幅画面，一行行文字，1920年的那场大地震，变得越来越具象，让人越看越心痛。在他搜集的一份资料中，这样描述那场灾难：地震时巨响震天，大地剧烈摇动，"山崩如瀑布般倾泻""平地陷入深谷""地涌黑水"，强烈的震动持续十多分钟，城郭乡村转眼间消失无踪。

海原县地震局和海原县人民政府编写的《海原大地震1920》一书记载：此次地震震级8.5级，波及17个省区市，有感面积达251万平方公里，是中国历史上波及范围最广的一次大地震，甚至在地球另一端的美国地震仪上，也清晰刻画出了地震波。时称"寰球大震"。

沉痛的记忆

同样致力于百年前大地震考察与研究的海原女作家白鸽，在《海原大地震"万人坟"考》一文中，这样描述自己的感受：在海原，我所见到的景物遗址再没有比这更凄楚、更震撼人心的了。"万人坟"的碑文记载：这场巨大的灾难，造成27万余人亡殁，海原全县7.3万人丧生，占当时全县人口的59%。

"整理资料时，看到许多惨不忍睹的画面和文字记载。"白鸽说，一位老太太震后被压在了倒塌的火炕里，一条腿已经被火烧得面目全非，但她依然在寒风中爬往邻村求救；还有个地方，曾经是一处村落，地震推力将两面山坡撕开了 7 条口子，几百万吨松散的沙土如固体的瀑布，从裂缝中扑下来，淹没了村子，淹没了人们的哭喊，村里无一人幸免。刘刚前些年搜集资料时，遇到一位大地震幸存者，他形容这位老人"头几乎贴在地上行走"。地震中，老人的腰椎骨折，后来自然长好，但却只能佝偻着身子生活。

几个事例，足以窥见当年灾难带给人们的伤痛，而更绝望的，是当时的救灾不力。

地震发生之时，中国正处于北洋军阀统治时期，军阀混战使外界很少有人去关注这场大灾害，并且地震发生在闭塞的山区，救灾工作更加艰难。再加上当时处于冬季，人们又要面对冻伤、饥饿和瘟疫等后发性灾害。《陕甘地震记略》载："哭声遍野，不特饿殍，亦将强比僵毙，牲畜死亡散失，狼狗亦群出吃人。"

大地的伤口

地震夺走了 27 万余条鲜活的生命，也给这片土地，留下了巨大的伤口。记者从海原县城出发，乘车前往哨马营，去"探望"那棵被地震撕裂过的"震柳"。

车停下的地方，是距离海原县城 20 公里外的一处山沟旁，那棵震柳静静地长在山沟里，满树系着火红的带子，在雪后的冬天格外显眼。震柳的身子，被 100 年前大地震的左旋错动力撕裂开，将它撕成两半，让人惊叹的是，震柳却从那伤口中，继续生根发芽，枝繁叶茂。不远处山梁的形状，将左旋错动的力量，展示得更为清晰———一座山，在地震时断裂，然后顺着逆时针旋转变形。而在李俊乡，这样的力，造成大规模的滑坡，堵塞河道，形成了今天海原境内的海子震湖。错动、断层、地裂缝……这样的地貌在海原多有可见，100年前的大地震，极大地改变了这里的面貌。

在距离海原县城35公里处的甘盐池，立着一块石碑，上面刻着"海原大地震震中"，当年的大地震，就是从这里开始，向东西两边延伸，将大地撕开了一条断裂带，西起甘肃景泰县兴泉堡，东至固原原州区硝口村，长达237公里。

在中外专家出版的《在山走动的地方》《1920海原大地震》《海原断裂带》等文章和著作中，都对海原大地震爆发的原因和特点等做了阐释。海原地处阿拉善地块以南、青藏地块与鄂尔多斯地块的交接部位，主要构造是乌鞘岭—六盘山弧形构造带，主干断裂是南、西华山北麓—六盘山东麓大断裂，境内贯穿着著名的海原活动断裂带，这条断裂带是青藏高原东北边缘地区最重要的一条第四纪左旋走滑断层带，具有规模大、下切深、断层延伸长、走滑速度大、总位移幅度大等特征。

行走在如今的海原，即便不是地质专家，也能分辨出一些100年前大地震留下的痕迹。从海原县城出发，车窗外的远山间，遍布一条又一条的山沟，就像大山的裂痕。海原，这个被众多科学家一致认为的"历史地震遗迹博物馆"，也让中国现代地震学，由此发端。

中国现代地震学的开端

刘刚介绍说，1921年，海原大地震发生后的次年，当时的内务、教育、农商三个部曾派翁文灏、谢家荣等六委员赴灾区调查。"他们当时从北京出发，经过呼和浩特到达兰州，然后再到甘肃的天水、平凉一带。"刘刚说，这六位委员到达平凉后一看，灾情已经十分严重了，于是就把震中确定在了平凉，从平凉往固原方向走的时候，路况很不好，他们只能骑着小毛驴前行，而最终也没有到达海原县。但这历时四个月的调查，也得到了大量第一手资料，直至今天仍有很高的科学价值。

而海原大地震在中国近代史中，也占有极其重要的位置。

海原大地震后，北洋政府中央地质调查所立即筹建中国第一座地震台，最终于 1930 年在当时的北平建成，拉开了中国地震观测工作的序幕；中央地质调查所的著名地质科学家提交了我国历史上第一份地震科学考察报告；由翁文灏绘制了我国第一张震区烈度等线图，还首次在中国大陆东部地区划分了地震危险带。

1922 年，世界万国地质大会在比利时首都布鲁塞尔召开，中国学者第一次站在世界讲台上，宣读了关于海原大地震和中国地震活动构造带内容的论文，引起了世界各国专家的重视和极大的兴趣。

"摇路"与"丝路"

海原当地人把地震叫作"地摇了"，那 237 公里的地震断裂带旁，有一条走出来的路，也就被称作"摇路"。听上去很形象，那路，就像是地震"摇"出来的。刘刚说，这条"摇路"，和汉魏时期古丝绸之路北道的走向极为相似，有些地方还是重合的。这其中，有着怎样的联系？

汉魏时期，丝绸之路东段即从长安经河西走廊到敦煌，有南、北两条路线。南道是从长安出发，沿渭河西行，经宝鸡、天水、陇西、临洮、金城（今兰州），由此渡过黄河，进入河西走廊；北道是从今天的西安出发，沿泾河向西北行，经陕西的乾县、永寿、彬县和甘肃的泾川县、平凉市进入宁夏固原境内，过三关口、瓦亭，经青石嘴、开城抵达固原，再往北经三营、黑城，沿苋麻河到海原的郑旗、贾埫，过海原县城、西安州、甘盐池又进入到甘肃境内，从靖远县东北的石门附近渡过黄河，经景泰县抵达武威，再转河西走廊去敦煌。

这条北道路线在宁夏境内长近200公里，行程比南道少100公里，路途平坦易行，开辟的时间要比南道和中道早，是秦汉时期关中通向河西的主要道路，西北草原游牧民族东进和建都关中的政权西出，常常走的是这条道路，也是丝绸之路形成后东段的一条最佳线路。

这条路线和1920年海原大地震断裂带的相似和重合，并非巧合。刘刚介绍，科考研究表明，此条断裂带在遥远的古代就发生过地震。地震"摇"出来的路，平坦易行，一路通畅，古人选择在这条古道上，长途跋涉，抵达西域。

阻不断的生命繁衍

我们报道组一行来到1920年海原大地震震中甘盐池时，已近黄昏，空旷的野地，北风肆虐。在一座名为定戎阁的亭子的立柱上，刻着四行字：东海碧波水倒流，南山石沟卧金牛，西湖吐玉无价宝，北寺神泉滴绿水。随行的白鸽告诉记者，这是古人描写定戎堡景色的句子。

甘盐池的盐湖，从古至今盛产食盐。汉唐时期，人们在这里建立了一座管理盐业的城池，当地人叫东堡子，到了宋夏时期，人们将城池扩建，取名定戎堡，堡内大路通畅，商铺、客栈林立，此地所产食盐销往各地，一派繁荣景象。时间到了 1920 年岁末，资料记载，这里突然出现了牲畜夜不归圈、盐湖枯竭等怪现象，直到 12 月 16 日晚 8 时 6 分，那一场地动山摇的浩劫发生，人们才恍然大悟。

那场大地震从甘盐池地下 17 公里处，释放出相当于 11.2 个唐山大地震的震波能量。地震摧毁了定戎堡，堡内所有的店面和客栈瞬间成为废墟。而此处地形，也发生了巨大改变，《海原县志》记载，由于断层剧烈错动，地震陡坎向北边倾斜，原来北边的地面下降了几米，而位于甘盐池盆地的盐湖，从地震前的南边，位移约 1000 米，到了如今的北边，所以被称为"滚动的盐湖"。

站在定戎堡遗址前，千百年前的繁华已是残垣，转头南望，如今的盐湖却依然产盐，一排排太阳能发电板整齐排开，不远处的山包上，风力发电机的叶片，欢快转动，绿树环绕的地方，一个叫唐家坡的村子，欣欣向荣。

看着这一切，不禁感慨：一场大地震能隔断繁华，但却阻断不了生命的繁衍。

震柳：老树犹在，生生不息

■ 李 尚

一百年前的海原大地震，让群山移动，地面开裂，无数生命在这场灾难中消失。但有一棵被地震撕开的柳树，每年都用枝头的新叶，向人们示意生命的顽强。这棵柳树被称为"震柳"，是海原人的精神标签，在震后一百年里，它见证了这片大地上人们的生生不息。

哨马营的古柳树

震柳位于西安镇西华山北麓哨马营村，在前去拜访震柳的路上，远远就能看到连绵起伏的山，因为盖了一层薄雪，在阳光的反射下，山体显得更加稳重坚毅，很难想象在一百年前，这些山"走动"了。

在那次"寰球大震"中，哨马营村五株明代时期的古柳树，命运就此改变，因为地震中左旋走滑位移的力量，其中一株树干纵向裂为两半。如今看这株古柳，躯干撕裂，底部树干中间已经空了，远看好像枯朽，但在夏季，长满绿叶后，它却像团"绿云"一样，生机勃勃。

海原女作家白鸽多年来一直专注于对海原的书写，对当年那场大地震研究颇多，她说，人们通常所指的震柳就是这株纵向裂为两半的古柳，其他四棵中还有一棵也很特殊。在她的指引下，记者找到那棵柳树，这棵树的一个枝干已经断裂，倒向泥土里，然而让人称奇的是，这一枝干竟又从倒下的地方长起来，如今已长成一株大树，直径约三十厘米。白鸽说，如果震柳象征着顽强，那么这棵柳树，就象征着新生。

从震柳到震柳精神

北魏农学家贾思勰的《齐民要术》中记载："取柳枝

著户上，百鬼不入家。"柳树生命力顽强，先民们对它很是崇拜，把柳树当作驱邪的吉祥之树。

咨询植物专家得知，哨马营的古柳属于旱柳，耐寒、耐旱，根系发达，生长快，易繁殖，适应性强，很适合西北地区干旱少雨的气候。自从那棵古柳神奇地活下来后，在海原人的眼里，更是有了不一样的内涵。

2012年3月14日的《中卫日报》一篇名为《震柳精神兴海之魂》的文章，提到1984年全国文物大普查，时任中国地震局地质研究所研究员汪一鹏看到被撕裂的古柳后说："这是一个非常典型的地震现象，那么大一棵柳树，把它劈成两半，而且它错动的方式反映了地震的一般规律……"从此，这棵古柳成为研究地震的活标本，也就被叫作"震柳"了。

后来，震柳在当地的名气越来越大，逐渐形成一个文化符号。白鸽记得，2011年，海原县十三次党代会的工作报告里，首次把"震柳精神"写进去，并概括为"坚忍不拔，自强不息"，号召海原各界学习发扬"震柳精神"，而白鸽也是从那时起，踏上对震柳精神以及海原大地震衍生出的文化精神的探寻。

坚忍顽强的海原人

一百年前受伤的震柳，用顽强不屈的精神，激励着后来生活在这片土地上的人们，战胜困苦，努力奋斗。

在海原大地震震中甘盐池附近的唐家坡村，村民董国民从老一辈人那里听说了不少昔日的故事："1958年，父母带着两岁半的我逃荒到这里，为了活下去，我们从老鼠洞里找粮食吃，那是老鼠为过冬存的粮食……"

白鸽在一旁听着，也很是感慨。历史上有"西海固苦瘠甲天下"的说法，海原人的生活始终伴随着吃苦，因此也造就了海原人对抗逆境时的顽强精神。白鸽认为，这就是震柳精神，无论何时，海原人的性格中始终保留着这个特点。

白鸽是土生土长的海原人，她回忆起小的时候上学，亲戚邻居们都说，"一个丫头上学有什么用"。但越是这样，她就越努力地读书，生怕失去上学的机会。在她的坚持下，一直读到大学毕业。"我们海原人就是这样，坚忍、顽强，不服输。"白鸽说。

希望震柳精神绿满天涯

白鸽还记得第一次开车到哨马营，看到那棵生长了 500 多年的震柳时的心情，她在自己新近出版的《震柳》一书中写道："我毫不犹豫地屈服于你，屈服于你傲然而立的影子。"

2017 年，白鸽被抽调到"中国（海原）防震减灾科普科研教育基地推进工作领导小组"工作，在这里认识了许多地震、党史、文化旅游方面的专家，接触了大量珍贵的历史资料，并且为了和同事编著《海原大地震》系列丛书，更加频繁地奔波在旷野与田垄之间。随着对海原的历史文化、风土人情了解加深，她更加热爱这片土地和这些工作。她喜欢一个人走在古老的土地上，有时甚至会捏起一点地上的土放在嘴里尝，"土是香的。"白鸽说，种种经历，让她更加坚定地书写家乡。

哨马营的震柳，白鸽已经不记得来看过多少次了，她拍摄过，写过，也在别人的作品中读过震柳。著名作家、学者梁衡在《百年震柳》写道："莫如就在这里建一座'震柳人文森林公园'，再种它一沟的新柳。老树犹在，雄风不减。绿满天涯，长风浩荡。"白鸽看到这段深深感动，"种一沟新柳，这也是我们海原人的心愿。"她站在震柳附近的一棵小树苗前说，这是她自己种下的，她想每年都来种两棵，用不了多少年，这里定是一片秀绿。

震后百年的文化印痕

■ 李　尚

海原大地震已过百年，但印痕仍在，并化作另一种形式存在于现在的生活中。在海原人的文化传承中，就有大地震的内容。人们在追忆中，以不同的方式记录和思考着那次灾难，表达着自己对生命的感受。

剪一段沉痛的过往

"以前听老人讲，当时住在窑洞里的人，地震时大都被埋在里面了……"海原人买元花说。今天的人很难理解当年的惨烈，可当看到与大地震相关的照片时，还是能窥见灾难的一角，这足以让她落泪。

买元花是非遗剪纸项目中卫市级传承人，今年三四月份开始创作《震柳》专辑剪纸作品。这套专辑共包含 16 幅剪纸作品，有震柳实景图、大地震遗址，还有曾经历过地震的老人肖像……她以剪纸这种古老的手艺表达，透出了一些沧桑感。

其实，完成这些作品并不容易，这得从两方面说起。"她剪纸时，会看着图片来剪，照片剪纸是先用图片处理软件把照片做个加工，再手工修改线条。"买元花说，剪纸讲究"万连不断"，电脑只是起到辅助作用，在此基础上修改的线条几乎覆盖一半以上的画面。不过这些熟练了，倒也好做，难的是剪人物时，得把神情剪出来。"这里有一张老人的肖像，照片上乍一看好像是没什么表情，细看就发现眉头微凝，要把这种沉重的感觉剪进去。"

技术只是一个方面，更难的是面对这套作品该怀有什么样的心情。

"说真的，剪的时候，心里挺不好受的。"买元花说着，眼圈泛红。在她以前的认知里，剪纸这种手艺，是剪那些吉祥美好的图案，剪的时候心里也是洋溢着幸福。这是她少有的，以剪纸的形式记录百年前那次惨烈的大地震。《震柳》专辑在她心目中，象征着家乡土地上的生命力。

人总是向着美好的

海原县李俊乡的海子震湖，是当年大地震使山体滑坡，堵塞河道形成的堰塞湖。现在这个季节，湖面已经结冰，湖中芦苇枯黄。面对这样的景象，不由得浮想，夏季湖水清亮，山和芦苇都绿了，又是怎样的画面呢？

夏日的海原震湖，在海原人乔亚茹的刺绣中可以看到。乔亚茹是非遗刺绣项目中卫市级传承人，自小学习刺绣的她，针法颇有特色。每一针丝线如同素描的笔画一样，时密时疏，时长时短，将画面中的明暗关系，以及事物的质感都呈现出来。在绣海原震湖时，近处和远处的山分别用了横向和纵向的纹路，针脚密实，山体显得厚重。湖水的线纹则比较稀疏，看起来明快而柔软。周围的树木用乱针表现，就像立在画面中。

今年是海原大地震一百周年，乔亚茹除了绣海原震湖，还有震柳、海原地震博物馆等。她用自己的手法和技巧，使得这些遗迹和建筑看上去生机盎然，如果不是因为大地震这一灾难性的背景，几乎看不出沉痛感。"我不想绣那些让人看了心情悲伤的内容。"乔亚茹说，她的记忆中是没有灾难的，尽管当年的大地震曾撼动了整个海原，但作为一名海原人，她对家乡的认识是美好的。

今年疫情期间，全家人都宅在家里。看到儿子天天拿着手机玩，乔亚茹回想起自己的童年，"我们小时候玩的东西也挺多的，我就想绣出来，给儿子看看，好玩的东西不只手机。"乔亚茹拿出自己绣的一套长卷，绣的是儿时玩闹的景象，踢毽子、跳皮筋、跳绳、打沙包……乔亚茹喜欢绣这些美好的东西，她认为，人的生活总是向着美好的。

行走在海原书写家乡

说起买元花和乔亚茹这次为海原大地震一百周年创作的纪念作品，就不得不提海原作家白鸽，是她促成了两人的创作。她多年来踏寻当年大地震的遗迹，拍摄了很多照片，提供给海原的民间艺术传承人进行再创作。

报道组在海原采访时，白鸽带着记者访遍了哨马营震柳、西安州古城、甘盐池城垣等地震遗址，一路上介绍着海原的历史文化和自然景观，看不出一丝疲惫。事实上，在此之前，她已经无数次行走在这些地方。

平时她喜欢一个人走，因为"一个人的时候，才能听见自然的声音。"白鸽说，海原是一片神奇的土地，她始终心怀敬畏。访途中，她讲起自己行走时的经历，一双大眼睛忽闪着，语气时而紧张，时而松弛，像一个秘境的领路人，哪怕一瞬间的思绪，都能被她描述成一个神奇的故事。

她的作品，也是这般感觉。近两年，白鸽出版了两部书，一部散文、散文诗集《望海原》，收录她创作的散文、诗歌和摄影作品等。该书对百年前的海原大地震进行了纪实性书写，探讨大震后的人文印记，同时也有对家乡饱含深情的文学篇章。另一部散文诗集《震柳》同样以海原大地震为主题，但展现的是百年后的沧桑巨变。两本书构成了百年间海原人的精神成长史。

"海原是我生命的原点，感谢它的厚重。"白鸽说，自从开始接触海原大地震相关工作后，她对家乡的写作也便真正开启了，开始真正去感受这片土地，读懂生命。

日子是甜的，村庄是彩色的

■ 李 尚

采访车行进在海原的山间，偶尔经过一两处村庄，白墙红瓦的小房子，一座挨着一座，让山变得活泼。有了这村庄，向往就有了支点。走进农家，有过去的生活记忆，但此时的乡村又和人们祖祖辈辈的记忆不同，在这片土地上，生活一直在欣欣向荣。

99 岁的 "最美史店人"

海原县史店乡有个田拐村，这个村子依山而建，房屋错落有致，道路通畅，路上还有 "红梅杏基地" 的标识，几个大字瞬间让村子变 "甜" 了。

田拐村的大多数人姓田，田百选老人是这个村里最高寿的老人，今年 99 岁。走进他家，如同在村里看到的景象一样，院里打扫得干干净净，连落叶都很难找到；晾晒过的玉米整整齐齐地码成一面墙；浇水的管子也不是随意在地上扔着，而是用高低不等的砖支起，固定了位置……这些都能看出这家主人的勤快和细心。

田百选住在正房，穿戴干净，靠窗坐在炕上。见有人来，老人很高兴。老人说他有 4 个儿子和 5 个女儿，如今和最小的儿子一家生活在一起。老人的耳朵不太好，但说话思路清晰，交谈间，老人对过去的事，记得依然很清楚。老人面容慈祥，屋里摆着当地政府发给他的一块奖牌，上面写着——最美史店人。

回到最初的家才安心

田百选的父母都是 1920 年海原大地震的幸存者，当时虽然活了下来，但日子过得极为艰难，全家逃荒到了西吉，直到 1949 年后才回到海原。"刚回来那阵在亲戚家住着呢，后来搬出来到这里了。"田百选说，不管是西吉还是海原的亲戚家，都不是自己的家，心里终究不踏实。后来还是在当初被大地震摧毁的老家那片地方，建了自己的房子住下，才安心。

有了新家，日子开始慢慢变好。特别是从五年前开始，整个田拐村进行了一次大改造，房屋整修，道路硬化，房前屋后搞绿化，同时开发乡村旅游、红梅杏等特色产业，在外打工的年轻人也慢慢回家了。在外人眼里，田拐村这个十里八乡出名的贫困村早已变成了富裕村。

"当时要改造，有的人还不想改，我就说，现在的社会不是旧社会能比，啥政策都是帮我们把生活搞好，为啥不改。"从苦难中走出来的田百选，对现在的幸福生活很珍惜。

拜访结束时，老人拄着拐杖，执意把大家送到大门口。恰逢小儿子刚回到家，孙子也站在老人身边，祖孙三代人站在一起，笑得很开心。

九彩乡的牛

海原县有个九彩乡，传说这里曾出现过九彩祥云。从山上的公路俯瞰，山体依旧有大地震留下的痕迹，与陈旧的痕迹相比，村庄里一间间新房，热闹又抢眼。

九彩乡里到底有没有九彩祥云，这个不得而知，但村里的牛是真多。乡长陈东子说，乡里几乎家家养牛，人均两头。九彩乡九彩村村民马世海就是搞肉牛养殖的。在我们去马世海家的前一天，他家迎来了新成员——一头刚出生的小牛。这头小牛早产了40多天，看起来有点虚弱。马世海打电话咨询了村里的兽医后，把小牛抱进暖和的屋里，精心照顾着。

马世海家里盖的棚舍里有 22 头牛和 31 只羊，算是村里个人养殖规模较大的。除了养殖，家里还有几块地，主要种草料和玉米，给牛羊吃。他家棚舍外面，草料一方一方摆成一大垛子，玉米也整整齐齐码放在一起。他每天用这些再加上点麸子配好饲料，收拾棚舍卫生，够忙活一整天的了，"忙着有钱赚，挺好。"

大山里的养殖场

牛羊在家养着，乡里合作的企业会定期派人来收购。生下小牛后，养三四个月，一头卖一万多元，"比在外面打工好多了。"马世海说，在外地打工的时候，因为不是技术工，收入不多，而且自己腰不好，很多工种还不能做。两年前赶上村里第一波养牛潮，他也贷了款，从三五头养到现在这个规模。"我也没算每年的收入，反正吃喝不愁，有钱就继续买母牛。"

马世海没算过账，乡里的副书记郭天猛算过：假如一户村民养了基础母牛 3 头，一年生 3 头小牛，每头小牛卖 1.2 万元到 1.3 万元，加上种地的收入和政府补贴，一年差不多有五六万元收入。

九彩乡不仅村民在家养牛，乡里也办了养殖场。大山里的套子村因为移民搬迁，空了好大一块地，乡里就在这盖起了养殖场。从山上往下看，一片片蓝色的顶棚在山沟里特别显眼。郭天猛说，这个养殖场配套设施齐全，无论技术还是管理模式，都很先进。现在养殖场养了 500 头牛，明年规模还要扩大。

"咱们现在养牛，和以前不一样，现在是科学养牛。"乡长陈冬子说，九彩乡人以前也吃过不少苦，现在有政策，有土地，有技术，抓紧时间发展产业，以后还会有更好的生活。

石舒清先生专访——
灾难是对人生存能力的试炼

■ 李振文

百年前那次大震，人们用各种方式对它进行着记录与书写，作家石舒清就是其中一位。今年，他以海原大地震为题材的长篇小说《地动》创作完成并在《十月》期刊首发，引起强烈反响，新书《地动》也将于近期出版。以下即为本报记者与他的对话访谈。

故乡是一个源泉

记者： 采访中，在海原这片土地上行走，觉得一些名称和语言很有特点：明明是一片干旱与缺水的地方，却有个水意十足的名字"海原"；当地人将地震称作"地动"，地震中窑洞坍塌压死人称为"被打死了"，好像大地是一个人，在发怒时，会动、会打人……能从您的感受和角度，给读者介绍一下您的故乡海原吗？

石舒清： 在不构成阅读障碍的前提下，我一直试图用西海固方言写小说。我们自言自语的时候，都不由自主用的是方言，可见方言是更容易表达心声的。说到故乡，我想起一种说法来，说是一个恋爱中的人，看到恋人的名字，会觉得那几个字特别顺眼特别可亲和自己难以割舍，我有时在车站，看到从海原来车或者发往海原的车，看到海原两个字，就是同样的感觉，甚至更为强烈，这是身在老家的人体会不到的。虽然老家是一个相对缺水的地方，但我们都觉得它就应该叫海原，对每一个海原人来说，好像这个名字是一个源泉，可以给我们无穷滋养，总是让我们念念在兹，牵挂不已。

记者： 听说您在准备创作小说《地动》的过程中，非常注重各种相关资料的收集。想问，这一收集和准备的过程有多长？中间有没有一些令您印象深刻的经历？

石舒清： 作为一个海原人，写大地震总是一种夙愿。

早在 20 世纪 90 年代初期，时任自治区党委宣传部副部长的张怀武老师就提醒我们关注这一难得的写作题材。可惜我一直写短篇小说，从健康状况来说，也更适合写短篇，就觉得虽然海原大地震是好的写作对象，倒未必是我啃得了的骨头。我总是寄望于西海固其他优秀的写作者。2019 年，在北京，有一个宁夏方面的文学会议，我正好在《十月》发表了一篇小说，于是禁不住放言说我要写海原大地震，当时诗人杨梓在身边，即鼓励我说了就要写。回来以后，就着手准备资料，海原作家田玉珍（笔名白鸽——编者注），在地震局工作过，又自己写作，知道哪些资料在文学是有用的，她前后给了我多次资料，我对她始终有感激心。另外我从网络上购买了大量有关地震的资料。一大段时间，我都埋头在资料里，寻找着可以为我所用的东西。写起来倒写得快，写了不到四十天，每天写一节，上午写，下午休息，绝不再多写一个字。

大地震留给海原的

记者： 除了您在《几点说明（创作谈）》中提到的那条"可怕的深沟"，当年那场大地震还有没有给您成长经历中留下什么深刻印象的？故乡那些地震遗迹，比如震柳，在早年的生活经历里，您接触过它吗，当时是怎么一种感觉？

石舒清： 关于大地震，家里的老人肯定说起过，说我的一个祖太太，被人用牲口驮去接生，半道上就地震了；说我的一个老前辈，正在灶前做饭，椽子掉下来，打在了手上等，但我家好像没有震亡的人。回忆童年生活，感到家人亲戚，多少都给我一种逃亡者的感觉，这肯定和大地震有某种关联。震柳我二十岁之前没有见过，后来有些朋友来海原，陪同去看过。一棵数百年的老树，被巨大怪异的力一撕两半，还敏感于春的信息，还和年轻的树一样显现出一种老辣而又蓬勃的生命力，这是可以给人启发的，是可以引为榜样的，海原人以震柳精神为海原精神，真是再合适不过了。

记者： 在经历过当年那场惨烈的大震后，海原人在生活、民风等方面，有没有发生什么深受影响的变化，甚至影响至今？

石舒清： 按物理学来讲，任何经历都会留下痕迹产生影响，何况这样的大难。我想大地震给海原人的影响至少有两点：一是倍加珍惜生活，且行且珍惜；二是在万般世事的浮沉与变迁里，相对显得比较从容达观。

不同以往的写作

记者： 写《地动》前，您对灾难题材的小说作品关注过吗？有没有印象特别深刻，以至影响到这次创作的？

石舒清： 看过一些灾难题材的文学作品，像庞贝城的毁灭，像智利大地震中一对恋人命运。智利大地震那篇不过一篇短篇小说，写一对犯了大罪的恋人，男的在监牢里插翅难逃，女的游街后正去往刑场，就在执行死刑的一刻，突然强震到来了。但正像评论家白草先生所说，尤其像地震这样的灾难，发生在瞬息之间，说来并没有多少可写的东西，还容易写得同质化，更多笔墨倒是要放在地震前和地震后，我这部小说，正是吻合了这样的写作原则。灾难文学，与其写灾难的可怕，倒不如说是在写灾难中的人们的生存状态与生存能力。灾难是对人的生存能力的试炼和锻炼。

记者： 在《地动》的写作过程中，有没有一直感觉压抑和沉重，有没有写着写着就不由掉泪的时候?

石舒清：毕竟写的是自己的衣袍土地和骨肉乡亲，写作过程中感情强度和浓度都是不言而喻的。写到一个救援者对发灾难财的匪徒们讲说心里话的那段，我觉得他讲的那些事我这个写作者也能落下泪来。

记者：您在《几点说明（创作谈）》中说，"写作这么多年，没有一次发表我会如此看重和珍惜。"为什么这样说?

石舒清：以前的写作，也许只和我自己有关，最多和有数的几个人有关，这一次却是和许多人有关，和无数亡灵有关，和无数依然生活在这块动荡过的土地上的人们有关。我可能写得不够好，但我的心意是强烈的，心愿是大的。

记者：《地动》写出来了。您曾说，创作这部作品好像是"得到一块糖，还没有来得及品尝就吃下去了"。是不是感觉还有什么缺憾,比如觉得应该写而没写进书里的?

石舒清：这是一部具有献礼性质的作品，但现在我并不是十分满意。我似乎还有非常强烈的未曾表达出来的心意和愿望。好比一颗蛋，还没有孵到一个理想的程度，就从一个必要的暗处呈现在亮处了。好像事犹未了，以后将如何，看机缘了。

走在今天的海原

■ 刘旭卓

　　行走在今天的海原大地，100 年前的那场大地震，模糊又清晰。模糊是因为，很难将眼前美丽的海原和当年的废墟联系起来，清晰则是因为，震柳、海原震湖、大山大地的伤痕依旧清晰。海原人把对大地震的追忆，写进文字中，剪在纸里、绣到布上……他们顽强的精神代代相传，在这片曾经"山走动的地方"，永不止步，繁衍生息。

　　关于海原大地震的追忆，有一本名叫《在山走动的地方》的书。穿梭于海原的山坳里时，能真切感受到书名的意义。地震时，这里大大小小的山开始走动，它们断裂、滑坡、错动，淹没村庄、堵塞河流，让大地伤痕累累。车辆在山里行进，转过一个又一个弯，目光随之游离窗外，被百年前的地震遗迹触动。在冬日苍凉中，大山上没有绿色掩盖的伤口，显得异常清晰。这些伤痕让人心沉重，即使时间已过 100 年。

　　忽然间，山坳里亮起来了。阳光洒在红色的琉璃瓦上，折射出彩色的光芒，这光来自一排排新房子的屋顶，一下子，山坳和冬日，都亮了起来，心情，也随着亮起来。在海原的山坳里，遍布这样的村落，很多村子的名字，都带一个"新"字，新的不仅仅是房子，更是人们的生活，以及他们的精神面貌。

　　记者走进养殖户马世海家，推开门，眼前就是两个满满当当的玉米囤，黄灿灿。进了屋子，在炉子旁，一头早产的小牛犊蜷缩着，在屋子里取暖呢。看着时不时挣扎一下，极力想站起来的小牛犊，不禁让人感慨：100 年前，被地震毁灭的那片废墟上，生命一直繁衍不息，如今更是生机盎然。

第四章

◎

沿黄河 9 省区脱贫攻坚融媒体报道
（节选）

总策划：丁　洪　张心泽

策划执行：康晓华　马　俊　王　春

2020 年 6 月 12 日—9 月 18 日

全媒体联动报道

作为中广联合会城市台广播新闻委员会年度主题报道之一
《黄河岸边是我家》融媒体报道既是一段难忘的经历
更是一笔宝贵财富，多视角、多层次的新闻精品力作
不仅为融媒时代跨省区、跨城市媒体大联动、大融合打开了探索之门
也在沿黄河九省区脱贫攻坚、全面建成小康社会的精彩画卷上
留下浓墨重彩的一笔

跨省区、跨城市媒体大联动、大融合

脱贫攻坚融媒体报道
唱响"黄河岸边是我家"

■ 康晓华 马 俊

2020 年 9 月 18 日，历时 3 个月的"黄河岸边是我家"银川采风活动在银川闭幕。至此，沿黄河 9 省区省会（首府）城市——西宁、成都、兰州、银川、呼和浩特、西安、太原、郑州、济南新闻广播联动承办的脱贫攻坚融媒体报道"黄河岸边是我家"圆满收官。

此次大型融媒体报道由中共银川市委宣传部、中共银川市委网信办、中广联合会城市台广播新闻委员会、银川市新闻传媒中心主办。活动掀起了学习宣传贯彻习近平总书记视察宁夏重要讲话精神和守护黄河流域绿水青山的宣传高潮，为当时决战脱贫攻坚，决胜全面建成小康社会营造了良好的氛围。

全局谋划、联动发力、持续时间长

2020 年 6 月 8 日至 10 日，习近平总书记在宁夏视察，

沿黄9省区省会（首府）城市脱贫攻坚融媒体报道暨"黄河岸边是我家"开启银川采风行活动，在银川市新闻传媒中心中央厨房参观。

（图片由康晓华提供）

他来到宁夏黄河吴忠市城区段视察黄河流域生态保护情况时指出，自古以来，黄河水滋养着宁夏这片美丽富饶的土地，今天仍在造福宁夏各族人民，宁夏要有大局观念和责任担当，更加珍惜黄河，精心呵护黄河。这是习近平总书记自2019年8月21日以来，一年内第四次考察黄河，足见母亲河在习近平总书记心中的分量。

认真学习习近平总书记视察宁夏重要讲话精神、讲好黄河流域脱贫攻坚故事、展现黄河流域生态保护和高质量发展，为决战决胜脱贫攻坚提供强大精神动力是我们新闻工作者义不容辞的责任。

6月12日上午，银川新闻综合广播闻令而动、迅速策划启动沿黄河9省区省会（首府）城市"黄河岸边是我家"，90分钟的音视频直播多频共振，新闻广播主播、记者接力打卡连线报道，链接中国日报、银川发布、腾讯新闻、新浪宁夏等客户端同步直播，实现了全国的广域深层传播，

获得全国 60 多万网友观看和积极转发点赞，表达他们对
黄河、对家乡的真挚情感；7 月中旬开始，借助银川市新
闻传媒中心融媒体矩阵，报道又衍生出《黄河岸边是我家》
的"银川日报专刊 + 广播音频产品 + 这里是银川、直播银
川抖音线上互动"的融媒体产品，声音海报、城市推广曲、
微信图文故事不断激发沿黄城市居民产生共鸣和认同感，
从而形成自发的关注和讨论。报道也先后被"学习强国"、
《中国日报》、今日头条、腾讯新闻、新浪微博、搜狐新
闻等全国主流平台采用。截至 9 月 9 日，《银川日报》共
刊发 9 期报纸专刊，银川新闻广播制作 9 期特别节目，新
浪微博搭建话题 # 黄河岸边是我家 #，组织全市政务新媒
体矩阵微博账号积极转发、评论。据统计"黄河岸边是我家"

（截图）

2020 年 6 月
12 日，沿黄
九省区脱贫
攻坚融媒体
报道启动仪
式新浪宁夏
报道截图。

太原广播电视台新闻综合广播总监田霞交流发言。

济南广播电视台新闻广播副主任郑兆富发言。

（图片由康晓华提供）

话题阅读量达 123.5 万人次，讨论量达 1771 篇次。搜狐宁夏、新浪宁夏、腾讯新闻、今日头条、宁夏网虫网等网络媒体和各县（市、区）党委网信，对系列报道进行同步宣传，总阅读人数超过 200 万。

　　9 月 16 日至 19 日，来自沿黄河九省区省会（首府）城市新闻工作者共聚银川，对过去三个月的脱贫攻坚融媒体报道成果进行交流，探讨如何讲出更精彩的"黄河故事"。"非常感谢银川市委宣传部、网信办和银川市新闻传媒中心提供了这样一次联合发声、联合行动，同时又可以聚在一起进行沟通交流、学习的机会。"太原广播电视台综合广播总监田霞表示，脱贫攻坚融媒体报道"黄河岸边是我家"再一次验证了融合发声的力量，通过此次联动报道，也锻炼了新闻采编队伍。她还建议以此次联动报道为契机和出发点，共同画出服务于各个省会（首府）城市中心工作、重点工作的同心圆，打出"组合拳"、奏出"交响乐"，共同发力，对外宣传好每一个城市的中心工作和重点工作。

（截图）

动态策划、融合发声、外宣效果好

"黄河岸边是我家"报道除了在我区区内全媒体联动报道外，参与此次报道的8省省会（首府）城市新闻广播的广播节目、"两微一端"、中广联合会城市之声微信公众号关注转发报道共计80余篇，视频、长图、H5等新媒体作品跨地域联动报道大大提高了地方台内容的触达率和传播力，比过去点对点跨地域的合作融合有了更多的创新和提升。

9月16日至9月19日，来自沿黄河9省区省会（首府）城市新闻广播总监、记者组成的采风团先后到黄沙古渡国家湿地公园、闽宁镇、中粮长城酒庄、贺兰山岩画景区，实地感受体验"一山一河"环境治理生态保护成果，深挖

在银川黄沙古渡采访。

在闽宁镇禾美扶贫车间采访。

（图片由康晓华提供）

脱贫攻坚故事。沿黄河8省省会（首府）城市兄弟台深入挖掘黄河文化蕴含的时代精神，采制的10余篇广播音频、新媒体报道紧扣黄河沿岸贯彻新发展理念、高质量发展、生态环保、脱贫攻坚等重点，走黄河，看发展、写变化、展成就，把讲好"黄河故事"与发展"美丽经济"融合起来，把宣传黄河文化贯穿于文化和旅游发展全过程，推动黄河流域高质量发展，创作好新时代的黄河大合唱。

采风团成员太原广播电视台新闻综合广播主任郭海默说，无论是在黄沙古渡国家湿地公园，还是贺兰山岩画景区，都能感受到银川在环境保护和生态治理方面的成果，作为媒体人，有必要把银川的先进经验和做法传递出去，让社会各界更多地了解银川享誉"塞上江南"。作为黄河沿线九省区省会（首府）城市新闻广播脱贫攻坚融媒体联动报道"黄河岸边是我家"银川采风的一员，兰州新闻综合广播记者林经泉觉得这样的活动非常好，拉近了黄河流域不同省域不同地区之间的距离，希望今后加强这样的采访联动，让黄河流域的好故事通过不同的电台、不同的频率、不同的报纸传播出去，更好地讲好我们的黄河故事。郑州人民广播电台首席主持人张明磊表示通过采访看到了银川脱贫攻坚扎实的脚步，这足以反映出银川的脱贫攻坚工作深入人心。他表示自己将会把这里的故事记在心里，回去讲给河南的父老乡亲，让他们也能够从中汲取力量，奋发有为。

搭建平台、砥砺前行、讲好脱贫攻坚故事

作为中广联合会城市台广播新闻委员会年度主题报道之一，"黄河岸边是我家"融媒体报道既是一段难忘的经历，更是一笔宝贵财富，多视角、多层次的新闻精品力作不仅为融媒时代跨省区、跨城市媒体大联动、大融合打开了探索之门，也为沿黄河九省区脱贫攻坚、全面建成小康社会的精彩画卷上留下浓墨重彩的一笔。

在闽宁镇禾美扶贫车间采访农民直播带货。

在宁夏中粮长城天赋酒庄拍摄镜头。

（图片由康晓华提供）

"黄河岸边是我家"
大型策划系列报道

　　2020年6月12日，由中广联合会城市台广播新闻委员会、银川市新闻传媒中心主办，联动沿黄河9省区省会（首府）城市西宁、成都、兰州、银川、呼和浩特、西安、太原、郑州、济南新闻广播承办的脱贫攻坚融媒体报道"黄河岸边是我家"大联播启动。活动中，黄河沿线9省区省会（首府）新闻广播，以融媒体的报道方式，奏响黄河流域脱贫攻坚新时代的强音，充分体现黄河沿岸人民群众对母亲河的依恋和黄河流域高质量发展的重大意义。

　　《银川日报》于2020年7月10日起，推出黄河沿线9省区省会（首府）城市系列报道，走进黄河沿线9省区省会（首府）城市，了解其黄河流域生态保护和高质量发展情况及脱贫攻坚成效。

　　本书节选西宁、银川两个篇章及部分广播内容。

大美西宁 绿色和谐

——沿黄河9省区脱贫攻坚融媒体报道·西宁篇

（《银川日报》2020年7月10日第8版）

■ 本报综合

青海作为黄河源头、干流省份，在黄河流域生态保护和高质量发展中，担负着源头责任和干流责任。西宁市是青海省省会，地处青藏高原东北部，是全省政治、经济、科技、文化、交通、医疗中心。西宁总面积 7660 平方公里，市区面积有 380 平方公里，建成区面积 120 平方公里，是青藏高原唯一人口超过百万的中心城市，也是"三江之源"和"中华水塔"国家生态安全屏障建设的服务基地和大后方。

西宁地处黄河一级支流湟水中上游，境内主要由湟水干流及北川河、南川河、西纳川河等支流构成了全市的河流水系，水资源总量 13.14 亿立方米，人均水资源量约 570 立方米，分别占全国人均水资源量 21000 立方米和全省人均水资源量 12142 立方米的近 1/4 和 1/20，属于资源型重度缺水城市。

湟水流入西宁市境内的湟源县，再经湟中县、市区，从小峡口流出西宁市，境内流程 95.9 公里，占干流总长的 25.5%，境内流域面积 7335 平方公里，市区河长 35 公里，小峡口以上湟水流域面积 11220 平方公里，分别占省境内湟水流域面积的 45.7% 和 69.9%。在市境内汇入湟水的各主要支流有 56 条，主要有药水河、南川河、小南川河、云谷川河、康城川河、盘道河、西纳川河、石灰沟河、北川河、宝库河、东峡河、黑林河等。

立足市情水情实际，西宁市出台了《西宁市黄河流域生态保护和高质量发展领导小组 2020 年工作要点》和《西宁市黄河流域生态保护和高质量发展领导小组工作规则》《西宁市黄河流域生态保护和高质量发展领导小组办公室工作细则》。将湟水、北川河、南川河等 65 条主要河流，黑泉水库、大南川水库、盘道水库以及在建的西纳川水库等 22 座水库纳入了河湖长制管理范围。

在此基础上，将全市的 93 座涝池、18 处万亩灌区、4 处全国重要饮用水水源地、1 处重要湿地及其他人工水体等涉水区域一并纳入河湖长制管理范围，实现全市涉水区域全覆盖。

下一步，西宁将衔接融入国家战略，优化完善发展布局；加快重大工程建设，扩大绿色发展成果；深化西宁兰州合作，促进区域协调发展。同时，要保护传承黄河文化，打造河湟文化高地，唱好新时代的"黄河大合唱"，发出融入黄河流域生态保护和高质量发展战略的"西宁好声音"。

第一书记杨勇：
坚守初心　用脚丈量民情

■ 苏　娟

　　2020 年是全面建成小康社会目标实现之年，也是全面打赢脱贫攻坚战收官之年，西宁积极采取措施确保高质量完成脱贫攻坚目标任务。

　　2015 年底全市精准识别 330 个贫困村，建档立卡贫困户有 1.95 万户、6.5 万人。经过 2016 年至 2018 年 3 年时间的集中攻坚，6.5 万贫困人口稳定脱贫、330 个贫困村全面退出，3 县顺利"摘帽"，2019 年建档立卡系统 563 人全面脱贫，全市实现绝对贫困"清零"。

　　而这份成绩单来之不易，凝聚了西宁市上下的辛苦付出，也凝聚了很多这样扎根基层、一心为民的驻村第一书记的汗水……

　　无论刮风下雨，他用脚步丈量民情；无论寒冬酷暑，他用实绩凝聚民心；无论驻村干部换了多少茬，他始终坚守扶贫第一线，情系贫困村民，通过自己的不懈努力，让一个深度贫困村实现了脱贫摘帽的华丽转身。他就是主动请缨、下乡扶贫的西宁市市直机关工委宣传部部长、湟中县田家寨镇安宁村驻村第一书记杨勇。

　　张顺仓是田家寨镇安宁村建档立卡低保贫困户，独自一人生活。2016 年，他享受产业发展项目扶持，进行山羊养殖，日子稍有好转。但天有不测风云，今年3月，张顺仓因脑溢血住院治疗，出院后行动不便，丧失劳动力，生活陷入困境。杨勇得知这一情况后，积极落实政策资金，通过协调，将其由低保贫困户调整为低保兜底户，还申请了民政低保，让他有了稳定的经济收入，生活有了保障。

在安宁村，和张顺仓这样被杨勇帮助过的贫困户还有李秀莲、汪延福老两口。"现在政策好了，他就这样一直照顾我们，照顾得也很好，经常帮忙送东西，人也非常好，就像自己的儿子一样，特别感谢他。"一提到杨勇，老两口感激之情溢于言表。因为年纪大，身体多病，老两口均患有听力障碍，杨勇了解到这一情况后，经常为老人买药送药，嘘寒问暖，还找朋友帮忙，免费为老两口佩戴了助听器。

自从当了驻村第一书记，杨勇牵挂的除了贫困户，还有整个村子的未来与发展。在他和扶贫工作队的努力和帮助下，安宁村一改过去危房多、没广场、垃圾到处有、道路没绿化的现状，旧貌换新颜，如今道路两旁树木葱郁、干净整洁，道路宽敞、通行方便；村民们的居住条件改善了；村级文化广场建起来了；全村户户都配备了生活垃圾桶、节能电饭煲；通信光纤拉进了村民家里；环卫垃圾清运车开进了村里，切实改善了村里的人居环境。2020年3月，安宁村被国家林业和草原局认定为"国家森林乡村"。

其实，在田家寨镇安宁村，提起杨勇，大家都侃侃而谈，交口称赞杨书记实干、有担当。安宁村村民王兴告诉记者："杨书记带领的扶贫工作队对我们贫困地区的老百姓比较热心，比较关心，每年给贫困户拿面粉、衣服、过年的钱，我们对他们的工作也非常满意。"

　　湟中县田家寨镇安宁村党支部书记魏延福目睹了杨勇和扶贫工作队驻村后一心为群众办事的经历，也见证了安宁村的巨大变化，他这样描述杨勇和扶贫工作队："通过这两年精准扶贫，我们村的有些贫困户在生活上得到了保障，改变了村上的面貌，我感觉到这样子的工作队一直没有遇上过，住在村里，吃在村里，真正做到了共产党员的模范作用。"

　　杨勇告诉记者，在当驻村第一书记的 5 年时间里，虽然他也受了很多委屈，像刚开始驻村的时候村民不理解他，对他也不信任，经常性地喝完酒砸他所住的宿舍的门，甚至半夜打骚扰电话进行辱骂，但是他始终对自己、对村民满怀信心。经过5年的不懈努力，村民们的思想完全转变了，对他的态度也转变了，甚至现在有什么困难都来主动找杨勇解决。

　　五年过去了。五年，杨勇的父亲老了许多，女儿长大了许多；五年，妻子对他有埋怨有爱怜，他对家人有亏欠有愧疚；五年，他与村民从陌生到熟悉，有的成了至交、成了亲人，有的红过脸拌过嘴；五年，他付出了很多，更收获了很多；五年，周边许多贫困村的驻村干部都轮岗了，调走了。可杨勇，却像一颗钉子钉住了一样，还坚守在这个小山村，坚守那一份寂寞和淡泊，坚守着他的初心和信念。他常说，既然当了安宁村的第一书记，就要始终不忘初心，履行职责，实实在在为群众办实事。

银川 一座生态宜居的魅力之城

——沿黄河 9 省区脱贫攻坚融媒体报道·银川篇

（《银川日报》2020 年 9 月 4 日第 4—5 版）

银川作为宁夏回族自治区首府，是自治区政治、经济、文化、科技中心。全市总面积 9025.38 平方公里，下辖兴庆区、金凤区、西夏区、永宁县、贺兰县和灵武市。2019 年底，全市常住人口共 229.31 万人。

银川地势开阔平坦、四季分明，昼夜温差大。海拔在 1100—1200 米之间，西部大漠风光和江南水乡景色交相辉映，使其成为名闻天下的"塞上江南"。

全市有自然湖泊湿地 200 多个，面积 530 多平方公里。曾先后荣获全国文明城市、国家生态园林城市、中国最具幸福感城市、全国环保模范城市、国家卫生城市等称号。

数读银川脱贫攻坚

截至目前：

◆全市 39 个贫困村有 36 个实现高质量脱贫出列，全市还剩 3 个贫困村、1047 名建档立卡贫困人口。

◆贫困发生率由 2014 年的 6.68% 下降至目前的 0.18%。

◆生态移民人均可支配收入从搬迁前的不足 3000 元增加到 2019 年底的 8883 元，年均增长 10%。

◆全面完成"十三五"易地扶贫搬迁安置任务，累计搬迁 2281 户 10081 人。

◆交通、住房、水利、电网等基础设施倾斜配套，贫困群众的生活条件有了很大改观，村村通硬化路、通客车、通动力电、通网络实现 100% 全覆盖。

银川：奋进小康路　红火好日子

■ 梁小雨　杜　婧　康晓华

推进闽宁镇"四个示范点"建设，开展社会保障兜底，补齐"三保障"和饮水安全短板弱项，推进产业扶贫和就业扶贫，完善防贫返贫监测预警和动态帮扶机制……脱贫攻坚战打响以来，银川市擂起战鼓，下足绣花功夫，做好精准文章，昔日泥泞的黄土路变身干净的康庄道，打扫一新的村居错落有致，一个个富民产业花开正旺，面对决胜全面小康的目标任务，银川的步伐铿锵有力。

东西扶贫协作合力拔穷根

红瓦白墙的居民区被绿树环绕，红树莓、葡萄特色种植远近闻名，奶牛、肉牛实现现代化养殖，村民们家门口就能实现进入工厂打工。24 年来，闽宁扶贫协作，东西携手扶贫，闽宁镇由昔日的干沙滩变为金沙滩。6.6 万移民用心、用手、用不断壮大的产业装扮着新家园，探索出了一条易地搬迁、东西协作、产业扶贫的脱贫富民的新路子。

在闽宁镇的一家双孢蘑菇工厂化栽培示范基地，年轻的马福花进入工厂上班的第一天，就喜欢上了这些"萌萌

173

的双孢菇。虽然进入工厂时间并不长，但是在技术人员的指导下，马福花已经懂得了很多栽培技术，说起采蘑菇的技巧，她头头是道。

双孢蘑菇工厂化栽培示范基地相关负责人马龙告诉记者，该项目是经过第 22 次闽宁对口扶贫联席会议引入福建省成熟的双孢蘑菇种植模式，经过标准化、产业化、现代化的栽培模式，使得原本适宜于南方生产的食用菌，在闽宁镇同样实现了一年四季都产菇。而像这种家门口建设"扶贫车间"的方式，不仅给当地的群众提供了更多、更加稳定的就业机会，还能让移民们在这里学到技术。

近年来，银川市坚持把劳务产业作为移民增收的"铁杆庄稼"，推行移民就业"扶贫车间"，已建成扶贫车间 24 个，共解决 2000 余名移民群众就近就业问题，人均月收入 2500 元左右。

"现在镇上的企业慢慢多起来了，厂子也多，像我这样 20 岁出头的年轻人，工作挺好找的。"马福花说起如今的生活，脸上满是自信的笑容。年轻的一代人为闽宁镇注入了新鲜血液，也带来了新思想新潮流，让闽宁镇从内到外散发与时俱进的气质。

今天的闽宁镇脱贫富民产业处处生花，银川市以闽宁对口扶贫协作为抓手，启动实施《"十三五"闽宁扶贫协作规划》，投资 2.1 亿元规划建设闽宁扶贫协作产业园，13 个闽宁协作项目落地投产，闽宁镇已初步形成以"特色种植养殖产业、高效节水现代农业、劳务及商贸物流业、文化旅游产业"为支柱的四大优势特色产业格局。2019 年闽宁镇移民人均纯收入达到 13970 元，贫困发生率从 11.6% 降至 0.197%。

闽宁镇探索出了一条易地搬迁、东西协作、产业扶贫的脱贫新路子。在闽宁协作的示范带动下，宁夏涌现出了

110 多个闽宁协作示范村，20 多个闽宁协作移民新村，320 个易地搬迁安置区，累计易地搬迁 100 多万人。

产业"造血"蹚出脱贫新路子

夏日炎炎，丰收的喜悦在贺兰县南梁台子隆源村的线椒种植基地蔓延，一根根色泽青亮的线椒挂在枝头等待采摘，村民在一道道田垄中往来穿行，或采摘、或除草、或提篮、或装车，俨然一幅繁忙火热的夏日采收图。

今年，贺兰县隆源村通过蔬菜种植的产业"造血"功能，让移民脱贫增收成为触手可及的现实。眼下正是辣椒上市的好时节，每天早晨七八点开始，300 名至 500 名来自隆源村及其周边乡村的村民来到基地开始采收工作，目前基地每天的采收量保持在 5 万公斤左右，主要市场是长三角、珠三角等城市，通过以销定产保证了销路不愁。

今年 37 岁的王旭平是从中卫市海原县搬迁到隆源村的移民，为了补贴家用，她从 6 月初就来到基地打工。"每天工作 9 个多小时，能挣 110 元，挺满意的，而且能在家门口上班，还可以照顾小孩。"王旭平说，丈夫常年以打零工维持生活，他们的日子过得并不轻松。然而，自从去年村里引进企业种植线椒后，他们的日子就好过了许多。

在贺兰县南梁台子隆源村驻村第一书记王洪勇的心中，还有着更长远的考虑，他希望通过土地流转不仅实现土地增效农民增收，更重要的是能引进有技术有资金的投资者来此发展现代农业产业园，在促进全村农作物结构调整的同时，也推动乡村振兴落地生根，让村民在家门口也能鼓满钱袋子。

在隆源村，产业多点开花。在贺兰县隆源村宁夏茸源养殖发展有限公司梅花鹿养殖基地记者看到，工人们正在将刚刚割下的鹿茸进行打包，准备推向市场。看着眼前的好景象，建档立卡户王玉雄决定，今年要购进两头梅花鹿投放到基地托管。他解释："今年我准备在鹿场再托管两头鹿，一年托管的分红大概就是 4000 多元，两头鹿就是八九千元，再加上全年建档立卡户的分红，一年大概在 1 万元以上。"王洪勇介绍，从去年开始，村上通过整合资金为建档立卡户购买梅花鹿，在养殖基地进行集中托管养殖，有意愿的村民也可以购买梅花鹿进行托管养殖，实现增收。

打赢脱贫攻坚战，产业发展是关键。今年上半年，银川市移民地区新建设施温棚 514 栋，建成并投入使用的养殖园区 3 个，打造产业扶贫示范村 5 个、扶贫龙头企业 7 个、扶贫产业合作社 8 个，完善产业扶贫带贫机制和产业奖补措施，切实提高贫困户参与度、收益度，全市已形成设施农业、菌草、花卉、红树莓、肉牛、特禽养殖等特色扶贫产业。

"新农民"用实干书写脱贫答卷

7 月 12 日，和往常一样，宁夏和顺康源合作社总经理张亚东走进金凤区良田镇电商服务中心进行直播带货，这已经是他第 80 次直播带货了。和其他的农民直播带货不同的是，张亚东的直播除了介绍特色农产品外，还能直播设施大棚，介绍农产品的种植过程，让粉丝看得放心、买得安心。

张亚东出生于宁夏固原市彭阳县王洼乡，在那个面朝黄土背朝天的大山里，几代人辛勤劳作也未能改变贫穷的命运。2012 年，彭阳县王洼乡、草庙乡和小岔乡

750 户整体移民至银川市金凤区良田镇。看着一排排白墙灰瓦的住宅和政府为每户移民建好的高标准设施温棚，他立刻动了心，带着妻子和孩子在良田镇和顺新村移民村落了户。

2012 年，和其他移民一样，张亚东尝试着种植西红柿，但等到了收获的季节，大家看着挂满枝头的西红柿却发了愁。原来，外地客商不了解良田镇西红柿销售信息，没有客户上门收购。面对这种情况，村干部和张亚东一起跑上海、天津、山东等地的大型批发市场联系销路，功夫不负有心人，外地客商看到沙地西红柿的品质，终于签下订单，和顺新村的西红柿从此打开了销路。

这次经历让张亚东做出了一个大胆的决定：现代农业靠单打独斗是不行的，要抱团取暖，走规模化集约化之路，要走农民 + 合作社 + 企业的模式，提高农民抗风险能力。几经筹备，2016 年宁夏和顺康源农民专业合作社挂牌成立了。合作社从育苗、栽培、技术服务、销售兜底一条龙服务让农民吃了定心丸。

随着农产品销路的打开，单一农产品的种植已经不能满足张亚东这些新型农民的想法。为了加快产业结构调整、提高设施农业效益，张亚东联合合作社几个伙伴开始种植香菇和盆栽蔬菜。张亚东介绍："金凤区科技局和农业农村局的技术人员得知后，来到和顺新村对香菇种植进行技术和管理上的指导和帮扶，改变种植方式，产出形成规模后，他们又帮忙洽谈和对接优质企业，保障了香菇的销路，一年下来香菇种植不仅获利 20 多万元，小香菇还飞到了迪拜人的餐桌上。"张亚东合作社的示范作用让和顺新村的农民尝到了甜头，也让良田镇的农民看到了希望，如今，良田镇的农民纷纷效仿种起了香菇、盆栽蔬菜、甜瓜等新品种，而且火龙果、草莓、樱桃这些曾经的稀罕水果也都成了温棚里的常客。

在银川市的脱贫攻坚路上，培育了像张亚东一样的致富带头人 100 名，带动 3380 户贫困户增收致富，人均增收 2000 元以上。除了像张亚东这样的致富带头人，还有驻村第一书记、科技特派员、大学生村官……一批知识型、技能型、创新型新时代农民正在成长，他们扎根农村，回馈乡梓，用实干精神高质量擘画了乡村振兴的锦绣蓝图。

广播篇

良田镇：银川致富奔小康的领跑者

■ 杜　婧　康晓华

　　"小康不小康，关键看老乡"，党的十八大以来，宁夏银川市金凤区良田镇，统筹推进脱贫攻坚、乡村振兴战略，以产业带动、电商扶贫、劳务输出、乡村旅游等为支撑，多条腿走路不断充实农民"钱袋子"。2019 年，良田镇八个贫困村全部脱贫出列，六年来人均收入翻了两番，曾经的"天上没飞鸟，地下不长草，十里无人烟，风吹沙砾跑"的移民吊庄，历经三十六年脱贫攻坚，如今瓜果飘香、牛羊满圈，美丽乡村风景如画，昔日"黄沙滩"变成了今天的"金窝窝"，而良田镇也成为银川致富奔小康的领跑者。请听记者杜婧、康晓华的报道：

　　7 月 12 日，和往常一样，宁夏和顺康源合作社总经理张亚东走进金凤区良田镇电商服务中心进行直播带货，这已经是他第 80 次直播带货了。和其他的农民带货不同的是，张亚东直播除了介绍特色农产品外，还直播农产品的种植过程，让粉丝看得放心、买得安心。

　　张亚东出生于宁夏固原市彭阳县王洼乡，在那个面朝黄土背朝天的大山里，几代人辛勤劳作也未能改变贫穷的命运。2012 年，张亚东所出生的彭阳县王洼乡、草庙乡和小岔乡 750 户整体移民至宁夏银川市良田镇。由于故土难离，很多老年人不肯离开，而张亚东这些年轻人一踏上良田镇这块土地，看着一排排白墙灰瓦的住宅和政府为每户移民建好的高标准设施温棚，立刻动了心，他带着妻子和孩子在良田镇和顺新村移民村落了户。

由于多年从事建筑机械，头脑灵活的张亚东担任了村会计。他边干边琢磨，凭着敏锐的市场头脑，他看中了良田镇作为城市的菜篮子的地理优势。2012 年，和其他移民一样，张亚东尝试着开始了西红柿温棚种植，等到了收获的季节，村民看着挂满枝头的西红柿却发了愁。原来，作为移民村的良田镇，外地客商不了解这里西红柿销售信息，没有客户上门收购，眼看着一年的辛苦将化为泡影，移民们开始抱怨村干部，只负责种植却没有销路，一时间，刚刚移来的农民心里出现了动摇。移得出还要稳得住，移民之路决不能半途而废。面对这种情况，村干部和张亚东一起跑上海、天津、山东等地的大型批发市场联系销路，功夫不负有心人，外地客商看到沙地西红柿的品质，终于签了订单，和顺新村的西红柿也从此打开了销路。这次经历让张亚东做出了一个大胆的决定。

【同期声】张亚东：现代农业靠单打独斗是不行的，要抱团取暖，走规模化集约化之路。走农民＋合作社＋企业的模式，提高农民抗风险能力。

几经筹备，2016 年宁夏和顺康源农民专业合作社挂牌成立了。合作社从育苗、栽培、技术服务、销售兜底一条龙服务让农民吃了定心丸。

单一农产品的种植已经不能满足张亚东这些新型农民的想法，为了加快产业结构调整、提高设施农业效益，张亚东联合合作社几个伙伴开始种植香菇和盆栽蔬菜。

【同期声】张亚东：金凤区科技局和农业农村局的技术人员得知后，来到和顺新村对香菇种植进行技术和管理上的指导和帮扶，改变种植方式，产出形成规模后，他们又帮忙洽谈和对接优质企业，保障了香菇的销路，一年下来香菇种植不仅获利 20 多万元，小香菇还飞到了迪拜人的餐桌上。

在良田镇的农民合作社里，除了像张亚东这样的致富带头人，还有科技特派员、大学生村官……植物园村党支部书记李君就是其中的一位。2015 年，李君主动放弃了城里的工作，选择到良田镇植物园村当村官，从最初的传统瓜菜种植，到现代高效农业发展，李君认识到扶贫必须先扶智。他动员村里几位有头脑的村民，成立了宁夏穗丰源文冠果种植农林专业合作社，带头种植葡萄、草莓、吊瓜等高端瓜果。为了实现产销一体化，他联合几个合作社带头人，共同成立了 e 想天开农创空间创业团队，共同投资 200 多万元打造了良田沙地果蔬农村电商网上销售平台。从 2019 年 9 月开始，直播带货半年就实现线上销售额 17 万元，线下 19 万元。通过电商平台的推广，良田镇沙地特色蔬果 60% 都销往全国各地。

扎根农村，回馈乡梓。新一代移民将心中对党和政府的感恩融入实际行动。

【同期声】李君：良田沙地蔬果电商平台每完成一个订单就会将 3% 的金额提取到扶贫公益金，截至目前扶贫公益金已经累计 8000 多元，这些基金将用于建档立卡贫困户教育扶贫、产业扶持等，还有脱贫不稳定户等这些困难群众进行帮扶。

产业带动、电商扶贫、劳务输出、乡村旅游，一二三产融合，良田镇通过持续织牢产业、就业、教育、健康、人居、机制扶贫6张网，2019年实现了8个贫困村全部脱贫出列，人均收入由2014年的6900元增长到2020年的11800元。良田镇正在小康路上领跑。

【同期声】良田镇党委书记李波：明年我们的工作重点将放在进一步提升农村人居环境、优化农业产业布局上。未来三年，良田镇将通过"三步走"打造银川都市近郊休闲娱乐中心。一是建设好一批一二三产融合发展项目，建设农事体验中心、特色民俗体验区，强化宣传，提升乡村旅游知名度；二是引进大型现代农业龙头企业，示范带动良田镇农民合作社和家庭农场发展乡村旅游业；三是立足特色产业，通过"农业＋旅游＋教育"拓展科普研学。不断提高农民收入水平和生活质量，增加农民的获得感和幸福感。

精准扶贫、农业供给侧结构性改革、互联网＋，让良田镇步入了一二三产业融合快车道。脱贫攻坚的号角吹响以来，面对决胜全面小康的目标任务，银川上下全心，凝心聚力。截至目前，生态移民人均可支配收入从搬迁前的不足3000元增加到2019年底的8883元，年均增长10%；全面完成"十三五"易地扶贫搬迁安置任务，累计搬迁2281户10081人。交通、住房、水利、电网等基础设施倾斜配套，贫困群众的生活条件有了很大改观，村村通硬化路、通客车、通动力电、通网络实现100%全覆盖。

【同期声】银川市扶贫开发办公室主任姜继琴： 2020 年是全面建成小康社会，实现第一个百年奋斗目标的收官之年，也是我们实现让贫困人口和贫困地区与全国同步进入小康社会，也是个交账之年。因此来讲，我们银川市脱贫目标第一方面要确保 3 个贫困村实现高质量出列，还有 1047 名建档立卡户要稳定脱贫。另外一方面，我们要全面解决所有移民地区，尤其是 39 个贫困村移民的三保障，还有一个饮水安全的短板和弱项，以及我们劳务移民所遗留的一系列问题，补齐短板，确保 2020 年交出一个满意的答卷。按照中央和自治区的部署，我们银川市委、市政府坚持精准扶贫、精准脱贫的基本方略，紧扣"两不愁三保障"的标准和六个精准和五个一批的工作要求，把脱贫攻坚作为我们的重中之重工作来抓，以首府意识和首府担当，举全市之力抓好脱贫攻坚，取得了成果。

如今，走进良田镇，瓜果飘香、牛羊满圈，村村风景如画，一批知识型、技能型、创新型新时代农民正在成长，一个以"乡村旅游 +"为引擎，乡土风情浓厚、建筑特色鲜明、产镇高度融合的新时代"美丽村镇"，如一幅锦绣画卷正在徐徐拉开。

广播篇

济南：全力以赴决战决胜脱贫攻坚

■ 陈振国

山东省济南市认真贯彻落实党中央、国务院关于脱贫攻坚的决策部署，立足东部省会城市实际，紧紧围绕"两不愁三保障"核心标准，把脱贫质量摆在扶贫工作首位，整合资金政策，创新工作举措，着力巩固提升贫困群众脱贫成效。目前，全市1006个贫困村全部摘帽退出，21.5万贫困人口实现脱贫，贫困群众满意度达到99.6%以上。请听济南广播电视台记者陈振国采写的报道：

济南市莱芜区雪野镇王老村是省级精准扶贫工作重点村，走进王老村，一股栗子花的香味沁人心脾。村庄周围山上种植的一千七百四十六亩板栗正值花期，把整个王老村包围在一片花香中，板栗种植每年可实现收入一百多万元，村民张为忠就是板栗种植的受益者。他一边修剪着树枝一边告诉记者，板栗种植技术简单，他一个人就种了三十多亩，每年纯收入两万多元。

【同期声】张为忠：今年下了一次雨，墒情比较好，板栗长得很不错，你看这小栗子已经这么大了，今年的产量看来挺高的。

20世纪80年代，张为忠和老伴儿承包了村里10亩山地，由于土壤贫瘠，收入微薄，加上老伴儿身体常年有病需要吃药，入不敷出，张为忠被列为村里的建档立卡贫困户。前几年，王老村不断调整种植结构，鼓励村民种植经济作物，张为忠抓住这个机遇，承包土地，种起了板栗，改变了过去贫困的生活，日子好起来的老张也开始义务帮助村民修剪、嫁接板栗树苗。

【同期声】张为忠：有时间就帮助村里老少爷们修剪修剪，帮助他们嫁接树苗，也带动了几户贫困户。

村民魏广翠与张为忠的贫困经历相似但致富途径却大不一样，七年前，魏广翠的丈夫打工受伤，一家人因病致贫。2014年，王老村实施旧村改造，魏光翠分到了一户一百七十平方米的二层楼房。在村集体的带动规划下，她将二楼装修为农家乐，四个床位一年下来收入近万元。丈夫伤好后也在附近工厂找了电气焊的工作，收入不菲，日子过得有滋有味。

【同期声】魏广翠：特别是在星期六、星期天的时候，客人都住得满满的，节假日的时候像五一、国庆就更不用说了，一般都预订不上。

如今，济南市莱芜区雪野镇王老村，像张为忠、魏广翠这样的脱贫致富户屡见不鲜，靠着绿水青山，王老村村民足不出村就有活干有钱赚，全村111户贫困户全部脱贫，成了远近闻名的富裕村、文明村，老百姓的生活也像芝麻开花节节高，而王老村村"两委"又有了新的盘算。莱芜区雪野镇王老村党支部书记张建华已经做好了计划。

【同期声】张建华：我们计划今年在老村建设美丽村居、打造精品民宿，建设精品民宿40户，叫有管理经验的运营团队帮我们运营，增加我们集体收入，也增加农民的收入。

在济南市莱芜区雪野镇王老村依托旅游资源带动村民发家致富的同时，西营街道黄鹿泉村也在积极探索支部＋企业、生态＋市场的乡村振兴路子，带动全村村民实现脱贫。

踏着蒙蒙细雨走进黄鹿泉村，天青色烟雨中葱翠的群山若隐若现，村里正在建设中的优品一条街让这里多了袅袅烟火气。48岁的建档立卡贫困户杨金红家中，正在改造的小院孕育着她的新梦想。

【同期声】杨金红：俺家里靠街，准备做点小买卖，卖大包子，卖点水，守着家门口还能挣点钱。

杨金红一家四代九口人，此前仅靠着种植花椒、核桃糊口，全家一年的收入也不过三四千元。这两年，村里引进了山景小镇田园综合体项目，杨金红一家的生活迎来转机，因病欠了十多年的债务也终于在今年还清了。

【同期声】杨金红：村里给我安排了公益岗，领着20多个人打扫卫生，村里给我300元，公益岗给我200元。对象在公司里开大车，闺女在景区里卖票，挺知足的。

距离杨金红家不远处，一家奶茶店已经试营业了半个多月。23岁的店主田宇告诉记者，现在像她这样回到村里的年轻人越来越多，有的在家门口就业，有的自己当起了小老板，过日子的劲头特别足。

【同期声】田宇：以前是给别人打工。村里有了项目，就想着开个小店自己经营，觉得生活很充实。

黄鹿泉村党支部书记王希刚介绍说，以前黄鹿泉村是省定贫困村，全村 317 户村民中有 112 户是建档立卡贫困户。这几年，村子依托生态资源优势，建立了校企组村多方服务联盟，建设了扶贫养鸡场、光伏发电站，尤其是田园综合体落地后，培育壮大的现代农业、文旅产业带动了村民增收致富。村民流转土地每人每年有 800 元租金，在家门口打工每月有两三千元的收入，不仅全村实现了稳定脱贫，村集体收入也滚雪球般壮大了起来。

【同期声】王希刚：我们是支部＋企业，生态＋市场，今年村集体收入能达到 40 万元，良好的生态现在就变成金山银山了。

王老村、黄鹿泉村只是济南市脱贫攻坚进程中的一个缩影。据了解，近年来，济南市充分发挥产业扶贫、就业扶贫的"造血"功能，推动贫困村和贫困户持续稳定增收；实现住房安全保障、改善人居环境，推动贫困群众对美好生活更高层次的追求；积分制扶贫践行扶志扶智，充分激发贫困群众内生动力；同时将医疗、教育作为阻断贫困群众致贫源头的重要突破点，深化医疗扶贫；聚焦特困失能群体，帮扶救助脱贫解困等多项举措，为打赢打好脱贫攻坚战奠定基础。截至目前，全市 1006 个贫困村已全部摘帽退出，10.47 万户、21.5 万现行标准下农村建档立卡贫困人口已基本实现脱贫。经过摸底统计，济南市 2019 年建档立卡贫困户人均年纯收入已经达到 10826.31 元。

济南市钢城区扶贫办主任亓学富用自己的理解诠释了

济南市脱贫攻坚更深远的思路：脱贫攻坚，除了物质上的帮扶，更要有产业上的扶持，有了项目，才有发展；有了产业，才能长久；有了奔头，才有盼头。扶贫更要扶志，只有让贫困群众有自救的能力，真正靠自己站起来，才能走出一条可持续发展的"造血"扶贫之路。

【同期声】亓学富：产业扶贫是扶贫工作的根本之策、长效之策，必须要因地制宜发挥好广大人民群众的积极性，动员社会各界的力量，增强广大贫困户的内生动力，走出一条造血式扶贫的成功路子！

第五章

◎

银川日报社《银西高铁来了》特刊

总 策 划：丁　洪　孙晓梅　陈宝全

策划执行：崔　露　李慧娟　刘文静

　　　　　赵　龙　叶乐凯

2020 年 12 月 26 日《银川日报》刊发

2020 年 12 月 26 日，银西高铁正式"上线"
《银川日报》在银川市新闻传媒中心的统筹下
推出了 8 个版的《银西高铁来了》特刊
从历史、影响、人物等数个方面
力求做出全面、深度、精美的特点
当天的《银川日报》
被宁夏高铁博物馆作为展品永久收藏

一个记录银川接入全国高铁"朋友圈"的特刊

——《银西高铁来了》诞生的背后

■ 丁 洪 崔 露

【内容提要】

2020年12月26日，银西高铁正式"上线"，宁夏人民也结束了长达十年的期盼，迎来了连接全国网络的第一条高铁。能够接入全国高铁"朋友圈"，对于小省区宁夏而言，是具有划时代意义的里程碑式的事件，同时，也是区内媒体比拼底蕴、比拼想法的重要新闻战役。《银川日报》在银川市新闻传媒中心的统筹下，推出了8个版的《银西高铁来了》特刊，从历史、影响、人物等数个方面，力求做出全面、深度、精美的特点。当天的《银川日报》，被宁夏高铁博物馆作为展品永久收藏。

《银西高铁来了》相对于同时期《银川日报》的其他特刊有些特殊，它是一次在"后勤"不太充足的情况下，发起的冲锋；是一次利用编辑思路，对客观不足进行后期补足的实验；是我们对于特刊类报道"编辑部主导"的成功尝试。

优势：依靠集团优势，突出纸媒特色

2020 年，中国的高铁建设继续加速前进——内蒙古草原动车飞驰于呼张高铁；兰新高铁上的动车穿梭于在戈壁雪山间已有 5 年；广西时速 250 公里的高铁总里程甚至已经超过广东……然而，当长达近 3000 公里、多达 10 条的高铁线路投入运营时，与内蒙古、广西、新疆同属自治区的宁夏，还没有一条高铁建成投入运营。宁夏成了全国 3 个未通高铁的省区之一。

"眼馋"地看着电视里、朋友圈中，全国各地的朋友都已经享受到了高铁的便利，宁夏人民对高铁的期盼越来越强烈。当银西高铁终于要建成投运的消息传出后，宁夏人的热情也再次被点燃，到了 2020 年年中的时候，银西高铁建设的重大进展，各类消息越来越多地开始占据各个媒体头版的位置。

随着通车日期的日益临近，宁夏各个媒体都进入了备战状态，作为本土主流媒体，银川市新闻传媒中心也开始详细地对报道进行安排布置，并开创性地利用全媒体对高铁的开通进行全程直播。看着广播、电视、新媒体等兄弟媒体在银西高铁的报道中八仙过海、各显神通，作为集团旗下的党报，《银川日报》也必定不能落在人后。如何扬长避短、发挥纸媒优势，做好这次重点报道？如何在报道中，体现《银川日报》"权威、公信、深度"的理念？

多方思考之后，我们还是决定把报道方式，落到此前"屡立战功"的特刊上，相关策划也紧锣密鼓地相继展开。

分析：把宏观的东西拆分成能听懂的语言

工欲善其事，必先利其器。要想把这个选题做深做透，我们就必须要找出银西高铁给宁夏带来的最大的变化，然后将这些宏观的东西细化出来，按照逻辑分配到特刊版面上。因此我们先后召开了三次策划会，进行了认真的分析。

我们认为，银西高铁对银川最大的影响，首先肯定是经济。细分来看，银西高铁的开通，有助于宁夏进一步加大全面深化对内开放的力度。宁夏全面融入高铁朋友圈，既加强了黄河"几字弯"协同发展，深化了与周边省区的交流合作。更重要的是，随着直达列车的逐渐扩面，由银川去往郑州、杭州、上海等大中型节点城市将更加便捷，降低了通行成本，人流、物流、技术流的互动势必将更加频繁，进一步加强宁夏与京津冀、长三角、长江经济带甚至粤港澳大湾区的对接合作，推动区内产业链、供应链、创新链、价值链与全国大市场全方位对接、深层次融合，提升供给体系对国内需求的适配性，有利于发挥后发地区的比较优势，承接东部产业转移，有利于推动高质量发展，一批宁夏的工业"单打冠军"以及枸杞、滩羊、葡萄酒等优势特色产业，也将有更低的成本和更大的舞台。

其次是对于银川区域中心城市定位的加强。区域中心城市，对于周边的次级节点城市和小城市，有着一定程度的"虹吸效应"。高铁沿线地区的一些小城市在区域空间结构中不再拘于行政隶属关系，而依据交通区位决定其在区域空间结构中的关系，从而影响了这些大一些的城市的辐射范围。比如靠近宁夏的一些内蒙古人，就习惯于在银川购置房产、消费，而不是去呼和浩特。而大西北的特殊地理环境、文化、人口组成上差异巨大、发展落后且不均衡，多个因素导致必须要产生多个中心城市，由除了西安之外的多个中心来支撑整个西北区域的发展，实现整个区域的共同发展。而银川周边，再无此类城市，因此，银西高铁的建成，可以说从另外一个角度上，增强了银川作为区域中心城市的地位。

再次是扶贫。"高铁一通，百业兴隆；动车一响，黄金万两。"银西高铁的主线，穿过了众多革命老区和欠发达地区，不论是红色旅游资源的开发，还是最直接的就业和消费，它的到来，也必将给这些地区的人民带来新的机遇。

最后，是最直观的出行便利和旅行便利。银西高铁的开通，让以西安为中心的关中城市群和以银川为中心的沿黄城市带之间的通行更加顺畅，银川到西安的行程缩短到3.5小时。高效、便捷的高铁不仅大大提高了人们的通勤效率，满足了人们"说走即走"，看看诗和远方的美好愿景，潜移默化中还改变着人们的生活、旅行方式，拓展了人们的活动空间，赋予了人民对美好生活的无限向往。

因此，我们确定，银西高铁特刊从这 4 个方面出发，将内容分解为银西交通的历史和沿革、银川人对银西高铁的渴望、银西高铁能给银川带来哪些好处、扶贫之路、百姓出行便利等 8 个方面，做 8 个版，每个版面不仅需要宏观的论述，更需要个体的感受。

变数：跨区域采访带来的挑战

但很快，我们遇到了意想不到的问题，银川市新闻传媒中心在高铁开通前，派出了几路记者，分赴陕西、甘肃及宁夏其他县市，在记者们的努力下，前期为《银川日报》提供了丰富的素材，也进行了前期预热的大量报道。但作为地市级媒体，在采访这类跨省报道时，有天然劣势，许多报道对象配合度不高。虽然前方文字记者努力为我们带回了珍贵的报道，但稿件距离特刊要求的深度等还有一定差距。时间、成本等等因素决定，不可能再次派出记者团队进行补充采访，特刊的稿件供应，一时成了难题。

时间紧，特刊也是迫在眉睫，编辑部又连续开了几个会，只有一个议题——"补窟窿"，我们开始大量搜集新华社、宁夏日报社等媒体的权威报道，并不断地调整思路和拆分稿件，重新定位各个版面，让特刊这个"筐"能装进这些本不在策划范围的内容——而这，其实成了另一场策划。

最终，我们给特刊名字定为《银西高铁来了》，言简意赅，但却有两方面含义：一方面，突出银西高铁终于"来了"，表达宁夏人民喜悦之情；另外一方面，也突出了特刊的命运多舛。

定调：内容为王，版式先行

前期定下调子，后期的推进就显得顺利很多。

1.版式设计

封面如同特刊的脸面，在确定"脸面"的时候，我们认为，高铁是一个面向未来的东西，色调一定要清新和积极，因此我们确定用了花朵色的基调，让人第一眼看到就有愉悦感；我们在版面上设置了"类水墨"的城市背景，将从中开出的衬托的动车格外清晰，意为从远及近地"来了"，贴合主题；整个版面大幅留白，一方面能够让版面更加清新、视觉更加集中，另一方面，则有畅想之意。

在文字上，特刊的主题"银西高铁来了"我们用"印章＋毛笔字"的方式，让其更加醒目。再将我们推出特刊的初衷，整理为一篇评论提纲挈领，为整个特刊内容定了调。下面的各个版面的导读，我们用了《银川日报》的基础色红色，一方面起到导读的服务作用，另一方面，也装饰了偏白的版面，让整个版式更加协调与美观。

在内部版面的设计上，我们更加讲究细节，除了点题的"银西高铁来了"之外，更注重重点词和提要，注重稿件的横排和竖排，增加立体感和节奏变化。此外，在版面中间设置动车的剪影，更加符合主题。

2. 内容设计

在内容设计上，《银西高铁来了》特刊，注重递进逻辑。

第一个文字版以"梦圆"为关键词，主要突出了沿线群众对于银西高铁到来的期盼，和银西高铁从立项到建成的十年经历，"好事多磨"。而在版面下方，我们从银西高铁为银川带来的"好处"出发，从园区产业、旅游产业、交通建设、协同发展四个角度，邀请银川的专家进行了解读。第一个版将"期盼"和"盼来的东西"进行了一个组合，将银西高铁对于沿线、对于银川的意义，进行了深入的解读。

第二个文字版，我们的关键词是"揭秘"。主要介绍银西高铁设计的初衷和建设时历程，对银西高铁建设过程中的重要站点、遇到的主要困难、得到的主要经验进行了介绍。下半个版，主要是一些建设者从个体见证的角度，进行的一些回忆。第二个版，将建设中的整体意义，与个体感受进行了完美对接，让读者对于银西高铁的由来，有了一个更深入的认识。

第三个文字版，我们的关键词是"幸福"，主要突出银西高铁对于脱贫攻坚的带动作用。我们在主稿下面，配上了个体的经历和感受，外加一篇小的言论，让整个版面的结构更加合理、丰满。

第四个文字版，我们的关键词是"脉动"，着重突出银西高铁的开通对沿线旅游以及人流、物流的带动作用。可以说，这是一个专门向宁夏人介绍银西高铁沿线的版面，除了主稿外，还用了两篇侧记，专门介绍甘肃和陕西的风土人情和吃喝玩乐的旅游攻略。

第五个文字版，我们的关键词是"魅力"，如果说上一个版面，是在向银川人介绍沿线，那么这一个版，就是对沿线的人民介绍银川的"魅力"。

第六个文字版，我们的关键词是"联通"，对沿线站点，尤其是宁夏境内的站点，进行了一个细致的介绍。

第七个文字版，我们的关键词是"印记"，主要目的是讲述历史，将历史上银川与西安的交通讲清楚，毕竟，当年有多不易，今天就有多幸福，通过对比，来诠释银西高铁的意义，用历史来诠释祖国发展对于普通人生活最直观的改变。

尾声：总结

说实话，由于各种不可控因素，《银西高铁来了》特刊是我们在策划—执行环节中，变动最大的一个特刊，但又是一个带给我们最多创作快感的特刊——它由后方发力，弥补了先天的不足，让人非常有成就感。

而且，此次特刊，我们在版式设计上的进步，显而易见，通过版式设计，反映主题的能力已经逐渐地开始提高。整个版面的设计与呈现，非常美观，再加上精美的内容，可以说，《银西高铁来了》特刊，增加了探索，再一次提升了整个编辑部的业务水平。

这份设计精美、内容丰富的特刊出版后，广受好评，当天的《银川日报》，被宁夏高铁博物馆作为展品永久收藏。

它来了　带着向往的力量

■ 《银川日报》编辑部

多年的等待，银西高铁终于来了！它带着速度与激情，把银川接入了全国高铁网络的"朋友圈"。一条银西高铁，承载的是人民群众对美好生活的向往，带来的是城市发展的力量。

这些年来，不断织密的高铁网络，开启了"中国高铁公交化"时代，为人们带来了交通运输方式的革命性变革，成为新时代经济社会发展的强力"引擎"。作为一个地区性中心城市，通动车、建高铁，是银川百姓的夙愿，今天开通的银西高铁，改变的不仅是出行的速度，更圆了银川人的"高铁梦"。当梦想照进现实，当发展有了助力，必然会擦出速度与激情的火花。

这是一条发展之路。银西高铁的开通，有助于宁夏进一步加大全面深化对内开放的力度。宁夏全面融入高铁朋友圈，既加强了黄河"几字弯"协同发展，深化了与周边省区的交流合作。更重要的是，随着直达列车的逐渐扩面，由银川去往郑州、杭州、上海等大中型节点城市将更加便捷，降低了通行成本，人流物流技术流的互动势必将更加频繁，进一步加强宁夏与京津冀、长三角、长江经济带甚至粤港澳大湾区的对接合作，推动区内产业链、供应链、创新链、价值链与全国大市场全方位对接、深层次融合，提升供给体系对国内需求的适配性，有利于发挥后发地区的比较优势，承接东部产业转移，有利于推动高质量发展，一批宁夏的工业"单打冠军"以及枸杞、滩羊、葡萄酒等优势特色产业，也将有更低的成本和更大的舞台。

这是一条创新之路。银西高铁打造的便捷网络，有利于对外扩大合作，走协同创新之路。人才匮乏，一直是限制宁夏发展的重要问题，面对外部丰富的智力资源，如何有效地利用？银西高铁无疑给出了一条新的通路。以拥有众多高校的西安为例，低成本的"公交化"的高铁，可以大大增强银川对于这些外脑的吸引力，补齐城市短板，寻找发展机遇。而近些年来，在银川已经多次成功尝试的"飞地人才"，也将拥有更广阔的舞台。

这是一条幸福之路。银西高铁的开通，让以西安为中心的关中城市群和以银川为中心的沿黄城市带之间的通行更加顺畅，银川到西安的行程缩短到3.5小时，所过之处，许多城市与区域陆续进入"1小时通勤圈""2小时生活圈"和"8小时交通圈"。高效、便捷的高铁不仅大大提高了人们的通勤效率，满足了人们"说走即走"，看看诗和远方的美好愿景，潜移默化中还改变着人们的生活、旅行方式，拓展了人们的活动空间，赋予了人民对美好生活的无限向往。"高铁一通，百业兴隆；动车一响，黄金万两。"银西高铁穿过了革命老区和欠发达地区，不论是红色旅游资源的开发，还是最直接的就业和消费，它的到来，也必将给这些地区的人民带来新的机遇。

十年夙愿，今朝梦圆。当银西高铁的车轮奔腾在陕甘宁的热土之上时，我们有理由相信，这条发展之路、创新之路、幸福之路，一定会带给我们更多的美好和幸福。

银西高铁开通运营后，将形成以西安为中心的关中城市群和以银川为中心的沿黄城市带之间的便捷通道，对加快国家"一带一路"建设，进一步完善西北高速路网结构，实现沿线旅游资源的开发整合，助力打赢脱贫攻坚战，促进区域经济社会发展和民生改善具有重要意义。

千里高铁山里转　群众等了整十年

■ 据新华社电

高铁之于陕甘宁，恰如旱塬久等的一场透雨。12月底，陕甘宁1000多万名群众翘首以盼的银西高铁正式开通。记者近日乘坐试运行列车在荒滩戈壁、黄土高坡和关中平原，看老区风景壮美、产业兴旺、群众脱贫笑开颜，听陕甘宁驶入快速路、奔向新未来的振兴脉动。

高铁连通了陕甘宁

千里高铁山里转，群众等了整10年。

"2010年我们就启动了银西高铁的前期工作，2014年国家发改委批复银川至西安铁路可研报告，2015年11月，调整可研报告的批复意见明确，银西高铁建设标准为250公里每小时的高速铁路，基础设施预留350公里每小时提速条件。"中铁第一勘察设计院银西高铁总设计师马文辉说，前期决策阶段，仅汇报材料就有一人高，可研报告批复两次更是少见。

一条高铁对于陕甘宁意义非凡。银西高铁自北向南连通宁夏银川市、吴忠市，甘肃省庆阳市，陕西省咸阳市、西安市，大大拉近陕甘宁间的距离。宁夏发展和改革委员会交通项目发展中心负责人吴银亮说，银西高铁开通后，宁夏将并入全国高铁网，结束无外接高铁的历史。

长庆桥站曾是甘肃省庆阳市唯一的火车站，因其位于庆阳市南部且以货运为主，"滴水难解急渴"，而银西高铁横贯庆阳南北，使当地的环县、庆城县直接步入"高铁时代"。

陕甘宁群众对高铁的渴盼不只是说说而已。宁夏吴忠市盐池县惠安堡镇党委书记陈有强感慨，银西高铁用地征迁工作"顺利得不可思议"，银西高铁在惠安堡境内全长约67公里，全镇征地1.01万亩，涉及7个建制村的2725人，

3 个月便完成了用地征迁工作。"大家心里都攒着劲呢！"陈有强说。

银西高铁即将开通，每天有多少列试运行列车从家门口经过，环县山城乡山城堡村 68 岁的冯世志一清二楚。他说："我们站在家门口天天盼，就等高铁开通那一天。"

沿线群众喜盈盈

羊肉苹果洋芋蛋，一抬腿来到西安。

陕甘宁省委省政府旧址位于环县洪德乡河连湾村，1936 年，红军长征最后一战山城堡战役的指挥部便设在这里。80 多年前，长征中一路走来的红军战士，在寒冬中穿着草鞋在黄土沟壑中作战。如今，银西高铁从陕甘宁省委省政府旧址不远处穿行而过，庆阳市 61.05 万贫困人口全部脱贫。

银西高铁沿线的宁夏盐池县、甘肃环县等既是革命老区也是贫困地区，高铁的开通将帮助沿线的羊肉、手工艺品等"走出深闺"。

庆阳香包是国家地理标志产品，香包产业已成为当地的"炕头经济"。来到庆阳群英香包有限公司，针线在农村妇女赵丹手中上下翻飞，一个可爱的狮子头呼之欲出，在这里，她每月能挣 3000 多元。除了赵丹，群英香包带动了近千名农村妇女增收。

"有了高铁，我们到全国各地参展、做培训更方便，新建的'民俗文化研发传承体验园'也在等候更多游客来参观。"群英香包有限公司经理助理刘喜娥高兴地说。

银西高铁为沿线城市带来人流、资金流的作用正在显现。陕西省咸阳市乾县距离西安市 70 多公里，银西高铁将两地通行时间缩短到 25 分钟。在乾县高铁站不远处，一个高端制造现代工业园区正拔地而起。园区项目经理丁延湖说："园区入驻的项目大多从西安、咸阳汇聚而来，高铁为园区引进企业、延揽人才提供了很多便利。"

展望未来新图景

撸起袖子加油干，红火日子在眼前。

银西高铁铺开陕甘宁的幸福路，也成为老区群众描绘美好未来的"主心骨"。

宁夏吴忠市红寺堡区是全国最大的易地生态移民扶贫集中安置区，8年前，红寺堡镇弘德村村民刘克瑞从宁夏西海固的张易镇搬迁而来，如今，通过发展肉牛养殖等，一家人年收入达10万元左右。银西高铁即将开通，刘克瑞满怀期待。

"以前在老家，天不下雨吃饭都成问题，外出打工得走30多里山路到镇上坐班车。我活了47岁只出过两次宁夏，等高铁开通后，我要和家人坐上高铁去西安转一转。"刘克瑞说，尽管脱了贫，他得更加努力，更好的生活还在后头。

高铁还搭建起思想交流的新通道。环县"90后"李赟霖大学毕业后在网上售卖农家刺绣鞋垫、枕头等，年收入10多万元。"大山阻挡了老乡的视野，大家坐着高铁出去看看，思路慢慢就会不一样。"

不只是普通群众，银西高铁沿线各地也在"摩拳擦掌"：宁夏吴忠市着力擦亮"游在宁夏、吃在吴忠"旅游名片，力争明年全市餐饮行业收入增加10亿元；环县正在高铁站旁建设占地700亩的电子商务产业园；银西高铁开通当天，咸阳市将新开9条公交线路，实现高铁站到机场、旅游景点无缝衔接。

"银西高铁是一条致富路，它实现了银川至西安一日往返，让陕甘宁手牵手走得更近、更亲。"咸阳市市长卫华说。

园区产业发展迎来新机遇

■ 闫　茜

　　银西高铁的开通为银川市各个园区的产业发展带来了新机遇、注入了新动力，坚定了企业扎根银川发展的信心。

　　走进银川经济技术开发区（以下简称"银川经开区"）隆基绿能科技股份有限公司15GW单晶硅棒生产车间，工人们将硅料送进单晶炉，经过几十个小时不间断高温拉制，一支长度可达5米的硅棒才能"出炉"。这些硅棒经切片加工等，最终进入全国计算机、精密仪器等生产领域。"隆基集团公司在西安，自2009年以来长期在银川投资，截至目前在银共设立子公司4家，员工超过1万人，对于隆基在银子公司来说，银西高铁的开通，对于后续公司人才引进、母子公司交流、科技资源引进等方面都提供了很大的便利。"银川隆基光伏外联经理樊凯告诉记者。

　　银川经开区相关负责人表示，银西高铁开通之后，交通区位优势更加明显，将助力园区的招商引资、招才引智工作，尤其是通过西安这样的一个交通枢纽，在加速东部产业转移方面，会有质和量的提升。同时，交通优势会迅速带动整个银川的全产业链的项目发挥更大的作用，产值和产能的贡献也会更突出。

让银川旅游业未来更可期

■ 鲍淑玲

　　"旅游发展一定跟交通的发展有密切的关系。"银川市文化旅游广电局资源开发科负责人说，"随着高速铁路的发展，人们在旅游过程中的时间和空间感知在不断变化，在旅游过程中需要花费的时间也在不断调整。银西高铁开通后，从银川到西安只花 3 个多小时，大大缩短了感知上的时空距离。"

　　高铁不仅提高了"行"的速度和质量，还拉动了"游""住"两大要素，使"快旅慢游"逐步变为现实。高铁开通后，花在旅途的时间越来越短，游览景点的时间越来越长，真正实现了旅游的价值意义，因而高铁游越来越受到人们的青睐。

　　此外，高铁将沿线很多风景点串联在一起，可以在有限的时间内实现一线多游。比如，银西高铁开通后，将宁夏、甘肃、陕西串联在一起，游客乘坐高铁旅游专列，一路就可以领略到这些地区的全部风景。当然，每个季节有每个季节的风景，风驰电掣的高铁会载着游客去看每个季节不同的风景，让各地旅游业四季不打烊。银西高铁的开通，给旅游业带来发展的契机，为旅游业发展提档升级，让旅游业未来更可期。

综合运输通道建设进一步完善

■ 王　辉

银西高铁正式开通了，它对于银川的意义，已经不仅限于与西安的客运时间缩短至 3.5 小时左右。还在于，它将为打造银川 1 小时交通圈提供有力支撑。

据宁夏公路设计院总经理赵旭东介绍，银西高铁途经吴忠市、灵武市、河东国际机场和银川市区，快速连接了银川与宁夏其他重要城市和重要节点，为构建 1 小时交通圈提供有力支撑。

同时，银西高铁是包（银）海高铁通道的重要组成部分，随着银西高铁的开通，进一步完善了国家"八纵八横"高速铁路网，通过西安枢纽实现了银川与全国高速铁路网的互联互通，辐射华东、中南、西南等广大地区，利用高铁高效率、大运能的优势，将为银川等地经济社会发展注入强大动力，加速区域间各类要素流动，推动以西安为中心的关中城市群和以银川为中心的沿黄城市带与全国发达区域经济协同循环，快速发展。

随着银西高铁全线开通运营，银川正式融入全国高铁网，从而构建了以银川为中心、辐射周边重要城市的"两纵一横"高速铁路网，推动银川建设成为国家和区域交通主通道的重要节点城市。

增强沿黄流域省区产业协同发展

■ 李鲲鹏

　　银西高铁两端连接银川、西安，途经吴忠、庆阳等革命老区，将增强沿黄流域省区产业协同发展，为银川市带来新的发展机遇。

　　银西高铁建成通车将实现银川与东部沿海地区人员更密切的往来和经贸交流合作，对于推进黄河流域生态保护和高质量发展先行区具有重大意义。

　　"即将建成通车的银西高铁，建设中的包银、中兰高铁和规划建设的银郑高铁，将成为我市高质量发展新的'动力引擎'。"银川市发改委相关负责人说，银西高铁开通后，将为银川市发展注入新的强大动能，有利于推动我市与发达地区的产业融合、要素流动、资源共享，加快转变发展方式，在转型升级和结构性改革上提质增效，加速发展新业态、新经济，助力全市高质量发展再上新台阶。

　　"高铁时代"的到来打通了银川对外开放新通道，促使我市在更大范围内扩大开放、深化协作、配置资源，银川市将以银西高铁开通为契机，进一步深化与高铁沿线以及中东部发达地区城市交流与合作，加快推进银川经济高质量发展。

梦　圆

精准扶贫意义巨大

银西高铁是国家"十三五"规划、"八纵八横"高铁网和国家34项重点扶贫项目，对巩固精准扶贫、沿线人民共享全面建成小康社会成果将发挥重要作用。

推动西部路网结构规模实现新飞跃

有力助推"丝绸之路经济带"建设，带动宁夏、甘肃、陕西等省区共同发挥区位优势，形成西北连接全国各地、促进经济发展的又一条黄金通道。

极大优化陕甘宁三省区铁路网布局

使宁夏境内高铁融入全国高铁网，带动人流、物流、资金流需求的成倍增长，为宁夏和甘肃陇东地区经济社会发展提供新机遇、新平台。

加速沿线城市间同城化进程

以宁夏银川、甘肃庆阳和陕西西安为地区城市节点，通过银西高铁的连通作用，相互之间形成运行时间0.5小时左右至3.5小时左右的城市交通圈，能够极大促进城市的共同发展。

2020 年 6 月 27 日，银西高铁重难点控制性工程上阁村隧道胜利贯通，这只是建设期间无数次攻坚克难的一个缩影。回望银西高铁，它穿越毛乌素沙地边缘和世界上规模最大黄土高原台塬区——董志塬，技术创新研究成果填补了国内外隧道修建技术多项空白……这些成就汇集在一起，如同一股力量，注入在这片大地上。

驶过千沟万壑　蹚出一马平川

■ 据《宁夏日报》

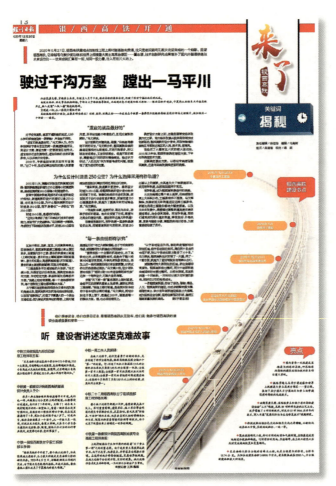

行进荒漠戈壁、穿越黄土高原，长驱直入关中平原，银西高铁的盎然出世，打破了陕甘宁偏远地区的沉寂。

南段与郑西、西成等高铁相衔接，中部与太中银铁路等相连，北端通过包兰通道和银川枢纽——银西高铁开通后，宁夏将从此结束无外接高铁历史，融入我国"八纵八横"高速铁路网。

实现这一切，从一张设计图纸开始。

高铁线路的设计理念，应兼具哪些特点？创新、经济、环境友好……而这些在中铁第一勘察设计院银西高铁总设计师马文辉眼中，被归纳为一个词语——适宜。

"适宜的就是最好的"

确定设计方案之时，正值我国转变经济发展方式之际。地方经济发展从投资驱动转变成创新驱动，银西高铁的设计使命，即加快畅通沿线地区与较发达地区的人流、技术流、信息流。

在经历了五六次的较大改动后，2015 年上半年，银西铁路确定建设方案，下半年即确定技术方案。

反复确定最优方案。以客运专线建设银西高铁，这是与沿线发展相适宜的选择。

对于没有高铁，甚至不通铁路的地区，以什么样的标准建设第一条铁路？声音各不相同。

"适宜的就是最好的。"马文辉认为，作为串联陕甘宁革命老区的第一条高速铁路项目，其设计方案、建设方案一定要适宜区位特点，适宜经济社会发展特征，适宜沿线的自然环境条件，以及沿线文化传承。

2010 年，专家组到甘肃庆阳市环县调研。"过了十年，我还记得当地的对接人员冒着风雪，早早站在路口等着我们，足见对高铁的期盼。"马文辉说。

设计前期的关键词是，碰撞。"沿线各地都有不同的诉求。"马文辉分析，银西高铁沿线的基础设施相对比较落后，历史欠账较多，所以既有客运需求，又有货运需求。但是不同的需求，需要通过不同的项目精准满足。经过多方研讨，"人的交流"作为首要考虑的问题，被放在了更为迫切的位置。

为什么设计时速是 250 公里？
为什么选择采用有砟轨道？

2015 年 11 月，调整可研报告的批复意见明确：银西铁路建设标准为 250 公里每小时高速铁路，基础设施预留 350 公里每小时提速条件。

按照国家铁路局颁布的《高速铁路设计规范》，新建高铁的设计时速可以是 250 公里，也可是 350 公里，为什么银西高铁的设计时速是 250 公里，而不是看似"一步到位"的 350 公里？

时速 250 公里，是适时的选择。

"这充分考虑到了当下沿线出行成本的承受能力，有助于扩大受益群体。"马文辉进一步解释，考虑到当下沿线经济发展水平，时速 250 公里在满足老百姓出行需求的同时，降低出行成本。

"通俗来说，就是票价更适中。虽然设计时速为 250 公里，但银西铁路的设计者也给未来预留了空间。随着沿线经济社会的发展，老百姓对于出行也会有更多需求，预留时速 350 公里提速条件，就是为了提高未来的运输品质。"马文辉说。

一张高铁车票，连接历史、现在与未来，被赋予深切的寄望。给未来预留了空间，需要与之契合的建设方案。建设有砟还是无砟轨道？

在普速铁路时代，有砟轨道一直是铁路建设的主流，而随着高铁时代的到来，时速 250 公里以上的高铁，尤其是长大干线铁路项目，采用有砟轨道，此前在我国并不常见。

有砟轨道，成为银西高铁最适行的选择。从北向南通过整个黄土高原，沿线湿陷性黄土大面积分布，工程条件并不理想。马文辉解释，如果采用无砟轨道适应这种工程条件，桥隧比例和工程造价都将大幅度提高。以及在未来发展中，想要通过调整轨道高度来满足提速需求，将会非常困难。而有砟轨道，即我们通常说的碎石道床轨道，弹性良好、价格低廉、更换与维修方便，调整起来相对容易，为预留提速创造了条件。

"每一条曲线都有讲究"

区别于郑西、兰新、宝兰、大西高铁等黄土区修建技术，银西高铁隧道工程通过黄土塬区较多，有着国内四个之最：最长的软塑黄土隧道（上阁村隧道）、最长的古土壤隧道群（早胜隧道群）、最长的红黏土高速铁路隧道（庆阳隧道）、最长的黄土高速铁路隧道（早胜三号隧道）。

"工程是服务于交通运输的大目标。"马文辉介绍，先确定设计总体思路，再确定线路走向方案、车站站位方案、桥梁桥隧比选等技术方案。"线路上站站有道理，每一个曲线都有讲究，每个控制性工程也都有解决方案。"

从宁夏的高速铁路网和综合交通长远发展的角度出发，银西高铁河东机场站选址航站楼，以实现"空铁联运"，打造了宁夏最大的一个综合交通枢纽；因为建设庆阳车站的需要，上阁村隧道建设历时 7 年之久破解难题；出于节约资源的考虑，咸阳渭河特大桥建成共用四线桥……

"要想选择一个合理的机场站位，出了高铁站之后，必然需要跨黄河，但是由于银川段黄河河道非常宽阔，冬季流凌现象较突出，再加上这一段河道摆动相对来说较频繁，对桥式桥位的选择造成困扰。"马文辉介绍，设计团队最终选择了"两联6跨168米连续钢桁柔性拱"这样一个特殊设计，巧解大自然考题。

穿越"天下第一塬"董志塬的上阁村隧道，途经罕见的深厚软塑黄土地质带，堪称世界级工程难题。"修建上阁村隧道，是连接庆阳车站和宁县车站所必需的通道。"马文辉说，两站分别位于塬上塬下，落差近200米，隧道是唯一的解决方案。难，也必须迎难而上。

"以宁县站设立为例，看起来是辐射站点所在区域，但宁县站东边有河，周边两个县出行也很不便，所以宁县站实际上服务了三个县。"马文辉说，银西高铁在庆阳转了一大圈，爬了一个董志塬，就是为了更好地服务当地群众出行。

咸阳渭河特大桥所处的区域，桥位资源非常紧张。银西高铁经过渭河，而关中城际铁路向南延伸时也要过渭河。从规划层面，和高铁共建一个四线桥，一方面可以减少对环境的影响，同时可以节约投资成本。

一条银西高铁里，容纳了绿色、智能、精品、人文。银西高铁的建设，也成功破解荒漠戈壁、湿陷性黄土、缺少有砟高铁建设经验三大难题，成为坚持自主创新，坚持创新驱动引领、推进工程高质量发展的典范。

他们是建设者，他们也是见证者，看着银西高铁从无到有，他们说：能参与银西高铁的建设也倍感自豪和荣幸——

听　建设者讲述攻坚克难故事

■ 王　辉

中铁三局驻银西九标项目部总工程师石玉军：

"吴忠南特大桥涵盖两个桥台和 573 个桥墩，550 口支架梁，沿线跨越 8 处连续梁，包括跨越城际高速、古青高速以及相关的国道、省道等，尤其跨越古青高速公路过程中，桥墩达 20.5 米，施工风险可想而知。"

中铁第一勘察设计院银西高铁隧道设计负责人于介：

很多人都在期盼银西高铁能够早日开通，我们也一样，而短短 6.78 公里的上阁村隧道，从勘察设计到建成，我们用了 7 年时间。太难了！站在离上阁村隧道不远的一块空地上，看着一辆动车从这里呼啸而过，我激动的心情依然难以平静，我在这里整整待了 7 年，现如今我的孩子也 7 岁了。对我而言，银西高铁就像另一个孩子，从一开始只是一张图，到现在变为现实，感觉太幸福，尤其自己亲自参与建设的这些路、桥、隧道，能给大伙以后的出行带来便利，我觉得吃的苦、受的累值了。

中铁一局银西高铁甘宁段工程部部长李锦：

"银西高铁终于开通了，整个施工过程中，让我觉得施工最艰辛、压力最大的就是吴忠南特大桥的铺设任务。2019 年 6 月 11 日，该路段铺设工作顺利完成，甘宁段与吴忠段顺利接轨，而这次接轨，意味着施工团队攻克了宁夏境内的重大难题。"

中铁一局工作人员郝铎：

在施工过程中，我们凭着勇于创新的劲头，先后创造了两项全国纪录，银西高铁银吴段全线六个"第一"的成绩。即：创造了双机日架箱梁 13 孔的全国纪录和单机月架梁 148 孔的全国第一纪录；全线第一家开工架梁；全线第一家开始实现双机双向同时开工架梁；全线第一家开始首组有砟高速道岔施工；连续两个月取得了月架 180 孔以上的好成绩，进度位列全线第一。

中铁二十二局银西高铁甘宁段项目部总工程师杨长青：

整个施工过程中都提心吊胆，感觉就像走在刀尖上。面对重重困难，建设单位、施工单位等会同国内有关专家联合攻关，反复论证，首次采用"防结晶、可维护"排水系统、地表垂直深孔袖阀管精准靶向注浆、隧道衬砌质量智能化检测等新技术，终于攻克下软塑性黄土坍塌这一世界性难题。

中铁第一勘察设计院银西高铁地质专业高级工程师朱军：

上阁村隧道位于庆阳市境内的有着"天下黄土第一塬"之称的董志塬。由于这里黄土厚度深达数百米，地下水发育，地质复杂，非常容易出现渗水坍塌。在这样的地方修高铁隧道，实属世界级难题。在施工过程中会出现开裂、变形的现象。施工过程很容易发生局部坍塌，一旦处理不当就会产生冒顶。

亮　点

◆国内首条一次性建成里程最长的有砟高铁，对总结有砟高铁的建设标准和技术体系作出重大贡献。

◆线路穿越毛乌素沙地边缘和世界上规模最大黄土高原台塬区——董志塬，集结了在沙漠及半沙漠地区和黄土地带建设有砟高铁的先进技术。

◆破解荒漠戈壁、湿陷性黄土和缺少有砟高铁建设经验"三大"难题，采取89项科学先进的工艺，逐步掌握了6项创新技术，研发出12项BIM应用专利技术，深入开展"荒漠化防治与生态修复技术"课题研究。

◆积极汲取沿线红色文化和陇东文化元素精髓，不断优化站房施工方案，实现站城融合、一站一景。

◆聚焦线路绿化工程，针对不同的地理和气候环境，在路基边坡因地制宜分段栽种绿植。对所有临时用地、弃渣场等，在主体工程完工后及时完成迹地恢复和复垦绿化。

◆吴忠南特大桥为全线的重难点工程，也是全线最长的桥梁，全桥长18.74公里。庆阳车站建筑面积149996平方米，最高聚集旅客2000人，为全线新建面积最大的站房。

　　一条高铁如同一条经济发展带，改变着沿线地区经济发展状况，为沿线地区的人们带来实实在在的"红利"。银西高铁高效率、大运能的优势和对沿线地区的辐射效应，将对推进宁夏内陆开放型经济试验区开发开放，推动陕甘宁革命老区经济发展社会繁荣具有重大意义，为西部落后地区发展注入强大发展动力，助力沿线省（区）高质量打赢脱贫攻坚收官战。

"扶贫直通车"奔腾而来

■ 张佳怡

银西高铁起始"塞上江南"银川市，途经吴忠、庆阳等地，最后到达西安，沿途分布众多的国家级风景区和革命传统教育基地,穿越了甘肃宁县、环县等经济较落后地区，是一条黄金旅游线、革命传统教育线和致富奔小康的精准扶贫线。

甘宁段建设扶贫卓有成效

银西高铁开工建设以来，紧密结合贫困地区经济发展需求，在依法合规的前提下，采取优先选用贫困地区的地材及生产生活物料、优化临建工程建设、使用贫困地区劳务工、对劳务工特殊岗位集中培训等措施，切实改善贫困地区群众的生产生活条件。

据统计，截至 2020 年 3 月 31 日，共修建永临结合道路 12 条、298 公里，工程竣工后可使用场地 49 万余平方米，选用当地务工人员 4457 人,租赁当地机械设备 27441 万元，采购当地工程材料 298208 万元，开展劳务培训 3006 人次，募集各种扶贫捐款 1148 万元，弃渣利用 369 吨。宁夏盐池县惠安堡镇萌城村的企业上峰水泥，每年有 100 多万吨的水泥供往银西高铁建设现场。同时吸引了众多当地大学生回乡创业和务工。

促进当地经济社会发展

银西高铁的建成使用对途经地区扩大有效投资、带动产业转型升级、推动沿线城市发展、改善群众出行条件等方面有着极大影响力。

回顾银西高铁建设历程，这期间对途经地区相关产业投资增长的拉动作用非常明显。据保守测算，每建设一公里，投资 1.1 亿元，消耗水泥 1.1 万余吨、钢材 2100 余吨、各类石料 7 万余吨。同时，银西高铁具有速度优势，沿线各地区充分利用区位优势，能够壮大旅游、商贸、房地产、文化教育等现代服务业的发展，实现客流增长和经济发展之间的良性互动。

此外，银西高铁对沿线产业带和城市现代服务业的培育，以及沿线地区人口流动速度提升和人口聚集，均具有重要促进作用。特别是以现代化高铁站为依托的综合交通枢纽，不仅仅是集多种运输方式于一体的交通综合体，更是集交通、商业、商务等功能于一体的城市综合体。不仅如此，银西高铁全线开通运营后，宁夏将一举纳入全国高铁网，极大促进全域旅游战略和提升宁夏在"一带一路"上的区位优势。

助力决战决胜脱贫攻坚

银西高铁具有高速、大容量的特点，是城市内部和城市之间联系的重要纽带，既缩小了城市群的空间范围，也扩大了城市人口的流动范围，有助于形成以银川为中心的 1 小时沿黄交通圈、2 小时区内交通圈，实现银川至北京、西安、兰州、太原、郑州等 3—6 小时直达。银西高铁建成后，通过西安枢纽，将从根本上解决银川、蒙西地区南下快捷运输及运输质量问题。对银川人来说，银西高铁的开通不仅仅实现了去外省区的便捷，已经开通的银川到吴忠段实际上承担起了城际铁路功能，让两地群众享受到更加便捷舒适的短途旅行、公务出行，甚至是上下班通勤。

银西高铁通车后，西安至银川列车运行时间预计将由现在的 14 个小时缩短至 3.5 小时左右，逐步形成以西安为中心的关中城市群、以银川为中心的沿黄河城市带之间的便捷通道，扩大陕甘宁地区的"朋友圈"，激发整个西北地区经济发展的活力，带动区域经济快速增长。

同时，银西高铁的开通，不但会给陕甘宁三省区带来出行、商流、物流的交通便利，促使人们生活生产观念发生转变，更重要的是带来了高铁沿线经济的快速发展、吸引外出打工的年轻人回乡创业，这些实实在在的"红利"，为整个西北地区经济发展按下"快进键"。此外，银西高铁是陕甘宁边区第一条高速铁路，它的建成将结束陕甘宁边区没有高速铁路的历史。

作为"八纵八横"高铁网包（银）海通道的重要组成部分，银西高铁的建成进一步完善了区域高铁路网布局，化解了陕甘宁三地运力紧张的局面，三地通过西安枢纽与全国高铁网互联互通，共享高铁带来的便利，三地的人流、物流、资金流和信息流也将沿着高铁快速流动，为沿线地区人民群众出行带来便利，绘就出陕甘宁三地经济发展新蓝图。进一步补齐西部地区发展的短板，带动高铁沿线地区脱贫致富和原生态旅游资源开发，有利于高铁沿线地区城镇化进程和产业升级。

脱贫致富之路就在家门前

■ 王　辉

　　"火车一响，黄金万两。"以前，西安至银川列车单程运行时间要 14 个小时，建成后的银西高铁西安至银川只需 3 个半小时，人们的出行将更加方便、快捷。尤其对于沿线群众来说，该条铁路也是他们走向富裕的希望所在。

　　银西高铁庆阳站位于甘肃省庆阳市西峰区西南侧，是银西高铁全线地级市中最大的高铁站。银西高铁的开通，不仅结束了庆阳不通火车的历史，也将直接带动苹果、黄花菜等特色农产品销售和香包、刺绣等民间手工业的发展。

　　在距银西高铁庆阳站大约一公里的西峰区后官寨镇南佐村，57 岁的甘肃省香包刺绣非遗传承人左焕茸，作为发展当地民俗产业的带头人，她可以算是桃李遍天下。2005年，左焕茸成立了香包刺绣公司，在她的带动下，周边162 户群众参与香包刺绣产业，其中 45 户是建档立卡贫困户。如今，香包刺绣产业已经成为当地群众增收致富的朝阳产业。庆阳市采用"公司＋基地＋农户"的模式，香包刺绣实现规模化生产；产品包括 20 多个大类 5000 多个品种，带动 10 万多妇女增收致富。

　　在培养的众多徒弟中，左焕茸仅在宁夏的徒弟就有近80 位，而且这些徒弟大部分也都成了各自地区的创业能手。

近年来，左焕茸不时被宁夏多个地区邀请授课，但是因为身体情况，近60岁的她很难再坐着大巴车四处奔波，传承手艺。

"8年前我第一次去银川讲课，去一趟真的太不方便了，从庆阳坐大巴车到固原，再坐大巴辗转到银川，一天的时间就消耗了。"左焕茸说，"现在好了，银西高铁一通，来去就方便了。"

事实上，宁夏作为全国有名的枸杞、牛羊肉、蜜饯果脯、马铃薯等农特产品主供区，近年来虽然依托电商平台等，宁夏农户家中的土特产品销往全国各地，但是因为没有高铁物流与其他省区相比仍处于落后的状态。比如，从银川发出的货品太多，像牛羊肉等构成震撼味蕾的"鲜"品系列，只能通过航空和公路来运输，要是走铁路也只有普速铁路货物运输，而今后有了银西高铁，农户们又多了一条销售新鲜牛羊肉的途径。高铁恰似对口扶贫协作的重点窗口，它通过产品输出帮扶农民精准脱贫，走上致富之路。

赋能更多　激活更多

■ 皇甫世俊

　　把银西高铁置于不同的维度之中，往往会得到不同的答案。脱贫攻坚工作之后，致富奔小康的路程中，高铁的赋能作用尤其明显。

　　单从高铁本身的运行成本上看，银西高铁的开通就带有强烈的"福利补贴性质"。要让大家能够坐得起，走得动，行得远，高铁才能发挥更多的作用。更重要的是，高铁"公交化"的运行特征，也让县城村镇中"走不动"的人，敢出去面对更大的世界。

　　这包括以家庭为单位的生产者，以土地为基础的生产者，快节奏的高铁可以更好地使他们划分时间，并在更短的时间内走向更远的地方。显然，除了银川与西安这两个节点城市之外，沿线城市如同被激活的春水，荡漾着更多生机勃勃的力量。

　　可以想见，一个普通的家庭妇女，可以通过高铁完成中短途的跨省外出劳动，一方面可以照顾家庭照顾孩子，另外一方面则能实现更大的价值。这种方式是传统铁路和长途汽车无法比拟的。而这将极大地扩大城市劳动力的基础，做大消费和生产的蛋糕，更不耽误他们在最短的时间内赶回家里。

　　事实上，在很多劳动力密集的省份，这种以高铁核心城市为中心，沿线城市为基础的劳动力流动的方式，已经成为常态。让拖家带口的劳动者，不仅能够外出，还能照顾家庭，使得更多劳动力被挖掘，既解决了城市的劳动力需求，更为他们创造了财富的源泉。

　　而这只是高铁加速致富之路的一个局部。人才有进有出，带来的是资源的高效流动。从小商小贩到技术人员，随身附加的就是资金和机会。远观长三角地区，高铁如此发达，但仍然下大力气完善高铁"公交化"，就是要让更多人享受到更加高效便捷的出行方式。

　　因此，随着银西高铁的开通，必然会带来更多的变化，值得我们仔细观察，从而制定更加细致的政策，服务更多的劳动力，激活更多的劳动力。

一头是十三朝古都西安，一头是丝绸之路重镇银川，银西高铁就如同一根丝线，串起了沿线的颗颗"珍珠"。让沿线地区自然旅游景观和红色旅游资源整合并深度开发利用，给西部地区带来人气，让银西高铁不但是一条黄色旅游线，也是一条红色教育线，更是一条致富奔小康的扶贫线。

高铁连起黄金旅游线

■ 王　辉

银西高铁北端经包兰铁路连通宁夏及蒙西地区，中部与太中银铁路、西平铁路及规划平凉至庆阳至黄陵铁路相接，形成以西安为中心的关中城市群和以银川为中心的沿黄城市带交流的便捷通道。南端通过西安枢纽与陇海通道以及西成客专、西康铁路、宁西铁路等衔接，辐射华东、中南、西南等广大地区。

打通陕甘宁黄金旅游线

银西高铁开通后，银川至西安的14小时旅程压缩为3小时左右。如果你是旅行者，不再需要7天"黄金周"，只需要3天"小长假"。一条高铁线，就像是打通了三地的"任督二脉"，沿途快走漫游，足以领略陕甘宁沿线最美景观。

进入银川，可以感受西夏陵的神奇。到达吴忠，在品尝"手抓羊肉"的同时，还能领略黄河大峡谷、中华黄河楼的魅力。继续向东南，进入甘肃境内的庆阳，你可以看到北石窟寺各种窟龛和石雕造像。最后到达十三朝古都西安，可游览兵马俑、华清池、大雁塔等举世闻名的历史文化景点。一条高铁带来了沿线各地文化和旅游资源的奇妙碰撞。

银西高铁如同"月光宝盒"

高铁的深度串联，有利于打造西部游文化旅游品牌。"我从小喜欢看《西游记》，银西高铁完全可以让我实现对唐僧师徒四人涉险西行的所有遐想。"在银川镇北堡西部影城，记者遇到了兰州大学大一学生李响，他说，作为西安人，他一直关注银西高铁开通的消息。"沿线城市都

很有特色，各种文化相互碰撞，深深吸引着我。"李响说，
以后再来银川，就可以乘坐银西高铁，既可以在西安的大
雁塔，探寻《大唐西域记》怎么演化为吴承恩的《西游记》，
又可以在银川的镇北堡西部影城，看到经典电影《大话西游》
的拍摄现场。"银西高铁就像是穿越时空的'月光宝盒'，
让旅游者体验极具特色的'大话西游'不再难。"李响说，
相信未来，银西高铁会给他带来更加独特的文化感受和丰
富美好的旅游体验。

连通陕甘宁红色教育线

银西高铁是国家"八纵八横"高铁网的重要组成部分，
同时它也是穿行陕甘宁革命老区的首条高铁线。

距银西高铁庆城站大约 80 公里，通过兰青高速，大
约一个半小时的车程，到达合水县太白镇，1930 年，刘志
丹在合水县领导太白起义。

沿着一条县道开车往西北方向大概 1 小时，就来到了
华池县南梁革命纪念馆，1935 年，以南梁为中心的陕甘边
革命根据地与陕北革命根据地连成一片，形成地域辽阔的
陕甘革命根据地，成为土地革命战争后期全国"硕果仅存"
的完整革命根据地。

"银西高铁通家门，通往边区更惠农，高铁纵横天地
间，愿我陇上儿女梦……"张颖奎是庆阳市华池县南梁人，
也是甘肃省南梁说唱非遗传承人。他专门编写了一段关于
银西高铁的唱词，并拿着自己的三弦和脚打耍板等工具，
从家里赶到南梁革命纪念馆，编演了一段南梁说唱。"银
西高铁开通了，希望有更多人能走一走这条红色教育线，
了解发生在这里的感人故事。"张颖奎说。

去陕西享古韵

■ 沈亚婷

　　高铁沿线有哪些值得一去的好地方呢？陕西境内就不少，古城西安既有兵马俑、大雁塔等老牌历史文化景点，也有大唐不夜城等新崛起的网红打卡新地标，到达乾县站，可以去乾陵，到达礼泉县，可以去逛一下知名民俗村——袁家村。至于美食，少不了一碗羊肉泡馍，这才是陕西传统美食的正确打开方式。

逛—— 网红打卡新地标永兴坊

　　永兴坊位于西安城墙中山门内北侧顺城巷，原地是唐朝著名的谏臣魏徵的府邸旧址，是全国第一个"非遗文化"主题特色聚集区。

　　永兴坊分为关中巷、陕南街、陕北里、手工作坊、非遗民俗街、107街、非遗文创街7个街区，另有美食博物馆、陕西特产中心等4个特色文化区域，汇集了50多家陕西各地特色美食经营户。别小看这些商户，他们很多都是非物质文化遗产继承人，随便吃一个不起眼的食物可能就是省级或市级非物质文化遗产美食。

　　逛永兴坊，参与互动是非常重要的体验内容。这里每天都在上演皮影、秦腔、陕北民歌、老腔等非遗艺术，表演者大多是非遗传承人。"来了永兴坊，要上一回陕西子长的土炕，吃一回子长的煎饼，抢一锤陕西柞水的糍粑，摔一碗陕西岚皋的米酒，吼一嗓传承千年的秦腔，捎一份陕西的特产，通过这样的互动体验，让游客一站式喋美陕西，沉浸式感受陕西的文化。"西安永兴坊文化发展有限公司总经理段晓玉说。

逛——千年古村袁家村

礼泉县烟霞镇袁家村是一个历史悠久的古老村落。它坐落在唐太宗李世民陵山下，袁家村如今是国内颇具盛名的民俗文化村，先后摘得国家 AAAA 级旅游景区、中国十大最美乡村等 10 多个颇具含金量的称号。

这里有 58 户不同风格的农家乐，有的曲径通幽、清雅精致，有的布置成古风客栈或农家小院。一旦住下来，就可以在村子里开启逛吃模式了。看看关中作坊怎么榨油、怎么酿醋、怎么碾米磨面，看够了可以直接买走刚刚制作好的新鲜产品。美食街上的小商铺面积都不大，味道却很地道，肉夹馍、烩牛肉丸子、灌汤包，既有陕西本地特色美食，也有网红小吃，而且一家一个品类，几乎没有撞款的。喜欢喝茶的人会找到茶馆，爱喝咖啡或者小酌几杯的年轻人也能找到咖啡厅和酒吧，民俗文化元素和现代时尚有序交融，让这个古老的村庄散发着别样的魅力。

吃——尝一碗正宗的羊肉泡馍

到西安吃美食，肯定不能错过羊肉泡馍。当地人认可的正宗羊肉泡馍在哪里？记者找到了西安当地的一家主打羊肉泡馍的老字号，同盛祥泡馍。

　　正在店里不紧不慢掰馍的西安本地食客李小民说："这里的羊肉泡馍最像我小时候的味道，几十年没有变过。"李小民 70 岁了，是个老西安人，每周至少要来同盛祥吃 3 次羊肉泡馍，说起这一口，他是个行家，热情地给记者传授起经验：馍要选前一天烙的，放到第二天早晨吃口感最好，当天现烙的热馍好掰但是不好吃。

　　在同盛祥吃羊肉泡馍，大多数食客会选择自己动手掰，机器切好的也有，但讲究的食客不会这么点，有人点了老板也轻易不答应，因为自己动手撕馍是这碗饭的灵魂。"吃泡馍急不得，最好和家人朋友一起来吃，一边撕馍一边喝茶一边聊天，这顿饭才吃得有意思。"李小民说，一碗羊肉泡馍再搭配上辣酱、糖蒜、香菜，味道就是最正宗的了。

到甘肃品民俗

■ 田 鑫 姚 蕾 王 辉 李博豪

　　如果乘坐银西高铁来到甘肃，有哪些具有特色的体验和美食呢？在庆阳市博物馆，你可以看黄河古象、体验皮影戏，而宁县的苹果，被誉为"人类第四个苹果"。此外，庆阳还有棵"华夏苹果第一树"，在甘肃，香甜的苹果、特色民俗文化都在吸引着人们的到来。

逛——看黄河古象，体验皮影戏

　　都说了解一座城市，最简单的方式就是去当地的博物馆。从银西高铁庆阳站出发，驱车5分钟即可到达庆阳市博物馆。该馆成立于1976年，全面展现了庆阳从旧石器时代到建立陕甘边红色政权的发展历程，展示了庆阳古老的农耕文明和古朴多样的民俗文化。

　　进入馆内，映入眼帘的就是黄河古象化石。据该博物馆讲解员介绍，黄河古象在1973年1月被发现于甘肃合水县板桥乡穆旗村的马莲河畔，因其挖掘于黄河流域，故取名黄河古象。

　　在庆阳市博物馆，还可以体验皮影戏。皮影戏是庆阳传统民间文化的主要形式之一，兼容了民间剪纸、石刻、雕塑等艺术手法，创造了与众不同的独特的艺术造型和风格，音乐声响起，皮影举手投足之间，仿佛把人拉回童年。

庆阳有棵"华夏苹果第一树"

在董志塬腹地的庆阳市西峰区温泉镇刘家店村，有一棵"网红"苹果树，在果树界中，它不但高龄，还年年丰产。每年到了丰收季，就引得不少当地人专门前来观看。

这棵树高约5米，树冠足足10米有余，直径80厘米左右，它就是红遍全庆阳市的"寿星"树。不光丰产，这棵高龄树上还长着七八个品种，每年果熟季节，这棵树上的苹果都是按个拍卖，每个至少能卖15元左右。

2014年6月，经国内专家鉴定，齐世虎家的这棵苹果树，是国内现存栽培时间最久、树形最大、挂果最多、综合效益最好的苹果单株之一，因此被誉为"华夏苹果第一树"。

吃——带您探寻"人类第四个苹果"

在宁县，苹果产业作为当地农户脱贫致富的支柱产业，不仅解决了劳动力就业问题，还拉动地方特色经济发展。记者来到宁县独具代表性的焦村镇西卜村，探访被誉为"人类第四个苹果"品牌的果园种植基地。这里的果树一年成花、二年结果、三年丰产、五年盛产，每亩产量达到5吨~8吨，相比传统的苹果栽植方式，每亩均增产2吨左右，早挂果3年至5年。

为什么叫"人类第四个苹果"？该果业园区生产技术部部长窦健兵告诉记者，夏娃的苹果是传说，牛顿的苹果是问题，乔布斯的苹果是科技，宁县的苹果是幸福之果，所以被称为"人类第四个苹果"。窦健兵表示，银西高铁开通后，宁县的交通会越来越发达，对于种植苹果的技术人员来说，交流机会将越来越多，是大好事！

　　宁县苹果产业让当地农户的收入逐渐稳定起来，生活也有了保障。在银西高铁开通后，更会促进银川与庆阳两地的特色产业蓬勃发展。

望得见贺兰山，看得见黄河水，记得住丝路乡愁，这是对美好银川最生动的诠释。

如果你初到银川，贺兰晴雪、长河落日的盛景会让你眼前一亮；如果你常来银川，这里现代化的生活气息，诗和远方的意境定会让你深深着迷；如果你住在银川，"互联网+"时代的智慧生活会让你感叹她的便捷、高效和勃勃生机。这里是国际湿地城市、丝路明珠银川，舒缓的银川平原、巍峨的贺兰高峰、蜿蜒的黄河、碧波连天的鸣翠湖，既有粗犷的大漠孤烟、长河落日，也有秀丽的水乡、映日荷花。各种自然景观、风土人情与丝路古道融为一体。今天，银西高铁正式开通了，开放包容的银川，热切期盼你的到来。

我在银川等着你

■ 高　峰　鲍淑玲　陈　玲

宜业：一座发展事业的梦想之城

年末岁终，西北小城银川以温暖从容的姿态作别过往。生活在这座城市的人们在经历疫情大考后迎来了新的机遇与挑战，经济发展也在疫情淬炼下彰显出另一种韧性和力量。写在城市发展履历上的营商环境优化、招才引才新举、减税降负红利、创新创业奖励等一系列政策福音，让银川成了一座适宜创业、适宜发展的魅力之城。

放弃经营家族产业，南方姑娘石洪波把人生价值的种

子播撒在了银川。问及为何如此钟情银川，石洪波淡淡一笑，
"这里适合居住、创业，银川是一座容易找寻到幸福感的
城市，这里的人很可爱。"

　　曾经在英国一家研究所工作了7年的夏明许把自己在
新材料产业的研究智慧落在了银川，也把成就事业的志愿
留在了银川。他说："银川适宜居住，我对银川新材料产
业发展有信心。"

　　"这对我来说是天大的好事，银川惜才的魄力让我对
这个城市刮目相看，也希望自己能够为这座城市贡献一份

力量。"刚刚拿到共有产权房钥匙的青年创业者马潇激动不已。

抢滩扎根银川的高精尖缺人才、青年创业人才、杰出企业家把银川当成了第二个家。

在银川，企业开办全流程最快可 3 小时完成。"零证明、零表单、零费用、零用时、零跑路"的商事制度改革，让银川成为全国首例未使用财政资金实现开办企业零费用地区。免费领取税控设备、印章及免缴首年度税控设备服务费的营商环境优化政策，已有超过 1200 家新开户企业享受了免费红利，企业降本超过 120 万元。围绕中国营商环境评价指标体系，《银川市优化营商环境 2019—2020 年行动计划》和《银川市构建"一体式集成审批服务模式"专项行动工作方案》等九大专项行动方案全面护航企业发展，《银川市优化营商环境实施细则（试行）》《银川市对标先进深化改革打造一流营商环境实施意见》构建的营商环境"1+1+13"政策体系引领全市营商环境建设驶入经济高质量发展"快车道"。

在银川，全职引进的高精尖缺人才引领工程 A 类人才优厚待遇上不封顶，B、C、D、E 类人才最高可享受到 220 平方米的共有产权房或人才公寓、100 万元购房补贴、每年 20 万元的生活补贴；符合条件的创新型大学生就业创业在银川，住房保障第一时间跟进让人才在银川留得住、留得久；重点行业、重点产业、重点企业的"人才小高地"，最高可获得 50 万元的经费支持……《银川市关于激发人才活力服务创新驱动发展的若干意见》《银川市关于进一步优化人才发展环境助推高质量发展的十一条措施》等一系列引才政策，让银川成了尊才惜才的沃土、招才引才的乐土。

今天，银川市民大厅人才公共服务窗口随时向四面八方的创业者提供人事代理、人才交流、就业指导、人才政策咨询等 21 项人才服务事项，全国首个地方人才综合服务平台——银川人才云在线上为众多企业搭建起保姆式的推介引导服务，"创意创新在银川活动"、"凤凰汇·周二路演吧"、银川市青年创新创业大赛已经成了众多行业精英、创业青年、杰出企业家碰撞智慧、交流思想的舞台。

银川，成了众多高精尖缺人才、青年创业人才、杰出企业家的筑梦乐园。这座宜业之城，正以春天般的温暖拥抱从五湖四海奔向银川的人们，众人划桨、追风逐浪。

宜游：

水洞沟 中国最早发掘的旧石器时代文化遗址，被誉为"中国史前考古的发祥地""中西方文化交流的历史见证"。是全国重点文物保护单位，国家 5A 级旅游景区，国家地质公园。水洞沟地处鄂尔多斯台地南缘，大自然造就的雅丹地貌，使这里充满了雄浑、奇特的荒谷神韵，经历了千万年的风沙雕蚀，这里集中了魔鬼城、卧驼岭、摩天崖、断云谷、柽柳沟等 20 多处土林奇绝景观。

张裕摩塞尔十五世酒 贺兰山东麓首家 4A 级旅游景区。酒庄是融葡萄种植、高端酒庄酒酿造、葡萄酒文化旅游以及葡萄酒主题餐饮于一体的综合性葡萄酒主题庄园。酒庄聘请以葡萄种植著称的欧洲酿酒世家第十五代传人罗斯·摩塞尔担任酒庄首席酿酒师。自 2013 年以来，宁夏张裕摩塞尔十五世酒庄出品的葡萄酒陆续出口至英国、德国、美国、法国、瑞士、奥地利、比利时、丹麦、荷兰、捷克和俄罗斯等 35 个国家。

贺兰山岩画遗址公园 位于距银川市 56 公里的贺兰山贺兰口，是全国重点文物保护单位、国家 4A 级旅游景区、全国研学旅游示范基地，同时也是中华文化溯源地、国家级风景名胜区、国际岩画峰会永久会址，是中国最值得外国人去的 50 个地方。

这里因独特的温带山地森林低湿多雨气候，孕育了 500 多种野生植物和 200 多种野生动物，形成了"四季泉溪""贺兰飞瀑""双峰映潭""贺兰晴雪"等壮美的自然景观。原始先民在贺兰山贺兰口，刻制了近 6000 幅神秘诡异的岩画。这些岩画生动地记录了公元前 10000 年至公元前 3000 年的史前人类放牧、狩猎、祭祀、争战、娱乐等生活场景，数量庞大、内容丰富、题材广泛、布局集中，世所罕见，在国际岩画界享有崇高的地位，被誉为"石头上的史书""史前人类艺术长廊"。

黄沙古渡原生态旅游景区 是国家 4A 级旅游景区、国家级湿地公园；是中国最佳生态休闲旅游胜地、明清宁夏八景之一，在这里，您可以亲临康熙渡黄河的古渡口、昭君出塞和亲留在大漠的月牙湖。景区内的大漠风光、黄河古韵、自然湿地、塞外奇景，是原生态自助游的好去处。惊险的沙漠欢乐谷、古老的羊皮筏子、现代的黄河飞梭、舒适的古渡人家，是宁夏最好玩的地方。中国原生藏獒展示基地、宁夏民俗文化博物馆、宁夏黄河古渡奇石馆、宁夏沙漠野生动物救助中心落户于此。

黄河军事文化博览园 建设目标是"西北独有、国内一流"的军事主题和文化元素相融合的军事主题旅游景区，集军事博览、主题纪念、国防教育、拓展训练、互动体验、度假休闲于一体，打造成国内外游客深度体验军事探险和军旅生活特别是海军水兵生活、感受军事文化魅力的主题公园；同时，也是军事主题文化创作基地、军事题材影视拍摄基地。黄河军事文化博览园内的"银川舰"是园区的最大亮点，也是广大游客追逐的主要热点。

银川鸣翠湖国家湿地公园　位于银川市兴庆区掌政镇境内，是黄河流域、西部地区第一家国家湿地公园，景区集黄土高原、黄河、湖泊、芦苇、湿地等景观于一身。公园里湖水清澈，一派江南水乡的风景。鸣翠湖有鸟类97种，其中黑鹳、中华秋沙鸭、白尾海雕、大鸨为国家一级保护动物。构建了"水车苑""芦苇迷宫""野生垂钓""观鸟赏花"等旅游项目，是一处休闲养性的好去处。

镇北堡西部影城　中国当代作家张贤亮先生的立体文学作品，在保护文物基础上，将文学的想象力和构思谱写在大地上，把一片荒凉、两座废墟打造成银川市首家国家级5A级旅游景区。拍摄了让观众耳熟能详的《牧马人》《红高粱》《黄河谣》《大话西游》《新龙门客栈》《锦衣卫》《刺陵》等200多部脍炙人口的影视片。成就了许多蜚声国际影坛的中国影星，故而镇北堡西部影城享有"中国电影从这里走向世界"的美誉。

宜居：一座生态宜居的魅力之城

银川作为宁夏回族自治区首府，是自治区政治、经济、文化、科技中心。全市总面积9025.38平方公里，下辖兴庆区、金凤区、西夏区、永宁县、贺兰县和灵武市。

银川地势开阔平坦、四季分明，昼夜温差大。海拔在1100~1200米之间，西部大漠风光和江南水乡景色交相辉映，使其成为名闻天下的"塞上江南"。

全市有自然湖泊湿地200多个，面积530多平方公里。曾先后荣获全国文明城市、国家生态园林城市、中国最具幸福感城市、全国环保模范城市、国家卫生城市等称号。

"绿水青山就是金山银山"。近年来，银川市坚持"生态立市"发展战略，持续加大黄河水环境治理力度，不断推进全市水生态环境高质量发展。

纵览塞上湖城大美湿地，银川人统筹山、水、林、田、湖、草各种生态资源，连通河湖水系，提升水生态环境治理，开展水体净化工程，为保卫母亲河筑下了坚固的生态长城。

今天的银川，河清水洁、岸绿鱼游的"升级版"生态画卷渐次铺展，生态效益和社会效益日益明显。

作为国家低碳城市试点，银川将重点探索健全低碳技术与产品推广的优惠政策和激励机制，推进低碳技术与产品平台建设，聚焦高端装备制造、新材料、新能源、现代纺织、葡萄酒产业、生命健康等"十大产业"，提升传统支柱产业，加快壮大特色主导产业，着力培育发展战略性新兴产业，限制发展产能过剩产业，推动产业链条从前端向末端延伸，价值链条从低端向高端攀升，逐步形成以低碳排放为特征的产业体系，走出一条低碳发展之路。

站站有特色　串联一路好风光

■ 林　芸　鲍成龙　姚　蕾　王　辉　李博豪　田　鑫

宁夏：银川站　银西高铁的始发站

银川火车站位于包兰线，是银兰客专银中段和银西高铁的始发站，是一座高普混合车站。站场规模为 7 台 15 线，其中高铁站台 4 座 7 线，普铁站台 3 座 5 线，货物线 3 条。2020 年 10 月 11 日起，日均办理客车 41 对，其中城际动车列车 15 对，普铁客车 26 对，客流高峰期每日乘客将近 4 万人，年接待旅客近 1000 万人。

银川火车站是一座现代化的西北交通枢纽车站，伴随着银西高铁开通运营，使宁夏境内高铁融入全国高铁网，不仅带动人流、物流、资金流需求的成倍增长，为宁夏地区经济社会发展提供新机遇、新平台，而且将会使高铁沿线地区群众出行方式更加多样与便捷。

为了迎接银西高铁的开通，银川火车站从硬件到软件都进行了改造提升。"电子大屏是不是看上去非常清晰？这是我们此次更换的设备，为了让旅客能够更清楚地了解列车信息。"银川火车站站长姚自奎指着候车厅内的大屏说。为了迎接银西高铁的开通，银川火车站对旅客进出站流程、候车区域、贵宾室区域进行了全面提升和改造。

候车大厅里，蓝色的铁质候车座椅被更换为了 1200 把咖啡色的皮质座椅，还辅助有免费充电功能，让旅客不离座就能充电，还可以在座椅扶手的屏幕上了解到列车信息，从颜色到服务都更加温暖。

二楼候车大厅里，南候车区域为高铁候车旅客进站口，北候车区域为普速列车候车旅客进站口，避免了旅客的交叉对流。通往各站台的天桥上，也从瓷砖变成了防滑的塑胶地板。

目前银川火车站客流量为每天 15000 人次左右，银西高铁开通后，预计旅客流量将会达到每天 30000 人次左右。

宁夏：吴忠站　搭上经济社会高质量发展快车道

　　吴忠市位于黄河"几字弯"西线流域和宁夏中部地带，已有的包兰铁路车站远离主城区，并不能很好地服务城市。2019年12月29日，随着银中高铁的开通，高铁吴忠站正式投入使用。高铁吴忠站距离市区仅4公里，这也是银西高铁建设之初在选线时兼顾通道短直和最大限度服务和带动地方建设的充分考虑，以最大程度与城市规划相结合，方便市民出行。此次银西高铁的开通，将加速拉近吴忠与周边地区的时空距离，高速便捷的高铁交通方式所带来的宁夏沿线城市群和关中城市群的"同城效应"拉近了吴忠与陕甘宁沿线城市间的时空距离，加快实现了宁夏"五市同城化"，促进了生产要素和资源的合理流动。随着银西高铁开通，在资源开发、产业拓展、经济合作等方面的空间、载体和发展优势将得到进一步的体现和发挥，更好地加强区域之间的经济往来，加快产业要素和资源的合理流动，带动吴忠产业经济发展，引领吴忠步入经济社会高质量发展的快车道。

　　同时，银西高铁通车后，在吴忠过境和中转的旅客数量将大大增加，这将极大地推动商贸业、餐饮业、住宿业、旅游业等服务业提档升级，特别是对旅游业起到极大的推动作用，"游在宁夏、吃在吴忠"的旅游名片将更加响亮。搭上银西高铁的快车道，吴忠将力争打造成为西安国际旅游的"下一站"，穿越秦汉、宋辽到西夏的历史长廊；西北民俗旅游的"又一村"，连接"南有袁家村，北有牛家坊"的旅游热线；西部风情旅游的"打卡地"，开发和展现"大漠孤烟直"的苍凉美和"长河落日圆"的悲壮美。吸引更多的国内外游客到吴忠旅游、投资和置业，带动关联产业发展。

宁夏：惠安堡站
银西高铁进入宁夏境内的第一站

银西高铁从西安方向出发，进入宁夏境内的第一站就是吴忠市盐池县惠安堡镇。

惠安堡自古就是交通要道，惠安堡人也深知交通所带来的机遇，这个沿国道 211 线而居的小镇，忍受着南来北往的车辆带来的拥堵，也享受着这份拥堵带来的商机。以前惠安堡人出远门，只能坐汽车到盐池或者银川，换乘火车或者飞机。而现在，银西高铁就从门前飞驰而过，这个驻守在宁夏东大门的小镇，即将因开通的银西高铁结束过去不通火车的历史,也期盼着高铁的开通而让更多人熟知。早在银西高铁建设过程中，生态移民村惠苑村的村民就已经搭上了高铁的东风,不少村民在高铁建设工地务工挣钱，同时也眼见着高铁梦一步步成真。曾经从大山里搬出的村民，因平原便利的公路交通而脱贫，搭乘高铁，他们的致富梦也将从这里起航。

期待着搭乘高铁东风起航的还有盐池县的旅游业。特殊的地理位置、悠久的历史渊源、光荣的革命传统造就了盐池独特多元的厚重文化积淀。截至今年 11 月，盐池县旅游接待人数 140.2 万人，旅游收入 4.56 亿元。银西高铁将西安的古城文化与盐池的边塞文化串联起来，资源共享让未来加速可期。

陕西：西安北站　宁夏旅客乘坐高铁
前往全国各地的最佳中转站

西安北站位于西安市城区北部中轴线上，分别距西安市中心钟楼 12 公里、西安市行政中心 3 公里、西安咸阳国际机场 20 公里。是我国高速铁路网"八纵八横"之一陆桥通道徐兰客专的主要节点车站,连接郑西客专、西宝客专、大西客专、西成客专,是西北地区最重要、规模最大的铁路客运枢纽,也是中西部重要高速铁路网枢纽中国西部高铁动车组列车停靠最多的车站。可直达全国 4 个直辖市、21 个省(自治区)省会(首府)城市。

西安北站是宁夏旅客乘坐高铁前往全国各地的最佳中转站点。从西安北站中转全国各大城市将是距离最短、最便捷的方案。从西安北站出发 1 小时内到达宝鸡、汉中,2 小时内到达郑州、兰州、太原,3 小时内到达成都,4 小时内到达武汉,4.5 小时内到达北京,5 小时内到达重庆,6 个小时内到上海。

陕西:咸阳北站
向东一站即达西安,向西接驳 18 个城市

咸阳北站是专门为银西高铁线路而增设的新站点,位于陕西省咸阳市北塬新城境内,是继咸阳秦都站之后,咸阳市的第二个高铁站,通过高铁引擎,向东一站即到达西安北站,向西则接驳 18 个城市。据中国铁路西安局集团有限公司西安站咸阳北站站长高建伟介绍,咸阳北站总建筑面积 3000 平方米,其中候车面积 1215 平方米,最多可容纳 600 人同时候车。站内设有 2 个站台、6 条线路,站台全长是 450 米,呈岛式,即站台路面高于轨道。旅客进出站通过两条地道实现"下进下出"。

陕西:礼泉南站　20 分钟可达西安

礼泉南站位于陕西省咸阳市礼泉县城关镇陈靳

村附近，距离县城 3.5 公里，中心里程位于银西高铁 K54+719m 处。与咸阳北站一样，礼泉南站也是为银西高铁新建的站点，通车后，礼泉县也正式迎来高铁时代，20 分钟便可到达西安。

陕西：乾县站
银西高铁陕西段新建站房面积最大的站

乾县站是银西高铁从银川经甘肃进入陕西境内的第三站，位于陕西省咸阳市乾县东南方位，距城区中心 2.5 公里，距西安 60 余公里，距西安咸阳国际机场 35 公里，南距陇海线 30 公里。

乾县站的规模为 2 台 6 线，设计采用岛式站台结构，分为两层：中间候车大厅 1 层，两侧功能房间 2 层，车站设计最高聚集旅客可容纳 800 人，能基本满足日常和高峰时期客流需求。

陕西：永寿西站
以通过作业为主，最多聚集 600 人

永寿县位于咸阳西北部，是一个中间站，主要办理旅客列车到发、通过及旅客乘降等业务，以通过作业为主，车站最高聚集人数为 600 人。

陕西：彬州东站　银川经甘肃进陕西第一站

彬州东站是银西高铁从银川经甘肃进入陕西境内的第一站，位于陕西省咸阳市彬州城区东侧林家堡村的半山腰，属国内少有的切梁设站，距离城区中心直线距离 4 公里。

彬州东站的建筑风格契合彬州大佛寺石窟文化，车站规划为中间中型站，高铁通车后，计划全年旅客发送量近期为 46 万人次，远期 61 万人次，最高候客人数约 1200 人次。

甘肃：庆城站　枢纽站点提高换乘效率

银西高铁庆城站位于甘肃省庆阳市庆城县境内，建筑总面积 2989.46 平方米。在庆阳市境内的 6 个高铁站中，庆城站作为集高铁、高速公路、国省道于一体的交通综合枢纽站点，为百姓提高了换乘效率。银西高铁的开通，也将为两地百姓的出行带来更多便利，无论是现在还是将来，也无论是文化传播还是经济发展都将产生重大而深远的影响和积极的促进作用。

甘肃：庆阳站　促进庆阳与银川经济文化融合

庆阳市位于甘肃省最东部，陕甘宁三省区的交界处，北邻陕西省榆林市及宁夏盐池县，西与宁夏固原市接壤，拥有丰富的自然资源。在这里，岐黄精神、红色精神、农耕文明相互交织，形成庆阳独特的魅力。银西高铁开通后，结束了庆阳不通火车的历史，同时也促进了银川与庆阳在经济文化等方面的深度融合，为银川与庆阳两地之间的经济、旅游、文化互通带来更多的便利。

甘肃：环县站　结束环县没有火车的历史

环县地处陕甘宁三省区交界处，多年来，环县的交通工具只有汽车，银西高铁开通后，结束了环县没有火车的历史。银西高铁在环县设有 3 个站点，分别是甜水堡站、环县站和曲子站，银西铁路在环县境内基本呈南北走向，到县城直线距离约为 5 公里，高铁开通后，将穿越环县和宁夏盐池县等地，不仅是一条黄金旅游线，还是革命传统教育线，更是一条引导群众致富奔小康的脱贫线。

在我国古代，有一条横跨亚欧大陆的交通要道——丝绸之路，银川和西安皆在此线路范围之内。勤劳智慧的古代劳动人民，用牛马或者骆驼载着物资，加强国内外贸易往来，将中华文明不断传播开来。时间回到现在，令人意外的是银西高铁线路方向在一定程度上和丝绸之路方向相吻合。显然，古人的智慧、古道的方向，对现代交通建设有着很好的借鉴意义。

往来银西间的道路变迁

■ 李　尚

"其实我们今天高铁的走向，几乎都是沿着古人的足迹。"宁夏著名历史地理研究专家鲁人勇找出一本旧书，翻到里面的一幅地图，从这张图上看，今天的银川、吴忠、环县等地被一条线连在一起，与即将开通的银西高铁方向基本一致。这条带着时空感的线路，连着过往的历史，浓缩了人们来往的时间，也必将给生活带来更多变化。

古代丝绸之路连接银川和西安

在我国古代，去西域各国，有一条横跨亚欧大陆的交通要道，就是丝绸之路。从唐朝开始，丝绸之路上，来往的人用牛马或者骆驼载着物资，经过宁夏一带，来往于古长安和西域各国。所以银川到西安的走向，还得从丝绸之路说起。

"宁夏地处陕、甘、内蒙古之间，是丝绸之路上一个重要的地区。历朝历代，丝绸之路的路线走向多有变更，在宁夏也先后出现不同路线，这些路线对于今天的交通还是有深远影响的。比如今天的银西高铁路线，从吴忠开始，基本沿着古代灵州道路线走的。"鲁人勇说，丝绸之路的起点、走向，因朝代建都地点的不同等多种原因，多次发生变化，在宁夏就出现过5种不同的走法，包括西汉到唐广德元年的长安到凉州北道、唐大中五年至北宋咸平四年的灵州西域道、1038年至1227年间的兴庆府丝路、元代的六盘山丝路和河套丝路。其中，灵州西域道北线在当时连接着银川和西安两地。

灵州道，是指古都长安经灵州（今宁夏吴忠市古城湾）、河西走廊到西域各国的路线。鲁人勇介绍，灵州道辟通的时间应该在852年至854年。唐广德至贞元年间，吐蕃占陇右，从长安至凉州传统的路线被切断。唐宣宗大中年间开始启用灵州道，这条路线是唐末、五代、宋初时期的中西交通主线，使用至1001年（北宋咸平四年）。

古代的灵州道从长安或开封出发，在陕西省途经咸阳、乾县、彬县，到甘肃省经过宁县、庆阳（唐宋置庆州）、环县（唐宋置环州），在今盐池县萌城进入宁夏境内，再经过惠安堡、老盐池（唐置温池县）至吴忠市古城湾（唐宋灵州治地）。到这里有两种不同的走法可至河西走廊，分为南北两条线，其中北线和银川有关。"从灵州渡黄河，北行60公里可至怀远县，怀远县就是今天的银川市。从这里西越贺兰山到阿拉善左旗，再向西北经居延至张掖入河西走廊。"鲁人勇说，灵州到河西走廊北线在当时不是主线，使用极少。到了咸平五年（1002年），原灵州道主线，也就是长安经淳化、庆州、环州到灵州的驿站全部废弃。

高铁线路沿用古代道路的走向

　　走过的路会留下脚印，过往的历史事件无形中也使得银川到西安这条线路更加通畅。"有很多历史事件，都和这条路有关。"鲁人勇说，灵州道北线的走法最早是一条军事路线，公元前 121 年，霍去病率大军攻打匈奴，从北地郡（位于环县和庆阳中间）出发，沿着灵州道进入银川平原，翻过贺兰山到居延；隋朝时期，抗击突厥发生过多起战争，军队都是从这里经过，这条路不仅大，走向也固定，能通过大量战车，隋炀帝杨广还是晋王时，也曾来过这里；唐朝贞观二十年（646年），灵州会盟，唐太宗到灵州来时途经今天的固原，返回时经过环县、庆阳；唐肃宗灵州登基，走的也是相同的路线。

明朝时期，当时的宁夏地区受陕西都指挥使司节制，由城镇通往陕西有一条驿道。在1987年出版，银川市人民政府市志编纂办公室编的《银川市情》中提到：明朝宁夏镇在城驿驻南关内（即今银川市南门广场东南侧），东南至灵州高桥儿驿45公里，原额甲军100余人，设驿丞1员，管理宁夏镇至陕西驿道。此驿道由宁夏镇城向东南，经永宁县通桥过黄河至灵州，再经白土岗子、惠安堡、隰宁堡、萌城入甘肃省环县，向南经庆阳、宁县、彬县、咸阳至西安。

鲁人勇解释，明朝的灵州不是吴忠，指的是灵武。这样看来，这条驿道和今天的211国道路线方向基本一致，而银西高铁也几乎是沿着这条线走的。

"今天宁夏的铁路、公路，有很多是沿用古代道路的走向，因为这是历朝历代劳动人民不断优化、不断筛选的线路，是他们实践的硕果。"鲁人勇说，他也曾思考过，如果不按照古人的路线走是否可行，但结果往往是会绕很多路，"古道的走向，驿道、驿站的管理等，对于现代交通建设还是有借鉴意义的。"

驿传制度落幕到宁夏第一条铁路

从银川到西安的路线虽然还在，但已经不是重要的驿道了。民国时期的宁夏，形成了一个由驮道、大车道组成的交通网络。宁夏的交通，也逐渐向现代交通过渡。

1988 年出版的《宁夏交通史（先秦—中华民国）》中提到，1926 年，宁夏有了第一条汽车路。当时冯玉祥为西北边防督办，因军运"急待行驶汽车"，就派兵工整修了宁夏城至包头的大车道，也就是宁包路。据鲁人勇介绍，1933 年，省道管理处制定了宁夏省道修筑计划，包括三大干线和七大支线，其中三条干线是宁包路、宁兰路和宁平路，这样一来，就打通了宁夏和外界的往来。并且成立了宁夏第一个汽车运输企业。抗日战争爆发后，宁夏汽车管理局解散。直到 1949 年，宁夏和平解放时，只有 1167 公里简易公路和为数不多的车辆，而铁路建设还没开始。

新中国成立后，为了完善国家路网布局，也为了迎接宁夏回族自治区的成立，包兰铁路于 1952 年开始勘测设计，1954 年 10 月开始建设，1958 年包兰铁路东西两段在银川接轨，银川火车站也正式投入使用，结束了宁夏没有铁路的历史。

沙漠上建起的包兰铁路

包兰铁路是我国第一条沙漠铁路，跨内蒙古、宁夏、甘肃，连接包头、银川、兰州，是连接华北和西北的重要干线。包兰铁路建成后的很长一段时间，都是银川到西安必经之路。这条铁路在建设之初曾饱受争议，因为其中有 140 公里在腾格里沙漠穿行，被国外媒体视作是"不可能完成的工程"，但当年的建设者们顶着恶劣的环境，修路治沙，出色完成了工程建设。

"包兰铁路的修建，穿越沙漠，是兰银段的重点和难点。"自治区党校（行政学院）公共管理教研部主任李喆曾在银川铁路党校工作过，他说，按照当时的设计方案，中卫到干塘间有 50 余公里线路需穿越腾格里沙漠南缘。铁道部科学研究院在沙坡头建立了我国第一个沙漠铁路观测试验站，开展沙漠铁路的研究工作。并会同国内外专家，经过多次试验、研究，于 1957 年初完成了包兰铁路沙坡头地段沙漠铁路工程的设计方案。在这个方案里，根据沙坡头地区风沙和植物特点，提出工程措施与生物措施相结合的治沙方案。用麦草方格固定流沙，选用沙蒿、黄柳等植物，在麦草方格上植树种草，建立人工植被，抵御风沙。这条铁路在 1987 年还获得国家科学技术进步奖特等奖。

　　一代人的坚持和拼搏，打通了这条线路，让宁夏通上了火车，也给这里的发展带来希望。李喆说，包兰铁路对宁夏的经济发展有很大影响，宁夏有丰富的自然资源，比如煤炭、铁矿、石膏以及土特产等，通过包兰铁路运往国内外，并带动相关产业发展。

市民记忆中银川到西安的旅程

——环境越来越好 时间越来越短

■ 李 尚

第一条铁路开通后，就会有第二条、第三条……同样是从银川到西安的旅程，在这几十年的时间里发生了很大变化，在不同年代人们的心目中，也留下了不同的记忆。

包兰铁路缩短去西安的时间

尹建军退休之前是中国铁路兰州局集团有限公司银川客运段工会主席，他出生于1958年，那一年，宁夏回族自治区成立，包兰铁路通车。说到包兰铁路，对尹建军来说有很重要的意义，这既是他的家族搬到银川的原因，也是父辈和他事业的一部分。

从尹建军的父亲开始，家中三代都是铁路人。"我父亲之前在铁道部第一工程局桥梁处工作，1956年转到兰州局，1958年到中卫，当时就是去参与包兰铁路的修建，我们全家也都搬过来了。"尹建军说，父亲那一辈修建铁路，吃了不少苦，当时没有房子住，都是搭着帐篷，冬天冷，夏天热。而且那时自动化程度还不像现在这么高，很多工作都是手拉肩扛完成的。

包兰铁路是当时银川到西安的必经之路。父亲参与过当年的建设工程，让尹建军颇为骄傲，没想到时隔多年，他成为一名列车长后，也穿行在包兰铁路上，将一批批旅客送往目的地。

到西安时间更短条件更好

"刚通车那会，银川到兰州一天也就两趟车，错过了这一天就别想走了。"尹建军说，那时候从银川到西安，就沿着包兰铁路，先到兰州，再从兰州坐别的车去西安，路程时间比较长。20 世纪 80 年代，尹建军刚成为一名列车长，就是在包兰铁路银川到兰州的列车上。他记得那时候从银川到兰州，大概要 10 个小时。从兰州到西安，还得再坐十几个小时的火车，加上中间等待的时间，得 30 个小时左右。

对于这趟线路的行程，今年 58 岁的市民陈忠很有感触。"我们单位虽然在银川，但以前是归西安管的，经常要往西安跑。"陈忠说，那时候往来的人很多，大部分人都坐硬座，从银川到兰州的时间不太长，但从兰州到西安快则十多个小时，慢则一天，这段旅程比较辛苦。大约到了 20 世纪 90 年代以后，从银川到西安有了"大轿子车"，也就是长途大巴，基本上 24 个小时能到。里面有卧铺，晚上可以休息。

1990 年 6 月，铁道部下达《关于加强宝中线建设的通知》，1994 年 5 月，南北正线铺轨合龙。宝中铁路是我国西北地区东西向又一条新通道，在路网上东连陇海线、宝成线，西接甘武线，与兰新线接通，改善了西北地区铁路的交通布局，缩短了宁夏与华东、华北、西南的铁路运输距离。在陈忠退休之前的几年，终于有银川到西安的直达列车了。"十几个小时就到了，真的是方便多了。"陈忠说。

对银西高铁开通充满期盼

宝中铁路建成，将银川到西安的行程时间和路程大幅缩减，只有十几个小时，但这对于"90后"的杨阳来说，还是觉得很漫长。他工作的公司总部在西安，基本上每周都得去一趟。因此，银西高铁建设之初，杨阳就一直密切关注，听到马上开通的消息后心里很高兴，"省下的时间，可以多陪陪家人。"

尹建军虽然已经退休了，但还是很关心银西高铁的建设，偶尔还会去高铁站看看。"我还记得刚当列车长的时候，车里的条件很一般，冬天靠机车头供暖，把暖气输送到各个车厢，夏天就是一个电风扇。车里硬座多，卧铺少，还总超员。"尹建军说。后来，银川到西安有了直达车，开通了新线路，他作为添乘人员坐上了第一趟去西安的车，下午发车，第二天很早就到了。"那时候车型更新了，每个车厢都有锅炉，夏天吹的电风扇也逐渐变成空调，卧铺数量也增加了。而且车厢的安排更加人性化，白天以座位居多，长途或者过夜的车次，卧铺车厢居多。"尹建军回忆道。

"银西高铁一通，方便程度和舒适程度就更不用说了。"尹建军说，从他父亲到他的儿子，一家三代见证了宁夏铁路事业的发展，也见证了铁路给人们生活带来的变化，再看今天的银西高铁，心里有着不一样的骄傲。

第六章

全媒体联制联播系列纪录片
《脱贫攻坚 黄河大合唱》（节选）

总策划：李 虹
策 划：李建宁 丁 洪 孙晓梅 唐 宁
执行策划：张卫东 杜 婧

2020 年 12 月 10 日至 18 日，在银川、西安、
兰州、菏泽、洛阳、洛南、榆林电视台同步播出
2021 年 5 月 24 日起在中央电视台农业农村
频道播出

《脱贫攻坚　黄河大合唱》系列纪录片就是要加强保护传承

代代守护讲好黄河故事

深入研究阐发，与时俱进讲好黄河故事

创新传播交流，推陈出新讲好黄河故事

尤其是要创新黄河文化的表现形式

充分运用新媒体尤其是短视频平台的传播特点

唱响黄河故事

聚焦一线追梦人
奏响黄河大合唱

——全媒体联制联播系列纪录片
《脱贫攻坚　黄河大合唱》创作侧记

■ 张卫东

"黄河文化是中华文明的重要组成部分，是中华民族的根和魂。"2019 年 9 月，习近平总书记在黄河流域生态保护和高质量发展座谈会上强调，要深入挖掘黄河文化蕴含的时代价值，讲好"黄河故事"，延续历史文脉，坚定文化自信，为实现中华民族伟大复兴的中国梦凝聚精神力量。

2020 年是决胜脱贫攻坚，全面建成小康社会的奋斗之年。黄河流域是打赢脱贫攻坚战的重要区域，上中游地区和下游滩区，是我国贫困人口相对集中的区域。黄河流域的全面脱贫振兴，不仅能够展示生态文明建设成果，也能全面诠释黄河高质量发展的未来之路。聚焦黄河流域脱贫攻坚，不仅是黄河两岸人民关心的话题，同样也是黄河流域新闻媒体的使命担当。

拓宽视野，牵头黄河流域城市台深度创作合作

2019 年 10 月，在银川市新闻传媒中心的一次策划务

虚会上，就如何讲好黄河故事，讲好脱贫故事，提出应该制作系列纪录片的思路，但是思路仅仅局限于宁夏本土范畴，因为宁夏因黄河而生，因黄河而兴，是沿黄河9省区中唯一全境属于黄河流域的省区。同时这里也是脱贫攻坚的主战场，尤其是宁夏西海固地区生存条件恶劣、自然灾害多发、地理位置偏远，山大沟深、墚峁交错、干旱少雨，史称"苦瘠甲天下"，被认定为最不适宜人类生存的地区之一。1997年，习近平同志在充分调研的基础上提出实施"吊庄移民"工程，25年来，宁夏在福建的大力支持下，累计搬迁安置移民100多万人。习近平同志亲自设计命名和推动建设的闽宁村，从昔日"地上不长草，风吹石头跑"的"干沙滩"，变成了今天绿树成荫、产业兴旺的"金沙滩"。为了能够全面讲好讲全宁夏的脱贫攻坚故事，银川市新闻传媒中心组成了由全媒体创研部为主的创作组，一方面深入全区各地收集脱贫攻坚的先进典型和先进事迹，同时结合决胜脱贫攻坚和建党100周年进行主题策划，力求系列纪录片在思想上、艺术上以及摄制手法上都能有较大突破，力争制作成银川新闻传媒集团向建党100周年献礼的电视精品节目。

2019年11月，从自治区广电局和自治区扶贫办了解到，国家广播电视总局、国务院扶贫办下发了关于进一步做好广播电视和网络视听精准扶贫工作的通知，通知要求加强扶贫主题项目规划，深入实施广播电视"记录新时代工程""新时代精品工程"，力争在纪录片等方面，推出一大批以脱贫攻坚为主题，唱响主旋律、传递正能量的精品力作。同时坚持以人民为中心的创作导向，坚持"小成本、大情怀、正能量"，鼓励创作生产传播优秀扶贫节目，在广播电视节目创新创优评选等方面予以倾斜、引导和扶持。同时创作组在集团党委的支持下，进一步拓展思路，结合媒体深度融合的要求，借鉴曾经参与中国广播电视联合会城市台委员会联制联播节目的经验，提出了联合黄河流域九省区的省会（首府）城市广播电视台，采取联制联播的形式，策划推出黄河流域省市广播电视台全媒体联制联播系列纪录片的思路，并形成了《脱贫攻坚　黄河大合唱》的策划报告；系列纪录片将从源头出发，沿河而下，串联讲述沿黄九省区城市以人民为中心，以人民的获得感为中心的脱贫攻坚的故事，全域视角展示沿黄人文、旅游、生态、经济的特色和沿黄各地经济文化建设巨大变化，同时围绕主题推出融合沿黄九省区的微视频、富有视觉冲击力和内涵的微海报组图等系列融媒体产品，同频共振，同步推出，最大程度发挥媒体联动报道传播优势，奏响了新时代的"黄河大合唱"。这将是一部具有历史意义的系列纪录片，既是黄河流域城市台的第一次深度创作合作，也是第一次全媒体融合的联动，更是一次内容创作的创新和融合传播的创新。

精打细磨，讲好火热时代黄河故事

《脱贫攻坚　黄河大合唱》系列纪录片就是要加强保护传承，代代守护讲好黄河故事；深入研究阐发，与时俱进讲好黄河故事；创新传播交流，推陈出新讲好黄河故事。尤其是要创新黄河文化的表现形式，充分运用新媒体特别是短视频平台的传播特点，唱响黄河故事。

方案在得到集团党委的首肯下，策划报告也得到了银川市委宣传部的认可和支持，这无疑成为创作工作的催化剂和推动剂，极大地激发了创作组的热情，也为最终全媒体联制联播系列纪录片的成功奠定了坚实的基础。

为了提升全媒体联制联播系列纪录片的思想性、艺术性和观赏性，2020 年 7 月 24 日，在银川市委宣传部的指导下，银川市新闻传媒中心邀请黄河流域九省区的西宁、兰州、乌海、太原、西安、运城、三门峡、洛阳、菏泽、济南等城市台的主管台长和纪录片编导召开了第一次研讨会，在编导研讨会上，与会编导围绕全媒体联制联播系列纪录片《脱贫攻坚　黄河大合唱》的地方创作背景、创作思维、选题宗旨、故事遴选、成片架构、摄制计划、全媒体推广等方面内容进行深入研讨与交流，并共同制定了摄制时限进程。

2020 年 7 月 27 日，中宣部副部长，国家广播电视总局党组书记、局长聂辰席视察银川市新闻传媒中心，听取了《脱贫攻坚　黄河大合唱》的汇报，给予了高度评价和肯定，并指出地方媒体要扩宽视野，主动服务全国发展大局、

摄制组在西吉红军寨采访。张卫东　摄

摄制组在红寺堡采访。张卫东　摄

融入国家发展战略，不断增强广播电视引导能力、服务能力、生产能力和治理能力，推动广播电视高质量创新性发展，助力"决战决胜脱贫攻坚，全面建成小康社会"。

作为全媒体联制联播系列纪录片的策划发起单位，如何讲好宁夏的脱贫攻坚故事，不仅代表着银川新闻传媒集团纪录片创作的能力和水平，还决定着其他参与台的投入力度与创作认真与否，更决定着最终所有台的成片质量和制作水准，可以说压力巨大。为此，创作组争取到自治区扶贫办的支持，出具了要求全区各市县区协助摄制的工作函件，编导组在做好日常节目播出的同时，南下固原，深入六盘山；北上石嘴山，走遍矿区；历时6个多月，足迹遍及全区5市22个县（市、区），深入到脱贫攻坚一线，在贫困地区的发展变化中、在贫困群众的口口相传中、在自我沉浸的用心体验中，在与近百位先进典型人物的交流中，采集发掘生动的故事。

在脱贫攻坚战场上，每时每刻都在上演催人奋进的奋斗实践和感人至深的先进事迹。一个个来自基层扶贫的感人故事，一个个满含激情的扶贫人物，冲击着编导组成员的心灵深处。他们是这个时代最美的奋斗者。有的扶贫干部长期高负荷运转，有的无暇照顾家庭，有的身体透支亮红灯。他们不忘初心、牢记使命，贯彻落实党的扶贫政策，展现了担当尽责、主动作为的良好风范。一批批敢于担当、甘于奉献的扶贫典型人物，用行动诠释着脱贫攻坚的力量，这力量有时润物细无声，有时磅礴而有力，展现在他们脸上，留存在他们的心间，他们的脸上写着收获，也写着希望，充满对美好的明天的憧憬。一个个感人的脱贫故事，化作一张张笑脸，成为攻坚路上美丽的风景。

系列纪录片就是要通过具有代表性的人物和故事，讲述火热的时代故事。经过前期深入的采访，创作组决定通过两集六十分钟的容量来进行脱贫攻坚进程"动"的纪实

摄制组在闽宁镇采访。张卫东　摄

影像留存，讲述发生在宁夏这片热土上那些感人至深的扶贫故事。《长河奔流》立足宁夏全域，以现实中上演的"山乡巨变"为脉络，讲述扶贫干部伴着一身土、踩着两脚泥与贫困群众一起苦、一起干、一起拼的奋斗故事，驻村干部克服艰苦环境、无惧牺牲奉献，矢志不渝坚守扶贫岗位的感人故事，展现他们心底无私、一心为民的共产党人情怀。《山海情》重点讲述东西部协作和闽宁干部群众自力更生、自主创新、勤劳致富的创业故事，展现他们"脚下沾满泥土，心中沉淀真情"的奋斗精神。纪录片在叙事上分别从被帮扶者、帮扶者、第三方观察者等视角切入，还原乡村社会的变迁史，注重脱贫故事的生动性，把握具体的全面的实践经验，总结出新的规律认识。

《脱贫攻坚　黄河大合唱》之《长河奔流》最终确定以讲述影视特技车手徐博、酿酒师李财、驻村第一书记秦振邦和返乡创业青年谢宏义等4位充满人文情怀的脱贫故事，体现出宁夏各地因地制宜地开展精准扶贫、精准施策，转变乡民的思想意识，充分利用当地的资源，发展特色产业，拉动经济增长而推行的影视服务旅游扶贫、葡萄种植扶贫、金融信用扶贫、乡村旅游扶贫等4种精准扶贫模式，反映了宁夏文化旅游产业、葡萄酒产业、养殖产业的高质量发展之路。《脱贫攻坚　黄河大合唱》之《山海情》以福建援宁干部李辉钦、福宁村支部书记谢兴昌、种植大户刘昌富、电商直播者马燕等典型人物，讲述闽宁镇"山海携手　共奔小康"，从干沙滩变为金沙滩的历史转变。

《脱贫攻坚　黄河大合唱》登上央视

2020年11月，全媒体联制联播系列纪录片《脱贫攻坚　黄河大合唱》编导组再次齐聚银川，对所有参与省市

西吉县涵江村采访国家脱贫攻坚先进个人——秦振邦。张卫东　摄

台摄制的纪录片进行了集中的审查和研讨，使各参与台的编导再次统一了认识，确保了纪录片的艺术水准。2020年12月初，经过多轮次的网络交流审核，最终确定兰州、银川、陕西、榆林、西安、洛阳、菏泽、济南等参与台的节目汇编成系列纪录片，并确定各台统一在12月下旬进行播出。2021年初推荐报送中央电视台，经过央视总编室严格的技术、内容等审查，2021年5月24日，《脱贫攻坚　黄河大合唱》在央视实现播出，这不仅是银川新闻传媒集团首次实现在央视纪录片节目无删减播出，也是银川乃至宁夏策划创作的系列纪录片在央视播出时长最多的一次，更是全国城市台策划发起的联制联播纪录片首次在央视播出，银川新闻传媒集团为城市台的联制联播节目探索出了一条新路。

　　两年来，黄河流域省市电视台全媒体联制联播系列纪录片《脱贫攻坚　黄河大合唱》的制作经验，让创作组深深体会到，围绕脱贫攻坚这一宏大话题，联动黄河流域地市台都主动参与全屏提神振气，从或细微或宏观的角度，讲述决战脱贫攻坚、决胜全面小康的黄河故事，要充分发挥主流媒体的传播力、引导力、影响力、公信力，充分发挥重大主题报道的权威性、接近性、公益性、普适性，合众屏之力，可将效果无限叠加。若在此精耕细作，拧着一股劲儿出精品，往往能建立强大的优势，这也是全媒体联制联播系列纪录片《脱贫攻坚　黄河大合唱》在全媒体时代的一项融合传播实践。

《脱贫攻坚　黄河大合唱》之
《长河奔流》

解说词：贺兰山下的一片戈壁上，一场激烈的现代战争戏正在拍摄中。影片的汽车特技指导徐博正在为车手进行一场关键撞车戏的讲解。

车手谭鹏飞是徐博汽车特技团队的成员之一，多次的拍摄经验也让两人在工作中有着十足的默契。

电影汽车特技是一项激情与危险并存的工作。对车手及相关工作人员有着极高的专业性要求。

电影汽车特技拍摄现场。张卫东　摄

从一名地地道道的农民到现在已经拥有自己专业汽车特技团队的徐博，他的成功离不开一座荒凉的古堡。

解说词： 在距离银川市 30 公里的一片荒滩上，坐落着一座"因荒凉而闻名的城堡"——镇北堡西部影城。作为全国十大影视基地之一，镇北堡西部影城独具特色的气质吸引着国内外众多影视团队到此来拍摄影视作品。

1982 年，宁夏被纳入"三西"扶贫计划，西海固成为国家确定的 14 个集中连片特困地区之一，在党和国家的关怀下，移民吊庄工程陆续展开。1995 年，在东西协作背景下，宁夏"华西村"带着让西海固几千名农民摆脱贫困的使命，在镇北堡西部影城旁边的戈壁滩上诞生了。徐博也是在这个时候来到了这里。

采访： 因为我记忆很深刻，当时用的是那种很古老的东风汽车，我们两家人用了一台车，搬迁到这个地方，我们来的时候这个地方很荒凉，就是一片戈壁滩。

解说词： 面对着这片戈壁滩，如何找到属于自己的家，是他们当时考虑最多的事情。

采访： 我们那时候来了以后还是种地，在这儿种地有好处，可以黄河水灌溉，庄稼就比较好成活。到（19）98 年以后，到 2000 年的时候，就开始在影视城接触旅游行业。

现场： 这个地方是我从 2005 年的时候在这儿，原来是以旅游的形式有收入，就是越野车的这种自驾。

解说词： 影视城的发展让徐博一家找到了种地之外的另一条出路。

现场： 拍《刺陵》的时候剧组来这儿转，看见这个车辆，他们觉得符合戏用的要求，然后就正式开始接触道具车。

解说词： 偶然的机会让徐博接触到了汽车特技与道具车行业。对于正在做沙滩车的徐博，刺激的汽车特技让他也有了尝试的想法。但是对于从来没有接触过的汽车特技，如何掌握这项专业性极强的技能，是摆在徐博面前最大的难题。

现场：我们从学习出发吧，平时看电影，或者就是看好莱坞影片的时候，他们拍出来的汽车的漂移、飞车。

解说词：不断地学习、模仿、尝试，徐博在汽车特技方面的技术日益精进。

现场：那时候其实就是我在搞旅游嘛，没事的时候，没人的时候自己在这儿练习这个特技动作，两轮行驶，飞车这种包括摔车，就在这儿打下了车技部分，打下了非常结实的基础。

解说词：在掌握了专业的汽车技术之后，徐博很快找到了几位同样来自于西海固移民且志同道合的伙伴组建了自己的汽车特技团队。开始为前来拍摄的剧组提供汽车道具、汽车特技、汽车爆破等专业服务。

入秋前的最后一场撞车戏，徐博和他的团队迎来了一次不小的挑战。

现场（谭鹏飞）：一个正派的车、一个反派的车，他主要是这两个车追逐，追逐到最后，然后有一个车被后面撞了一下，追完尾等于从那个叶子板顶了一下，那个车就原地掉了个头。

徐博：那个要求速度。

徐博：嗯，要求呢，导演意思把车撞得支离破碎最好，撞得越惨越好。

解说词：这是一次危险性极高的拍摄，徐博和谭鹏飞为此制定了几种不同的拍摄方案。

现场：来，准备，开机。来，预备，开始。好，卡卡卡。

谭鹏飞：太阳刺得一片光，啥也看不见，玻璃上面全是泥巴。

解说词：因为光线的原因，剧组临时更换了拍摄场地，这让车手做出预想的碰撞动作变得更难。

现场（徐博）：它的摩擦力太大了，飘不起来，没有效果，想要的效果没出来。

导演：它只要往这来，你就这样。

谭鹏飞：我一往左你就走。

解说词：在与导演再次沟通之后，徐博和谭鹏飞决定在日落前做最后一次尝试。

导演：来，1，2，3，卡卡卡，好。

现场：来，收工，收工，辛苦大家。

解说词：终于，他们顺利地完成了这次拍摄。

现场（谭鹏飞）：导演特别满意。

解说词：在一些电影人和观众的眼里，西部影城展现给他们的是荒凉，但也正是这一片"荒凉"的土地，为徐博，为一代又一代镇北堡人带来独具特色的发展方向和欣欣向荣的生活面貌。

现场（徐博）：影视行业对我们这个地区的带动也是特别特别大的，带给我们最直观的收入也是特别大。

解说词：如今的镇北堡形成了特色的影视服务产业链，已带动约60%的劳动力从事与旅游影视产业相关的工作。该村人均收入为1.46万元，其中1.1万元左右来自于旅游影视行业。

采访：我家里变化也蛮大的，我们出行有车，每次就是包括我们吃的算是小康水平了。我们想吃什么就可以吃什么，不像我们原来，我们原来的时候，吃一顿白米饭，只有在春节的时候才有这种待遇。

解说词：回首往昔，西海固的旱渴荒凉，带给人们深重的苦难。而"以川济山，山川共济"的移民吊庄工程，让迁徙的移民把梦想和希望的种子播撒在了一片片热土之上。如今，土地以累累硕果作为最丰厚的馈赠回报给在这里生活着的人们。

解说词： 宁夏吴忠红寺堡，又到了一年一度的酿酒葡萄采摘季，可是身为酿酒师的李财，却还未品尝到丰收的甜蜜。

解说词： 酿酒葡萄的成熟度是直接影响葡萄酒质量的关键因素之一。对于酿酒师来说，何时采摘葡萄是一个需要慎重考虑的重要决定。

解说词： 李财所在的酒庄葡萄还未达到采摘标准，可几天后有雨的天气预报让李财开始坐立不安。

现场： 这糖现在已经达到 22 点几，23 了，现在已经达到 23，行，证明比前两天还在升高。

解说词： 虽然葡萄的糖分还在升高，但成熟度依旧稍有不足。

解说词： 是勉强在葡萄味道最佳采摘时机就进行采摘，还是冒险继续等待，为了追求极致的葡萄品质，李财选择

在红寺堡采访酿酒师李财。张卫东　摄

了后者。

解说词： 在红寺堡，像李财所在的酒庄还有十几家之多，葡萄种植面积达 10.6 万亩，年产成品酒 800 万瓶。作为如今的"中国葡萄酒第一镇"，昔日的红寺堡却是另外一番面貌。

解说词： "天上无飞鸟，地上砂石跑"，是红寺堡昔日的景象，平均年蒸发量是年降水量的 7.4 倍，这样的自然条件，足以让所有动植物望而却步。但来自于宁夏南部山区的移民，借助历史性的发展机遇，在这里创造出了一片新的家园。

采访： 我们老家那一块儿，当时是十年九旱，就想着怎么样能走出这个大山，然后正好国家有这么一个移民政策，当时也是第一批移民出来到红寺堡，刚到红寺堡确确实实也没有感受到这个地方有什么好的，就感觉一片荒漠。

解说词： 为了让移民们在这片荒漠上建立新的家园，1988 年，国家重点建设项目——宁夏扶贫扬黄灌溉工程正式启动。它是为宁夏贫困山区群众脱贫致富而实施的一项大型水利扶贫项目。它将黄河水注入到了红寺堡的亘古荒原，唤醒了这片沉睡的土地，也让这片土地焕发出了新的生机。

解说词： 红寺堡具有昼夜温差大、日照时间长、硒元素含量高、境内无污染等种植酿酒葡萄的优越自然禀赋。葡萄酒产业，逐渐成了红寺堡重点发展产业。

解说词： 李财，也借此机会成了一名葡萄种植工。

采访： 到那个地方就是每天出去的话都能打工，就能挣到一份钱，就想着挣到这份钱能够替家里面人解决一些生活困难。

解说词： 让李财自己都没有想到的是，当初只是为了挣一份工资的他，却缘分般地踏入了葡萄酒行业。从一名普通的种植工人到专业的酿酒师，李财通过对葡萄酒的热情和不断的学习，完成了一次人生重要角色的转变。

解说词： 雨天即将到来，今天是最后的采摘时期，李财将园内的葡萄拿回酒庄进行检测。

现场： 咱们这些设备都就位了。

解说词： 酒庄的另一边，负责压榨的工人们紧张地忙碌着，准备随时开始压榨程序。检测很快有了结果。检测数据显示葡萄已经达到了完美的采摘标准。采收，正式开始。

解说词： 葡萄酒带给李财的，不仅仅是身份的转变，也是生活上的改变。

采访： 也是通过葡萄酒产业，现在已经过上了特别幸福的日子。

解说词： 借助葡萄酒产业，红寺堡移民们的生活也发生了翻天覆地的变化，时至今日，红寺堡的葡萄酒产业解决农民就业56万多人次，农民年务工收入达到5600万元。

现场： 前面这个村子是弘德移民新村，也是前一段时间习近平主席刚来过的这个村子，之前这个村子也是一个困难村，现在两边都种满了这个酿酒葡萄，通过这个葡萄酒产业，很多困难农户已经脱贫致富了。

现场（老百姓）： 那么这几年人家这个扶贫政策也扶贫的。红寺堡生活是慢慢越来越好了。

解说词： 历经22年的扶贫开发，作为全国最大的生态移民安置区，红寺堡的贫困发生率由开发之初的100%下降到4.8%，从亘古荒原到沃野千里，红寺堡移民开发的实践，将20多万人带离贫困线，走上脱贫致富的道路，而那个曾经苦瘠甲天下的西海固，当它超载的压力被历史性地卸下，千百年来未曾改变的苦瘠高原，也迎来历史性的转变。

现场（秦振邦）： 在吗？

马智才： 过来了吗？

秦振邦： 上来看看你牛养得好着吗？

马智才： 你们都好着吗？

秦振邦： 好好好，我们都好着呢。你这牛咋多得很，现在养了多少头？

马智才： 养了 80 头。

秦振邦： 你都养到 80 头了，那快么，那你计划养到多少呢？

马智才： 计划养的多着呢，就看能养到 200 头不。

解说词： 西吉县涵江村，秦振邦像往常一样，来到村民家中了解养牛情况。

现场（马智才）： 这是西门塔尔牛，这种牛能卖到两万八吧。

秦振邦： 这个估着两万六千块钱。

马智才： 今年这个价格，这个纯黑的。

解说词： 马智才，涵江村脱贫光荣户，如今养牛规模已经达到八十头的他却仅仅在三年前还在为一家人的生计

在涵江村采访驻村书记秦振邦。张卫东　摄

277

而发愁。

解说词：涵江村原名烂泥滩村，曾经的烂泥滩村，村如其名，村落破旧，道路泥泞，是西吉县远近闻名的贫困村。

解说词：2017 年，原本在人民银行西吉县支行工作的秦振邦在临近退休的年龄被委派到西吉县烂泥滩村担任第一书记。

采访：进村的时候，就看见路两边的土坯房残垣断壁，地理环境不太好。

解说词：刚来到烂泥滩村的秦振邦，被眼前的景象深深撼动。

现场：这就是，这过去还是住人的，住人的，有炕的。

解说词：面对烂泥滩的现状，如何帮助村民们摆脱贫困，是摆在秦振邦面前的一道难题。

现场（秦振邦）：老哥，过来了吗？好着没？

农民：秦哥好。

秦振邦：我听着你建牛棚着呢，发了多少钱？

农民：发了有过三十万了。

秦振邦：咱们村就是养牛，草种好，牛养好，羊养好，这就好过了。

农民：这是咱们的最终目的。

秦振邦：你这个山沟沟在种什么呢？

采访：我们这个小山沟，满山都是荒草，咱们这个村能不能把养牛养殖业做起来？

现场（秦振邦）：这个基本纯着呢，这个没犊子吗？这个有犊呢。

解说词：本以为确定了养牛的方向，就等于找到了脱贫的路子，但秦振邦没有想到，新的难题又在等着他。

采访：一提到养殖业，家家户户都唉声叹气，他们没有这个钱买牛，咱们原来每个人名下也有贷款呢，咱们这

秦振邦（中）。张卫东　摄

个穷山沟偿还能力也有问题。

解说词：烂泥滩村信用环境差，村民信用水平低，没有钱去养牛。

现场（秦振邦）：9，10，11，12……19个，（20）17年我来的时候你养了几个？

解说词：为了解决村民的信用问题，秦振邦劝说每一户有贷款的村民还掉了贷款，同时借助在银行工作的经验，秦振邦联系了多家银行解决村民的征信及贷款问题。

现场（银行）：咱们就根据老百姓的需求，按照实际一家一户一策，根据实际情况咱们贷就行了。

解说词：在秦振邦的努力下，村民们顺利地完成了信用重建，拿到了贷款。

现场：这个需求量比较大的，咱们再统计个册子。咱们集体下去调查，咱们随时，我们也带着这个，咱们下去能发放的，咱们现场就直接把贷款发放。

现场（秦振邦）：它最少三四天有一顿肉呢嘛。

村民：那有呢。

采访：我们拿到这一笔贷款以后，当时我们老百姓特别高兴，配套我们西吉县产业扶贫政策，购进一头基础母牛，政府给两千元的补贴，让老百姓看到了希望，咱们这个产业养殖基础形成了，咱们百分之八十的农户把养殖业就铺开了。

解说词：作为最早养牛的村户之一，从最开始的家徒四壁到现在已经养了八十头牛，马智才的生活也发生了巨大的转变。

马智才现场采访：现在特别好了，娃娃上学也不愁了，在地里也不干苦力了，那时候就像我们这个地方，山区，你自己要劳动，一年割粮食，种上一百亩地，收入不到一万块钱，现在不一样了，这一头小牛犊喂好，就五千块钱。

解说：尝到养牛甜头的马智才并没有停下致富的脚步，今年，他又扩建了新的牛棚，计划着继续扩大养殖规模。

解说词：养殖业有了起色，老百姓腰包鼓了，烂泥滩

秦振邦与致富能手马智才交流。张卫东　摄

旧貌换新颜，与此同时，借着西吉县与福建省莆田市涵江区共建闽宁协作示范村的契机，烂泥滩村正式更名为更具有纪念意义的"涵江村"。

采访： 别人要问我的话，说老秦，你既然 60 多了，扶贫战线这么苦，你图什么？人总要有作为呢，回头看自己走过的路，问心无愧，我在脱贫攻坚这个主战场，我奋斗过，战斗过，这个战役，我打赢了，我自豪，我骄傲。

解说词： 扶贫没有旁观者，随着西海固生态重建，大山深处的农村正在告别传统面貌，变得越来越有吸引力。

曾经让上一代人做梦都想逃离的西海固，也正在成为新时代年轻人创业创新的热土。

位于将台堡两公里外的毛沟村，是谢宏义的家乡。大学毕业后，谢宏义南下创业，打拼十多年，在浙江金华创建工贸公司，生意做得风生水起。2014 年，谢宏义回家探亲，看到土地撂荒，村庄凋零，心里很不是滋味。

采访： 我家就觉得这个地方是除了出去再没有路子的，

红军寨旅游区负责人谢宏义。张卫东　摄

我返回头来看其实真的是有那句话就是说农村广阔天地大有可为，我就又回来最主要的我是想从思想上让大家认识到我们这个地方是有希望的。

解说词：谢宏义回到浙江，把公司交给弟弟经营，自己回到老家，投资200多万元流转土地，发展循环生态立体农业。

采访：我就想我们家乡没有工业，没有污染，环境特别好，我们种出的农产品质量那么高，为什么不把它做出去。

解说词：谢宏义心里想的，在他的努力下逐渐变成现实，这片土地也慢慢焕发出新的生机。记忆里的故乡，在游走的光阴下重现，也让很多在外漂泊的乡亲有了在家门口站住脚的根基。在外打工二十多年的谢高昌，也在曾经逃离的家乡找到了机遇。

现场：老四哎。

咋啦？

做啥着呢？

搅醋着呢。

昨拌上了吗？

采访：我觉得农村的发展其实不简简单单只是种地，就说应该是根的东西，我是想把这些东西能够挖掘出来，然后能够传承下去。

解说词：谢高昌没有想到的是自己从父辈那里学到的古法酿醋的手艺。不仅让村里的老手艺重新传承了下来，也给他带来了可观的收入。

现场（游客）：盘醋也辛苦得很，这辛苦，这个东西要浪费时间呢。

谢宏义：这个醋我给说，当初老一辈盘的时候，我们这"80后"（没人盘了）。

游客：那没人盘了，固原要的多了，你给我送一下。

谢宏义：能行能行。

红军寨旅游拓展项目——重走长征路。张卫东　摄

采访： 然后现在我们自来水也通了，电也通了，路也宽了，用他们村民的话来说，就是他们腰杆都硬了。

解说词： 然而，谢宏义并没有满足。他想让毛沟村彻底红火起来，让人们的好日子更上一层楼，下一步的路该怎么走？谢宏义有了新的想法。

现场： 你看现在这个老窑洞，就是当年红军过来，据说红军过来挖的窑洞，他们住过。

解说词： 毛沟村地处将台堡、单家集红色旅游资源核心区域，红军留下了太多的脚印与故事。从小听着红军故事的谢宏义内心的红色情结在此时被唤醒了。

谢宏义雷厉风行，建设了红色窑洞宾馆、红色主题餐厅、红色拓展基地、传统手工作坊区……在他的努力下，"红军寨"红色文化生态旅游区脱颖而出，成为红色文化产业示范园区，毛沟村走出了一条通过发展红色旅游带领乡亲们脱贫致富之路。

谢宏义还建设了 2.5 公里浓缩景观，再现当年红军长征情景，让前来研学的学生在真实的体验中感受长征精神。

现场： 来，你来领，会呢，还说不会。从头开始《七律·长征》。

《七律·长征》：红军不怕远征难，万水千山只等闲，五岭逶迤腾细浪，乌蒙磅礴走泥丸……

采访： 将台堡是老长征的结束地，也是新长征的开始地，那么我们脱贫攻坚，其实也是一样的，我们 2020 年的脱贫攻坚任务完成了，但是接下来怎么样做得让我们的国家更加富强，其实是新的长征。

解说词： 在这里，历史的硝烟早已散去，一切都汇集在了红军长征胜利的伟大历史长河中。作为长征的最后会师地，将台堡已化作一座精神丰碑。

片尾解说词： 长河奔流，一脉千年。在母亲河温润的臂弯里，今天的宁夏人见证着黄河滋养下安乐富裕的幸福生活，见证着绿水青山就是金山银山的时代变迁。

2020 年 11 月 16 日，自治区人民政府正式批复同意，西吉县退出贫困县序列。至此，全区 9 个贫困县全部实现脱贫摘帽，标志着宁夏区域性整体贫困问题基本得到解决。历史性地告别绝对贫困，为如期全面建成小康社会奠定坚实基础。

因黄河而生，因黄河而美；因黄河而兴；瘠薄的戈壁在黄河儿女的辛勤耕种下焕发着新家园的希望；干旱的土地在黄河母亲的浇灌下欣欣向荣。脱贫攻坚战以磅礴之势一路高歌猛进，一个没有温饱之虞的梦想即将成为现实。谱写出新时代中国最出彩的时代乐章。

《脱贫攻坚　黄河大合唱》之
《山海之恋》

解说词： 讲述"干沙滩变金沙滩"奇迹的电视剧《闽宁镇》刚刚杀青，剧组为拍摄搭建的早期闽宁村场景也即将被拆除，谢兴昌决定来看看。

现场（谢兴昌）： 哎呀，真的是变化太快了。

解说词： 谢兴昌看着眼前熟悉的场景，恍惚间仿佛又回到了 24 年前。

现场（谢兴昌）： 你看这里有好多东西，这个东西是建房的时候，当时上来的时候我们用的，好多东西还特别地熟悉。

解说词： 谢兴昌的老家在西吉县王民乡红太村，1982 年，改革开放刚刚开始，这个被称作西海固的地方，就因为干旱、贫困，被列入国家重点扶贫攻坚计划之一，这一计划，首开中国乃至人类历史上有计划有组织大规模开发式扶贫的先河。

采访： 因为我们那个地方就是山大沟深，那是黄土高原，苦瘠甲天下，根本那一方水土养不活一方人，就是没有办法生存。

解说词： 1996 年，党中央、国务院做出推进东西对口协作的战略部署，福建和宁夏结成了帮扶对子，东西部扶贫协作的新方案正式启动。

1996 年 10 月，福建成立了由时任福建省委副书记习近平任组长的福建对口帮扶宁夏领导小组。

1997 年 4 月 15 日至 21 日，福建党政代表团深入西海固地区腹地，对多个贫困地进行考察。

考察期间，习近平参加了闽宁对口扶贫协作第二次联席会议，会议决定，今后三年中，福建省设立省级援助资金，用于双方议定的扶贫协作项目。

移民搬迁，成为当时重点实施的工程，银川市南五十公里处的一片戈壁滩，就这样成为六盘山八千移民未来的新家，习近平亲自为其命名闽宁。

解说词： 1997 年 7 月 15 日，在贺兰山脚下的一片干沙滩上，闽宁村开工奠基，正在寻找新家园的谢兴昌正巧遇见了奠基仪式，他挤在激动的人群中，见证了这一重大历史时刻。

奠基仪式上，由时任福建省闽宁办主任林月婵宣读了来自习近平的亲笔贺信。

谢兴昌： 我一听那个贺信，我一下子那个心里激动，好像往来搬的那个雄心烈火在燃烧。

解说词： 闽宁村的奠基，翻开了闽宁镇开发建设的新篇章，扭转了这片土地的命运，也给谢兴昌的人生带来新的转机。

现场： 这里面还是干沙滩，你看这是我们当时住的，就是一个高山一个深沟的情况，都住的这种窑洞。

谢兴昌： 1997 年的 8 月 2 日，我记得特别清楚，我就动员了 12 户和我老两口。我开了个小三轮子拉 14 个人，8 月 2 日足足走了 12 个小时。

我就搞了个规划，明天早上起来之后，要先搭一个帐篷，帐篷搭起来就有地方住了。

现场：像这就是我说的 20 年前我们上来就是这种干沙滩，当时我来的时候是什么都没有，现在你看还有草呢。

解说词：从老家走出来，带着新希望在戈壁上扎根，但谢兴昌不知道自己将会面临更多挑战。

谢兴昌：北面的沙尘暴下来了，有七八级风力，一会会，我还整个人都压着呢，一下子能轰的一下把那个帐篷掀掉了。这风过来以后老婆就哭嘛，连哭带骂说老家房子有呢，你何必要上来受这样的罪。

现场：在吗？

在呢在呢。

解说词：但谢兴昌并没有气馁，怀着对闽宁扶贫政策的信任，他安抚大家不要被眼前的困难所影响，这里有机遇有潜力，加上大家的努力一定能共克难关。于是大家重拾信心继续建房。

现场（村民）：我就相信他，你说好我就跟上你干，你说能做我们就上来做。

解说词：1998 年，谢兴昌的房子建起来了，这是这片土地上的第一处民居。他放了一挂鞭炮，万年的荒滩上有了生命温暖的气息。房子建好了，谢兴昌一直期盼着的黄河水也被引上荒原。

谢兴昌：那么从 1998 年，那个黄河水一上来，我心里是特别自信，也感觉到了我这个梦已经实现了。

解说词：谢兴昌的日子越过越红火，这让还在老家观望的乡亲们放下顾虑，陆续搬上平原。两三年内，村里已经陆续搬来了约 300 户人家。2002 年初，闽宁村正式更名为闽宁镇。

在自己的生活稳定下来后，他还捡起了老本行，用自家的房子建了镇上的第一个卫生所。

谢兴昌：他，他们的孩子，这是他们的孙子，这就是三辈人（找）我看病。

解说词： 2016 年 7 月 19 日，在闽宁镇考察的习近平总书记，在当地一户村民家里和谢兴昌面对面地聊起了闽宁镇 20 多年的发展情况。在听了谢兴昌的故事之后，习近平送给他 3 句话。

谢兴昌： 习主席说，你是闽宁镇移民搬迁的引路人，你是闽宁镇搬迁脱贫致富的带头人，你是闽宁镇移民建设的见证人。就给我送了这么三句话。

解说词： 正是在党的坚强领导下，依靠闽宁协作，闽宁镇发生了翻天覆地的变化。2019 年，全镇移民群众人均纯收入达 13970 元，所有贫困村脱贫出列。

谢兴昌： 今天来到这里以后，一下子就把我拉到 24 年前。这 20 多年来从一眼望不到（边）的干沙滩，什么都没有，变成现在的金沙滩，这是不容易的。主要的一个原因是党的政策好，福建 20 多年如一日的帮扶，还有我们这些南部山区回汉人民勤劳致富双手的改造。

解说词： 物换星移，长河不息。从几千人的戈壁村庄到 6 万人的新型城镇，闽宁已经不是当年的闽宁。与谢兴昌一样的西海固移民群众，正在亲历历史，贺兰山东麓绿意深浓，成片的绿洲，再无荒凉景致。

菌草达人刘昌富

解说词： 闽宁镇原隆村，一场大戏即将上演。这场演出的组织者刘昌富，是最早一批来到闽宁镇的整村搬迁移民，他从来没想过自己能在这个新家园拥有自己的秦腔剧团。

现场： 谁料想，把相公。

解说词： 1998 年春节刚过，刘昌富响应县政府的整村移民号召，带着妻儿，几经颠簸，来到闽宁镇。

刘昌富：当时我记得，对这个地方的生活写照"天上无飞鸟，地上砂石跑"。一眼望不到边的沙漠，沙丘。

解说词：面对着这片荒芜的干沙滩，如何在这里生存下来，养活一家老小，种种问题浮上了刘昌富的心头。

在刘昌富迷茫之际，1998 年夏天，福建农林大学与闽宁村在闽宁两省区扶贫办的支持下签订合约，由菌草技术发明人林占熺带领团队无偿提供菌草技术，在移民区建立菌草技术示范基地，菌草栽培技术被引进闽宁村。

这像云朵一样的小蘑菇，在村民眼中还是个稀奇的东西，大家好奇，但没人敢第一个尝试。

刘昌富：我是非常能接受新事物和政策的人，我就第一个报名，参加种蘑菇。

解说词：虽然内心相信菌草队过硬的技术，但面对这个以前从未见过的小蘑菇，刘昌富还是感到前路迷茫，困难重重。

解说词：面对重重困难，在福建菌草扶贫队的带领下，刘昌富开始了自己的蘑菇种植之路。他起早贪黑检查蘑菇生长情况，记录每天蘑菇长势。

刘昌富：林教授他带领的那一批援宁扶贫队，当时来的时候真的是手把手教的，一丝不苟地把种蘑菇的技术都传给了。

刘昌富：1999 年就一个大的改变，我的第一茬蘑菇在技术人员的精心指导和我自己的努力下，第一年我就挣了七千多块钱。

刘昌富：这是 2003 年的时候，菌草之父，扶贫状元林占熺教授，为了鼓励我发展菌草和菌菇，他就给我写了八个字"发展菌草，永别贫困"。

解说词：2006 年，闽宁镇年产鲜菇接近 1600 吨，总产值达到 780 万元，双孢菇进入极盛时期，闽宁镇蘑菇大棚达 1984 栋之多。在闽宁协作的产业扶贫下，刘昌富彻底地告别了贫困，菌草种植成为闽宁镇历史上第一个为移民带来收入的产业扶贫项目。

解说词： 脱贫不是终点，在林教授团队的指导下，刘昌富又开始了新的征程。今年年初，刘昌富引进了林教授另一项研究成果，巨菌草。

刘昌富： 因为巨菌草它有四五个作用，既能以草代木，又能以草代粮，防风固沙，还能保持水土流失，另外一个，对绿化环境也是一个很好的植物。

解说词： 如今，刘昌富的巨菌草已经发展到 200 亩了，培育的种草早早就被抢购一空。生活已经富足，刘昌富还有另一个心愿要去实现。

刘昌富： 从西海固搬迁到这个地方来，物质上的享受是已经可以享受到了，但是精神上非常非常地贫乏。我就把自己的院子腾出来，建了个文化大院。现在来文化大院的人也挺多，我看到我自己办成这么大一个文化大院，心里也感到美滋滋的。

解说词： 文化大院的建成，让那些远离故土搬迁而来的移民们，重新找到了熟悉的乡音。

跨越 2000 多公里，接力 24 年，"闽""宁"两个字因东西部对口扶贫协作紧紧连在了一起，历经时间沉淀，成为一个固定搭配，一个执手相携、共奔小康的代名词。从单向扶贫到深度互惠，"闽"与"宁"，也早已不是当年的"闽"与"宁"。

"带货镇长"李辉钦

解说词： 如今，黄河水滋润着戈壁滩，昔日的荒漠变成了绿洲，第一代拓荒者攻坚克难的峥嵘岁月，在文化大院的秦腔声中垂垂落下，成为时代的回音。在这片历经岁月见证的土地上，一些充满活力的新生力量源源不断地为这片土地注入新的养分。

现场：上次我们拍的那个视频，上热门啦，今天又过来奶瓜瓜基地，再拍个视频，大家好，李镇又再一次来到奶瓜瓜基地，上次拍那个视频火啦，今天给大家拍一下这款，来看看，这是闽宁镇奶瓜瓜基地，来，喜欢的，给我们点点关注，怎么样，OK吗？

解说词：2019年9月，厦门旅游集团干部李辉钦接到委派通知，到2000多公里外的宁夏开展扶贫工作。

李辉钦：那天来到银川河东机场很冷，我是没想到宁夏会这么冷，但是看到对方就在迎接我们，大概有六个人，他们的微笑，或者那种关怀，还有很主动热情，我就心里觉得有一种很温暖的感觉，特别好。

解说词：近年来，在援宁干部的努力和相关政策的推动下，闽宁镇引进多家闽籍企业建起特色扶贫车间。李辉钦也通过自己的优势，帮助企业解决问题，了解老百姓的需求。

现场：大姐，最近怎么样，忙不忙啊？

最近挺忙的。很忙是吧，一天大概手上能做多少件啊，有没有数过？

没有。

没数过啊，那看来还是很忙的，都忘记去数这个数量了。

在这（工作）几个月啦？

去年做，今年也做。

李辉钦：因为我觉得我们作为扶贫干部更多想让当地的群众能脱贫致富奔小康，能让当地的群众就是在这个脱贫致富的路上能走得更远更久。

李辉钦： 你看之前我们这块都是满员的。

满员的哦。

现在就只剩下这一些。

受疫情影响，外贸就停掉了嘛。现在就还是以校服为主。

校服为主。我记得以前过来真的是满满的人。在这边做加工生产。

这一块，包括后面都空掉了。

所以今年疫情不管对企业还是对团体啊，还有市场经济影响真的很大。

解说词： 2020 年是全面建成小康社会收官之年，突如其来的新冠肺炎疫情，导致很多扶贫企业都受到影响。怎样开展接下来的工作，对于李辉钦来讲，又是一个新的难题。

李辉钦： 你看像今年疫情影响，很多就致使群众出现返贫现象，因为企业遇到困难了，它就没办法提供更多的就业岗位给群众让你就业。然后后面我想说，通过对别人的一种学习和引导，我发现电商助农这个是一个非常好的一个渠道。那我就想说，能不能通过我给他们（扶贫车间）宣传卖货？能够把他们的效益带动起来，可以为当地提供更多的就业岗位。

李辉钦： 现在人气上来了，现在李镇先给大家做一个自我介绍好不好，李镇是福建厦门委派到宁夏银川闽宁镇，到这边挂职的一个扶贫干部，目前在闽宁镇做电商的公益直播，李镇是公益主播，求关注，求守护。

李辉钦： 我记得我开抖音直播，我在想什么叫抖音？我根本不知道。很多时候根本不知道跟那个粉丝怎么互动，怎么交流？怎么引导？所以说那时候遇到的问题真的很尴尬。

现场：来直播间助力，欢迎大家，谢谢和我们再说老铁帮我分享直播，感谢各位，感谢。

采访：刚开始我就更多是跟那些县长看他们怎么直播卖货，怎么找到自己的定位，怎么跟粉丝互动，什么样的状态来跟大家做个交流。通过他们的交流，引导他们给我们买货，所以说一直在寻找这种方式这种模式。

现场：现在这是快手，还是抖音的？

这是抖音的。

这都是抖音的吗？

对，这都是抖音的。

抖音是我这边（卖）的货吗？

对，是你这边的。

解说词：通过反复地尝试学习，李辉钦的直播效益越来越好。怎样将直播效益最大化，李辉钦有了新的想法。

现场：欢迎大家来到李镇的直播间，一个又年轻又帅的李镇长，在给我们带着咱们宁夏特产，每天在抖音平台进行销售，只要是在李镇长直播间下单的都给大家送。

采访：后面我觉得如果靠我一个人来做，是真的不够，因为每天的时间是有限的，而且精力也是有限的，其实在禾美带货更多的是一种宣传，一种助力，因为我目前不是有一个（禾美车间）巧媳妇团队加入嘛，她们更多的是想说，能让自己的思想走出去。

现场：当然靠李镇一个人是不够的，靠我们家马姐的能力也是不够的，也是不够的，个人的能力都是有限的，需要更多人的助力，好不好，才能把爱心助农的力量做强做大。

解说词：在李辉钦的影响下，闽宁镇禾美电商扶贫车间也转变了销售思路，组建"巧媳妇"直播团队，通过电商平台，将宁夏农特产品卖到全国。

现场：直接可以下单就可以了，在直播间里面还可以去下单去购买，欢迎新进来的粉丝朋友。

解说词：从不识字到在快手平台直播卖货，女工马燕的"逆袭"人生为扶贫车间开在家门口的意义做了最好的注脚。

现场：微信收款，145元。

网红产品，我不想播。

解说词：扶贫济困的最高境界，不是给予而是引路。闽宁镇的网络直播售货氛围，在李辉钦的影响和相关政策的推动下渐渐走上正轨。而李辉钦倾力付出的身影，也在此时清晰定格。

采访：我一直在抖音讲说福建是我第一故乡，宁夏就是我第二个故乡，其实我现在真的把闽宁镇当一个故乡，因为我后面通过一些，就是大家互动的了解，我就发现其实闽宁镇因为承载的是，我们福建跟宁夏两省区人民的友谊，这24年是不间断的，我觉得我来这边就更多是做这种接力棒，把从上一任的前辈的手中，接过这种棒，然后通过我继续再传承跟发扬。

现场：这是爸爸挂职的地方，知道吗？这是闽宁镇，是不是很漂亮？

解说词：疫情紧张的氛围渐渐退却，但李辉钦没有停下前行的脚步。今年，即将到期的他又主动申请留任一年。

采访：我觉得我们作为第十一批的援宁挂职干部，来这边挂职，其实是站在前辈的巨人肩膀上在发力的，那我觉得我们，在当前的环境下很舒服，特别好，因为生活环境都已经很大改善了，我们现在工作的环境也特别好，那我觉得，对我来说更多的是一种压力，一种鞭策，因为我觉得他们都，前辈都这么努力的，能把闽宁镇（建设）这么好，我们能不能在他们基础上，把闽宁镇带得更好。

解说词：经过20多年脱贫攻坚，闽宁村发展成了闽宁镇。"闽宁对口扶贫协作"是习近平总书记在福建工作期间亲自部署、亲自推动的重要战略决策。闽宁对口扶贫协作援宁群体，是习近平总书记亲自开创的闽宁协作事业的坚定践行者，是东西部扶贫协作接续奋斗者，是社会扶贫创新发展先行者，是全球减贫治理中国智慧的积极探索者。2020 年 7 月 3 日，中央宣传部授予闽宁对口扶贫协作援宁群体"时代楷模"的称号。

片尾解说词：从带领村民开荒垦田的第一代移民谢兴昌，到努力奋斗追求精神富足的菌草达人刘昌富，再到如今借助网络把产品卖到大江南北的新生力量李辉钦，闽宁镇接续奋斗的精神令人动容。光阴流转，当地百姓脱贫致富奔小康的追求从未改变。奋斗实干的精神，早已深深镌刻在这片土地之上，镌刻在她所养育儿女的基因之中。

在宁夏，闽宁两省区共建产业园区 10 个、扶贫车间 185 个，在宁夏投资兴业的闽籍企业商户 5700 多家，带动宁夏贫困地区就业 10 万多人；宁夏贫困家庭 80% 以上的收入来自于扶贫产业。

闽宁镇的诞生与兴起，是中国脱贫攻坚的一个缩影。自 1996 年始，福建与宁夏，这一来一往，已有 24 个春秋。这是中国共产党成立第一个百年中的 24 年，也是建成全面小康奋斗目标征程中最关键的 24 年。西部不缺创造基因，西部不缺奋斗精神。闽宁两地相隔数千里，不以山海为远，携手共抗贫困，为我国东西部扶贫协作创造了成功的经验，也为世界减贫事业提供了生动的中国案例。闽宁协作不仅是宁夏的"地方志"，也成为中国的"当代史"。光荣的土地上，依然承载着美好的中国故事，响彻着国家东西互济的最强音。

《脱贫攻坚 黄河大合唱》之
《山水关情》

解说词："荡荡乎八川分流，相背而异态。"西汉文学家司马相如在著名的《上林赋》中描写了围绕古都西安的"长安八水"。分别为渭、泾、沣、涝、潏、滈、浐、灞八条河流。最终，这八水汇入渭河流入黄河，均属黄河水系。而这八水中，有六条水系都是源自于西安南部的秦岭，这座雄奇伟岸的山脉，胜景无数、历史渊薮，它与中华民族的"母亲河"黄河有着解不开的渊源。

秦岭中的滈河是渭河的支流，在这里生活着一位靠山吃山，脱贫致富后又开始回报大山的人，他就是长安区子午街道抱龙村的范红利。

同期（范红利）：喂，我在家呢，你来，在呢，你来，好好好。

解说词：一大早，扶贫工作队来了电话，一行人正在来他家的路上。之前在对范红利的扶贫工作中，工作队得知他曾经有养蜂经验，通过协调为他购买了蜂种。不一会儿，村第一书记兼驻村工作队队长曹武刚与队员来到他家。

同期：哎呀，你这蜂咋没以前多了呀，有的不活了么，这现在把这往上摞呢，蜜蜂结团了，准备过冬了，我把你去年到今年蜂的收入给算一下，你看这都对着没，去年四季

296

度是个 2100，今年一季度 2600，二季度 2100，三季度是
8690，你今年没看还增加不，还说不来，我想把这些蜂卖完了，
卖了就能再增加一些看怎么样，品种上再改良一下，把这些
一卖就弄成土蜂，土蜂比这个价钱好，土蜂好管理，病虫少。

　　同期：在驻村工作队和帮扶干部鼓励帮助下，范红利
的养蜂产业逐步有了起色，通过参加养殖培训并不断在实
践中摸索经验，范红利的养殖规模从最初的 10 箱发展到
现在的 40 多箱，家庭年人均收入由以前 2000 多元增至
12000 多元，实现了精准脱贫。

　　同期：争取让你今年冬天，蜜蜂不要减少，保持你这
规模，要不然你到明年可又剩了 10 箱，好不容易发展到
40 箱，一过冬可又没了，要把你这 40 箱蜜蜂维持住，争
取明年到 60 箱，后年到 80 箱，规模要弄起来，把你这产
量上去，质量弄好，你这不就收入高了吗？可以，你有这
个需求的话，我们给领导反应一下，可以，争取冬天给你
解决一些白糖，好。

　　解说词：范红利面对困境不等不靠不要，发挥主观能
动性积极行动，努力改善生活状况，为激发其他贫困户内
生动力树立了榜样，他还被评选为脱贫励志明星。

　　同期：带蜂巢这种，这是一斤 100 元，那最贵的是什么，
土蜂蜜，最贵的就是这个土蜂蜜，还有这个，这种带蜂巢的，
包装好的，盒装的，下来就是这个花粉，这是 50 块钱一瓶，
不到二斤，一瓶一斤多，这就可以。

　　解说词：送走了工作队后，范红利还有一件重要的工
作要去完成，那就是日常的巡山，匆匆扒了几口饭，就着
急着出门。

　　同期（范红利和妻子对话）：今这天还冷，我出去你
别胡跑，就在家待着，我回来你给我把饭做好，你再把那
个菜炒一下。

啥？

你再把菜炒一下，你一会儿把门关上，我差不多两三个小时就回来了。

你走。

解说词： 范红利再三叮嘱患有间歇性精神疾病的妻子后，徒步上山开始巡逻。由于妻子生活不能完全自理，还要供给儿子读书，家里家外所有的重担全落在这个年近半百的汉子肩上。在扶贫工作队的帮助下，他养蜂的收入越来越高，还主动要求成为一名秦岭护林员，用实际行动守护大山。

同期： 范师，你弄啥呀，我把你捎上。

我去坡上（巡查），不捎了，你干什么呢。

那你慢走，我上去呀。

你在这里扳树木了没有？

没有，我摘点野柿子。

下次不能扳树木，扳树木罚款呢。那让我看你有炉子没。

看，你看，对好。

谢谢啊，没事。

师傅你好，带炉子了吗？

啊？

带炉子了吗？

没有，我们就背个包，我们啥也不带。

把垃圾给咱带下去。

垃圾都在包里，我们没扔。

谢谢啊。

我们很爱护环境的，这么好的景。

解说词： 巡山过程中，范红利的注意力基本上都在防火上面，除此之外，他还要留意树木的长势和成活情况。

同期： 你看这树慢慢才长起来，现在这 22 厘米粗了。

解说词：范红利一手拿着尺子，另一只手拿着一个大塑料袋。

同期：以前的垃圾就是拿几个袋子背个背篓（才装得下），现在垃圾少了，你看现在就是半袋子了这情况，现在树木毁坏的人也少了，以前就是砍柴，把这些树木砍的，风景不太好，现在就是能变好了。

解说词：秦岭三季有花，四季常绿，自然资源丰富，特别适合蜜蜂养殖，非常多的贫困群众依靠养蜂走上甜蜜致富路，离开滈河走进灞河，这里的汤峪河有一位名叫孙丁茂的老书记，今年已经 60 岁的他不仅蜂养得好，更是将蜂蜜带上了网，拓宽了贫困群众的销售渠道。

同期：（现场 直播演习，各种 NG）

解说词：清晨，山里下起了雨，孙丁茂一个人在家里对着镜子手机练习起了直播卖货，带着浓厚乡音的普通话没说两句，又自动拐回了方言频道，总共不过四五句话，他半天都说不到一块。

同期（孙丁茂）：明年我想再扩大生产，我现在就是豁出我的老脸，练习网上直播，争取在明年产的蜂蜜全部销完。

解说词：汤峪河村位于秦岭大山深处，特别适合蜜蜂养殖，在当地政府扶贫工作队的帮助下，孙丁茂在 2019 年初开始学习养蜂。

同期（孙丁茂）：帮扶单位给了村里一些蜂，咱还是用土办法养，损失惨重。我作为村（支部）书记，有责任，不能辜负人家的爱心，不懂技术咋办，我就自己学。

解说词：买书，上网，听讲座，下蜂厂，从品种习性，到分箱，介王，防病，取蜜，慢慢地，孙丁茂成了村里小有名气的养蜂专家。

同期（孙丁茂）：刚开始也害怕，不敢靠近，时间一长，就习惯了，不疼不痒，不起包。你看，这又把我叮了。

解说词：大半年的时间，最初的 20 多箱蜜蜂也被孙丁茂扩展到 100 多箱，收入近 10 万元。看到了效益，许多人开始跟随他养蜂，贫困户蔡从学就是其中之一。

同期（孙丁茂）：从学哥，我来把你的蜂看一下。

你这是个棉虫病，有个那种药，放进去，后边一点问题都没有，我这两天给你带点上来。

蔡从学：人家的蜂，咱不会养，这要跟孙书记好好学。

孙丁茂：我一个人会不算啥，大家都能学会才是真本事。

解说词：除了为蜂农解决养蜂问题，孙丁茂的蜂场还经常有人上门学习。

在他的带动下，村里的 40 多户贫困户加入到养蜂行列，平均年收入从不到 3000 元，增加到 7000 元以上。孙丁茂也给自己定下了一个小目标，明年汤峪河村的蜂箱数量要超过 1000 箱。

同期（雷存田）：我养了 30 箱蜂，去年有雨，挣了差不多 1 万多块钱。

孙丁茂：我今年 60（岁），马上离任，我就是不当村干部了，我也想把咱村上这个养蜂产业做大做强，带动咱全村的村民把日子越过越好。

解说词：经过几天的练习，一开始磕磕巴巴的孙丁茂，现在已经有了网红带货达人的模样。

同期：推介汤峪河村百花蜜。

解说词：甜甜的蜂蜜，让村民的日子甜了起来，看着村民的生活变好了，孙丁茂的心里比吃了蜜还要甜。

生在秦岭、长在秦岭，依靠秦岭脱贫致富，又通过自己的一份力量去回馈秦岭、回馈他人的人如今越来越多。说到秦岭自然资源和生态保护，有这样一支扶贫工作队，他们日常是秦岭生态保护的卫士，但同样也是群众脱贫致富的希望。离开灞河向西走进涝河，这里的皇甫村共有农户 436 户 1800 人。一大早，驻村帮扶工作队第一书记刘江锋和村支书李彦龙带着农艺师走进了村民王卫卫家里。

同期（刘江锋）：这是王卫卫的家里，老王，老王，卫，在家没？王凯你在家呢，那你爸呢？

我爸在地里。

在地里干什么去了？

上肥去了。

哦，上肥去了，你爸上次说树苗有啥问题呢？我过来带着咱们的农艺师王老师过来看一下。王老师（王景毅），刚好那天咱老王说他的树苗子有啥问题呢，咱去地里看一下。

看一下。

走。

解说词：五分钟后，大家来到了王卫卫家的猕猴桃园。

同期：老王，咱的农技师王老师来了，给你把树看一下。感谢，感谢。今年这产量差得太远了。你这主要原因是啥，枝条太稠，枝条一稠以后一密闭光照差，这是一个，更重要的是你在管理上有一些粗放，这应该好好抓紧田间管理，对，你最近就要想什么办法，一个是增施冬肥，下来就是冬季整枝。

解说词：王卫卫以前在村民眼中是个能人，他常年做粮食收购生意，家里条件不错，几年前的一场意外让他落下了手部残疾无法干体力活，加上家人重病，家里成了贫困户。

同期（刘江锋）：通过我们的帮扶，本人也有意愿发展猕猴桃产业，然后我们通过政策帮扶还有提供种苗，请的农技师，来给他发展猕猴桃产业，同时还给她儿媳妇弄了一个疫情工作岗位。

同期（王卫卫）：扶贫干部给咱弄的产业扶贫，对咱帮助很大，就在近几年，尤其（20）17 年以来经济一年比一年好，下来就是由（20）18 年咱这一个人平均收入就在 1 万元。

解说词： 如今，王卫卫家通过享受政策、产业帮扶、入股企业等系列帮扶措施，已经达到年人均收入 9710 元，成为了村里的脱贫明星。

同期（李彦龙）： 卫哥，刚才我把资料看了一下，那你现在还有啥其他的需求没？也没有多大的要求，现在就是以后把猕猴桃，自己要管理好，生产要抓上去，国家现在对咱是脱贫不脱政策，不能让咱返贫，以后不管是咱在种地上还是技术指导上，有啥需要的就找咱堡子（村上）。

解说词： 扶贫工作队在村上除过对贫困户的个人帮扶之外，还成立了以猕猴桃、葡萄和仙桃种植为主的集体经济合作社，并为村里进行了基础设施和产业大棚建设。

同期（扶贫工作队驻村联络员赵岭峰）： 这个路以前是土路，晴天一身土，雨天两脚泥。下来咱驻村以来，积极协调相关单位。对这条路进行了硬化，五米宽。完全可以通车，这条路解决了群众的生产大难题，成了我们和群众的连心路。

同期（刘江锋）： 老书记，咱今年两个产业扶贫大棚的产量和收成咋样？（皇甫村党支部委员李文哲）今年是第一年，初次挂果，能达到两千多斤，基本收成还是可以，明年就到了鼎盛期，挂果就很多了，收入就更大了。

解说词： 临近中午，刘江锋从大棚回来后，忽然想起来有两天没去贫困户马桂英家里了。

同期（刘江锋）： 姨，姨。我们两个过来帮你看一下。
谢谢，谢谢。
最近身体啥好着没？
好着呢。

那你药按时吃着没？

吃着呢，天天吃，每天吃一个，就这个药，不知道咋了，一盒要 26 块钱，人家也不给报销，我也不知道为什么？

这一板儿才 7 个，确实有点贵，那是这，到时候我把乡医一问，我过来给你把情况说一下。

行，好好。

同期： 王医生（王军团），你好，王医生，刚才我们从马桂英老人那里过来，老人跟我说那个药，报销不了。

起步线。

哦，起步线，那现在买药等于是？

超过 350（元），都可以报了。

报销比例是多少，78%？

是 70%，慢性病是 60%。

对对，那我现在过去把这情况给老人说一下行不行好吧？

你别过去了，我过去说，我比你专业。

对对对，好好，那确实是，那可麻烦你了，那你确实是专家。好，麻烦你了，那我们就到下一户去了。

同期（村民李群群）： 几个人干啥呀？

我们正在走访呢。

那你们到咱家来看一下，给娃结了个婚。

行，那瞅一下。

解说词： 正在走访的几个人被曾经的贫困户李群群叫住，如今致富过上了新生活后，她很高兴和大家分享自己的快乐。

同期： 给娃这结个婚你看啥都弄得好，沙发咧，柜子咧，电视都是新的。

那就好。

还有房子，门也是才拾掇的。

那把房子收拾好，一共花了多少钱？

花了两万多块钱。

那美得很。大手笔。

给娃结婚嘛。

对，好好好。

解说词： 几年前通过猕猴桃产业扶贫和金融帮扶，脱贫后的李群群家，人均收入有 11000 多元。

驻扎皇甫村的扶贫工作队还有另一个身份，那就是鄠邑区秦岭保护局工作人员，由于村子距离秦岭不远，在扶贫工作间歇，宣传秦岭保护政策和法规也是他们的日常工作之一。

同期： 你看这对齐了没？

对齐了。

那好好，对齐我就贴了，咱把这个贴完明天要叫大家来看一下。

解说词： 以前村民们根本没有保护秦岭的意识，随着整村脱贫，群众生活条件的不断转好，大家对秦岭生态的保护也在逐渐地重视起来，以前的各种破坏行为如今已经在村里不见了踪迹。

同期： 我个人感觉，咱们村民是绝对有信心，对秦岭生态保护绝对有这个信心。

同期： 那肯定的么，现在日子过好了，我们平时进山注意得很。

同期： 这个条例里面详细记载了秦岭生态环境的一些规章制度，说白了就是哪些事情可以做、哪些事情不能做、哪些事情严禁去做，那这好得很么，多给几个，让我给咱左邻右舍都宣传一下。

好，多给你三本。

把这彩页再给点。

好好好。

解说词：忙碌一天的工作队在结束走访后，回到村社区，还要对下一步工作进行规划。

同期：咱们村今年一共是4户4人脱贫，李伟，李颖达，李科鹏，李炳元，这4户4人要全脱贫。

同期：是不是生活上近期有啥困难？咱们帮扶队伍或者村干部到家里去了以后。把这些真实情况能给群众解决了，就要及时解决。

同期（扶贫工作队队长、鄠邑区秦岭保护局副局长唐超）：最终达到咱们由一个贫困村走向一个所谓的美丽乡村，走向一个经济高速发展，群众能得到实惠的一个真正的美丽乡村。

解说词：如今，皇甫村已经实现精准脱贫，33户100人的建档立卡户全面退出，这里的群众思想发生很大转变，面对贫困，由以前懒得动、害怕动的状况，变成现在的积极主动我要动，完成了致富的蜕变。而谈到蜕变，不得不提的一个人——郑多念，他曾是鄠邑区余下街道灵山寺村的贫困户，说到他不少村民会觉得这人改变太大了，原来就是个懒汉，整天游手好闲，而现在不仅人勤快，还成了村儿里的致富能手。

同期：（拖拉机打草现场——）

解说词：虽然手上有残疾，但一点儿也不影响郑多念开拖拉机除草的速度，顶着烈日干农活，又热又累，可郑多念觉得，只要有活儿干，心里就踏实。

同期：姐，草除完了，还有啥做的没？

除完了好么，现在咋这么勤快，成了个好人了，以前咋啦？原来是个哈尿，困尿，怕做啥，现在勤快得很。

解说词：以前，在别人眼里，郑多念是个十足的懒汉，家里的房子破旧不堪他懒得修，地里的庄稼荒着他也懒得种，整天靠流浪度日，加上天生残疾，几乎没什么收入的他，成了贫困户。

同期（灵山寺村村民高小红）：原来我的天呀，澡也不洗啥也不弄，一天把自己折腾的，一天跟乱七八糟的人在外头胡跑呢！

灵山寺村村民崔桂霞：多念原来就不爱干啥，啥都不干，成天光在街道窜呢，人见了他都不爱理。

鄠邑区余下街办灵山寺村村民郑多念：父母也走得早，（我也）不知道干活，光知道玩，弄点钱就胡花，不干一点正事。

解说词：精准帮扶工作开展以来，帮扶干部多次找到郑多念，送温暖、送政策，帮他申请了残疾人补助，鼓励他积极面对生活，把村里的一些公益性工作安排给他增加收入，驻村工作队根据郑多念的实际情况，帮他买羊崽儿，发展养殖业，还为他在扶贫产业园谋得一份工作。农闲时，工作队请来村里的技术能手，教他驾驶三轮车，操作机械化农具。慢慢地，郑多念体会到了劳动带来的那份充实和快乐，逐渐摒弃了以往的陋习，走上了勤劳致富的道路。现在，别人眼中的"懒汉"，已经成了大家公认的勤快人。

同期（郑多念跟妻子对话）：回来啦，把门关上，擦擦汗……

解说词：腰包鼓起来了，生活也就有了盼头，如今，郑多念成功脱了贫，工资加上分红，年收入有3万多元。年前，郑多念在帮扶干部和驻村工作队的帮助下，翻修了自家房屋，有了"家底儿"的他，还给家里添置了家具、家电。今年年初，55岁的郑多念娶了媳妇儿，夫妻俩一人主外，一人主内，夫唱妇随，小日子过得有声有色。

同期：（看电视……）

郑多念夫妻：今天（园子里）葡萄都上色了，再过一阵葡萄就该熟了，看一天把你能的。

……不愁吃穿，住上新房，生活里一点点的改变，别人眼中的"懒汉"成了勤快人，让郑多念对自己未来的生活有了憧憬和信心。

同期（鄠邑区余下街办灵山寺村村民郑多念）：帮扶干部一个劲地给我做工作，一个月来几回做着做着我就感动了，我心想人家一个旁人能这样对我，我就要好好地（生活）养羊，然后盖房，咱这日子一天比一天好。

郑多念邻居郑梁梁：（郑多念现在）一有闲时间就跑出去打工去了，很少再在家里闲着了，因为有了家了也有了责任了，应该说扶贫政策，让他有了一个翻天覆地的变化，也改善了他的生活。

市科技局驻灵山寺村第一书记关盛元：多念，在家没有，走，进屋谝去，有个好事情今天跟你说一下，咱们余下街道现在要评选一个脱贫攻坚先进典型，准备把你推荐上去。

郑多念：我也没弄啥么。

关盛元：谁都知道你是"浪子回头"，你把日子过好了，咱驻村干部、扶贫干部心里就踏实了。

同期（郑多念）：（明天）到泾阳去做活，现在是五月，（到年底）还有将近七个月，五七等于说是三万五，在大棚里干了四个月活，三四再是一万二，（今年）下来能挣四万多块钱，咱拿回来年底把墙一刷刷白，把房顶一收拾，咱手里有钱 想弄啥弄啥。

郑多念妻子姚三明：你胡吹呢?

郑多念：咋胡吹? 那账算得明明白白的。

解说词："扶贫先扶志，扶贫必扶智"，通过精准帮扶，如今的郑多念成了村里脱贫致富的典型，他也用自己的行动告诉我们，只有脚踏实地才能摆脱贫困，只有勤劳肯干才能创造财富；只要心中有梦想，脚步就会更坚定。

同期（郑多念）： 扶贫干部帮助我摆脱了贫困，过上了新的生活，现在我有钱了，我想尽自己的一份力量，帮助更多的人。

解说词： 大河奔流见证两岸人民生活变迁，秦岭巍巍助力山脚下人民勤劳致富。西安作为第九个国家中心城市，在加快建设步伐的同时，举全市之力推进精准脱贫保民生，尽锐出战、精准施策、真抓实干，目前累计实现 73721 户 250414 人脱贫，291 个贫困村全部出列，贫困县周至县顺利摘帽，贫困人口实现动态"清零"，圆满完成了脱贫攻坚目标任务，为沿黄河地区谱写了一曲新时代脱贫之歌。

第七章

──────────── ◎ ────────────

银川日报社《北纬 38 度的世界荣耀》特刊

总 策 划：叶乐凯　赵　龙　李慧娟　王彦飞

2020 年 10 月 22 日《银川日报》刊发

从选题策划到稿件编采到特刊出版

《北纬 38 度的世界荣耀》特刊的发布

为《银川日报》围绕中心工作宣传报道重点产业

更好地发挥传统媒体"重武器"作用探索了一条有效路径

发挥传统媒体"重武器"作用
打好重点产业主题宣传战

——浅析银川日报社《北纬 38 度的世界荣耀》特刊

■ 叶乐凯

【内容提要】

2020 年 10 月 21 日—23 日，由农业农村部和宁夏回族自治区人民政府主办的第九届宁夏贺兰山东麓国际葡萄酒博览会在银川举办。2020 年 10 月 22 日，《银川日报》编辑部策划刊发了 8 个版的《北纬 38 度的世界荣耀》特刊，从紫色之名、紫色之媒、紫色之美、紫色之魅、紫色之源、紫色之园、紫色之缘、紫色之愿 8 个维度，全面介绍了宁夏贺兰山东麓葡萄酒产业的发展、现状、前景，在博览会期间取得了良好的宣传效果。从选题策划到稿件编采到特刊出版，《北纬 38 度的世界荣耀》特刊的发布，为《银川日报》围绕中心工作宣传报道重点产业更好地发挥传统媒体"重武器"作用探索了一条有效路径。

找准定位　发挥优势　打好主题宣传战

　　葡萄酒产业一直是宁夏、银川一张闪亮的紫色名片，也是自治区九大重点产业之一。2020年6月，习近平总书记视察宁夏时强调，随着人民生活水平不断提高，葡萄酒产业大有前景。宁夏要把发展葡萄酒产业同加强黄河滩区治理、加强生态恢复结合起来，提高技术水平，增加文化内涵，加强宣传推介，打造自己的知名品牌，提高附加值和综合效益。

　　近年来，银川市坚持创新发展、融合发展、品牌发展理念，按照高端化引领、规模化种植、系列化生产、标准化酿造、品牌化经营思路，加快葡萄产业转型升级，提高市场竞争力、品牌影响力和产业带动力，力争把贺兰山东麓建成竞争力强、辐射面广、影响力大的优质葡萄酒产区和国际葡萄酒之都。

　　为着力宣传银川这张闪亮的紫色名片，长期以来，《银川日报》围绕葡萄酒产业做了大量的宣传报道工作，策划刊发了一系列消息、通讯、评论、图片专版、深度报道等。面对第九届宁夏贺兰山东麓国际葡萄酒博览会在银川举办这样一个节点，如何把这一"常规选题的常规报道"报出特色、报出深度、报出声势，打一场葡萄酒产业主题宣传战，推动贺兰山东麓葡萄酒走向世界，成为摆在编辑部面前的一道难题。

　　区别于电视、广播、网站和新媒体，《银川日报》编辑部首先找准自身定位，发挥好传统媒体"重武器"作用，充分利用深度的优势，围绕把贺兰山东麓打造成闻名遐迩的葡萄酒之都和提升贺兰山东麓葡萄酒产区国际品牌影响力这样一个目标，探索集纳报道、整合选题、特刊呈现的传播模式。

策划先行　内容为本　讲好葡萄酒故事

"走出去"推广贺兰山东麓葡萄酒，定期组织参加国际国内具有影响力葡萄酒展览会；"请进来"开展各种葡萄酒展示展览、营销推介，这两种方式是最好也是最有效的宣传手段。面对第九届宁夏贺兰山东麓国际葡萄酒博览会在银川举办的节点，如何才能抓住这次"请进来"的机会，讲好宁夏和银川的葡萄酒故事？《银川日报》编辑部紧紧围绕 2020 年 6 月习近平总书记视察宁夏时提出的"葡萄酒产业大有前景"，以及"宁夏要把发展葡萄酒产业同加强黄河滩区治理、加强生态恢复结合起来，提高技术水平，增加文化内涵，加强宣传推介，打造自己的知名品牌，提高附加值和综合效益"重要指示做好策划。

习近平总书记对宁夏葡萄酒产业的高度重视和殷切希望，极大地增强了我们坚定不移发展葡萄酒产业的责任感、使命感和自豪感。深入学习好、宣传好、贯彻落实好习近平总书记视察宁夏重要讲话精神，将银川葡萄酒产业发展放在国际化的大格局中思考谋划，带着责任、带着情怀、带着对事业的执着追求，扎扎实实落实好促进葡萄酒产业高质量发展的各项措施，让贺兰山东麓葡萄美酒飘香世界。

带着这一思考，《银川日报》编辑部围绕"把握好贺兰山东麓葡萄酒与建设黄河流域生态保护和高质量发展先行区的关系""贺兰山东麓葡萄酒之于世界葡萄酒产业的分量和地位""贺兰山东麓葡萄酒对构建中国葡萄酒产业体系的意义""推动宁夏葡萄酒产业高质量发展与推进'一带一路'建设和实施对外开放的意义""打造葡萄酒之都对提升宁夏区位形象和银川城市品位、塑造城市灵魂的意义"等内容，编辑部形成了主题报道的策划方案，即：围绕葡萄酒紫色主题，从紫色之名、紫色之媒、紫色之美、紫色之魅、紫色之源、紫色之园、紫色之缘、紫色之愿8个维度，全面介绍宁夏贺兰山东麓葡萄酒产业的发展、现状、前景，讲好葡萄酒故事，传播好葡萄酒文化、助力打造世界葡萄酒之都。

内容丰富　版式创新　呈现精品特刊

2020年10月22日出版的银川日报《北纬38度的世界荣耀》特刊，分为8个主题，从8个维度图文并茂全景展示银川葡萄酒产业发展情况。每个主题环环相扣，版式设计疏朗大气，风格统一，呈现了良好的特刊宣传效果。

T1(封面)，紫色之名。通过本报编辑部的一篇评论——《让紫色名片持续绽放光芒》拉开主题报道序幕。封面由压题大图＋评论＋导读组成，版式简约大气，主题一目了然。

T2，紫色之媒。银川葡萄酒产业发展综述，讲述了银川如何以酒为媒、以葡萄酒产业为媒，推动高质量发展的。除了重点介绍发展历程、现状，还制作有产量、产值、销量、出口多少个国家地区等相关数据。

T3，紫色之美。通过图片版直观展现贺兰山东麓葡萄酒产业美在哪儿。有葡萄酒庄园、葡萄种植基地、收获盛况，有种植户、采摘工人、酿酒师、品酒师表情，有葡萄酒特写，有酿造过程等。

T4，紫色之魅。讲贺兰山东麓葡萄酒的品质优势，通过盘点银川贺兰山东麓葡萄酒历年获奖情况，重点讲述品质优势，具体好在哪儿？优在哪儿？特在哪儿？挖掘文化内涵，从酿酒师或品酒师、评委讲述故事带入，展示贺兰山东麓葡萄酒的独特魅力。

T5，紫色之源。讲贺兰山东麓葡萄酒产区优势，葡萄酒、酿酒葡萄从哪儿来的？突出银川主产区地位，结合习近平总书记视察时提出的葡萄酒产业要结合黄河滩区治理、生态恢复，实现绿色发展。

T6，紫色之园。讲品牌优势，盘点银川特色葡萄酒庄园，酒庄酒的品牌优势、酿造过程、工艺，以及葡萄 + 旅游，同葡萄酒产业是如何融入百姓生活的。

T7，紫色之缘。讲人力优势，讲述各类葡萄酒人才在银川集聚，酒庄主、酿酒师、品酒师、侍酒师、外籍专家、评委和葡萄酒与银川结缘的故事。

T8，紫色之愿。讲述银川葡萄酒产业的发展愿景、未来走向，结合脱贫攻坚、全面小康，讲述第一书记、种植户通过葡萄酒产业脱贫的故事等。

银川日报社《北纬 38 度的世界荣耀》特刊取得了良好的宣传效果，是一期有思想、有品质、有分量的传统媒体主题报道新闻产品。为今后报纸发挥传统媒体"重武器"作用，打好重点产业主题宣传战，提供了有益的借鉴方案。

让紫色名片持续绽放光芒

■ 本报评论员

毫无疑问，葡萄酒是宁夏的"紫色名片"。

源于 7000 年前的葡萄酒，很早便沿着丝绸之路进入东方。而当酿酒葡萄来到贺兰山下时，这里便开启了建立"葡萄酒之都"的历程。

或许这是一种巧合，但也酝酿着必然。酿酒技艺本身的交流与融合，酒品口味的打造与重生，恰恰契合改革开放的 40 余年，而这也成为宁夏本身对外开放的脚步与节奏。

新时代开启，每一棵吸收甘甜泉水的葡萄藤，也在描绘着一个更美好的明天，那就是不断在生态文明建设中，寻求更新的发展路径，建构一个不断做强做大的产业，向世人展现宁夏人的智慧与果敢。

在公众的认知里，葡萄酒的技艺、口感、品质，这都是西方人舌苔之下的标准。而贺兰山东麓葡萄酒产区首先需要证明的，就是我们的葡萄酒不比外国的差，这一点显然我们已经做到了。而接下来就是讲好我们的葡萄酒故事，给出我们的标准，树立我们的品质。只有这样做，贺兰山东麓葡萄酒产区才会有自己的灵魂。

"小酒庄、大产区"的格局，注定了我们需要走差异化的发展路线。一方面是面对大众的快消品，另一方面则是需要文化标签的承载物，缺一不可。在专业领域的评级再高，最终去检验的，还是每个普通人的口味。

在国际商贸领域中，质优价廉的外国葡萄酒可以轻易侵占我们的超市货架，我们拿出来的东西，甚至要和他们在家门口进行一场没有硝烟的比拼。这其中的关键，并非只是生产一个环节，更有品牌、营销人才的加持。显然，葡萄酒产业不是一出独角戏，而是一次大编制的交响乐，一个声部出现问题，都将是一场灾难，一个席位掉了链子，便会全盘皆输。

在国内消费的大环境中，葡萄酒的消费场景也在发生变化。面对消费领域的世代更替,如何争取年轻群体的关注,如何让葡萄酒走入更多寻常百姓家,如何诞生我们自己的国民品牌。这些应对国内循环的商业命题,还需要更多有识之士给出答案。

正在进行的宁夏贺兰山东麓国际葡萄酒博览会正是一个机会,一个让我们展开胸怀、拥抱外界的机会,更是一场具有前瞻性的盛会,让更多人关注贺兰山东麓葡萄酒产区,同时促进良性的交流,使得宁夏有机会成为葡萄酒优质产品和理念的汇聚之地。

让我们的紫色名片焕发更大的光芒,这并非一时之间便可以达成的目标,市场要素之间的紧密配合,政策工具的创新完善,这都还需要时间,需要我们用更大的视野和格局,更宽广的胸怀与气度来面对。面对巨大的市场,处理好"人、货、场"的纵横关系,在新媒体时代寻求新支点,把握大变局之下的机遇,从而真正让宁夏因葡萄酒而强,因葡萄酒而盛。

紫色之媒：紫色名片　惊艳世界

■ 闫　茜

近年来，贺兰山东麓葡萄酒吸引了来自世界各处越来越多的目光和关注，截至 2019 年年底，全市年产葡萄酒 4.5 万吨（6000 万瓶），葡萄酒销售产值达到 60 亿元，以产业为媒，贺兰山东麓葡萄酒以其优秀的表现惊艳世界，一批国际巨头、国内龙头企业纷纷来银建酒庄，贺兰山东麓葡萄酒，书写了一个又一个让世人惊叹的传奇。

A 极具潜力　产业发展却一波三折

2020 年 9 月，素有"酒界奥斯卡"之称的比利时布鲁塞尔国际葡萄酒大奖赛正式将第 28 届大赛举办权授予银川。同时，第 27 届大奖赛榜单正式发布，宁夏产区继 2019 年的优异表现后，再一次凭借产业及国外市场的长期投入俘获青睐，以 48 枚奖牌位居中国奖牌榜的第一名。2020 年度的"中国最佳葡萄酒"来自宁夏产区的长城天赋酒庄赤霞珠干红葡萄酒 2016，获得中国区参赛酒款的最高分。

从国内来看，贺兰山东麓是全国最大的酿酒葡萄集中连片产区，从国际来看，宁夏是最具潜力的产区之一，而银川作为贺兰山东麓发展的核心区，已成为被关注的热点。时间跳转到 20 世纪 80 年代初，银川市现代葡萄酒产业从永宁县农垦玉泉营农场开始起步。

1983 年，玉泉葡萄酒厂开始筹建，20 岁的俞惠明是酒厂招收的第一批技术工人，攻克一系列困难后，俞惠明和其他 7 位同事酿造出了宁夏的第一瓶葡萄酒。随后，宁夏的第一支干红葡萄酒也得以问世。"那时候干红葡萄酒还没有被市场认可，酒厂有客人埋怨我们将酒酿成了醋，1987 年生产的第一批整整 10 吨干红，送都送不出去。"俞惠明说，后来也是这个年份的酒，被送到国际级的品酒会，屡屡抱得金奖归。

　　1997 年开始，银川市迎来种植酿酒葡萄的热潮，时任自治区政府办公厅副主任的容健见证了这一发展历程，"种植方式虽然以粗放为主，但却为产业发展奠定了基础，2003 年左右，由于政策与市场的波动，产区经历了酿酒葡萄栽了挖、挖了栽的波折。"容健说。

　　虽然葡萄酒产业受到了重创，但在那一年，宁夏成了继河北昌黎、山东烟台之后，第三个成功申报"国家地理标志"的葡萄酒产区，为产业的发展"扳回一局"，也为贺兰山东麓产区带来了更多的机遇。现任宁夏大学葡萄酒学院副院长的张军翔当时刚从西北农林科技大学毕业，他参与了"国家地理标志"项目的申报，"当天来了很多国内知名的专家，现场气氛很严肃，汇报完毕，评委没有一个人提出质疑，一致通过，全国酿制葡萄酒产业中，我们从此有了重要的位置。"

　　银川市葡萄酒产业发展中心主任闫树革介绍，从 2011 年至今，宁夏倾力打造的贺兰山东麓百万亩葡萄文化长廊，书写了一个又一个让世人惊叹的传奇。现在，银川产区的规模稳步扩大，截至 2019 年底，全市酿酒葡萄种植面积达到 28.6 万亩（净面积 22 万亩），占全区 50%，建成酒庄（企业）58 个，占全区 63%，其中列级酒庄 33 个，占全区 70%，累计完成总投资达到 54 亿元，年产葡萄酒 4.5 万吨（6000万瓶），葡萄酒销售产值达到 60 亿元，年接待葡萄酒旅游人数达 42 万人次，年劳务用工 40 万人次。初步形成了西夏区、永宁县、贺兰县 3 个产业集群，对宁夏贺兰山东麓葡萄酒产业高质量发展起到了积极引领、示范、带动作用。

B　以酒为媒　葡萄酒"巨头"蜂拥而至

　　2011 年，来自宁夏贺兰山东麓产区贺兰晴雪酒庄的加贝兰 2009 干红葡萄酒一举夺得英国《品醇客》葡萄酒大赛国际大奖，这让国际葡萄酒大师杰西丝·罗宾逊十分惊奇，她决定亲自来看一看。

第一次踏上宁夏贺兰山东麓这片陌生的土地时，她的心中一片茫然：如此荒凉的土地上真可以生产出夺得世界大奖的葡萄酒吗？在此之前，杰西丝·罗宾逊曾 4 次参加过中国顶级的葡萄酒品评活动，但中国葡萄酒并没有给她留下深刻的印象。这次来到宁夏，在盲品了 40 余款葡萄酒、考察了几家酒庄后，杰西丝·罗宾逊为之惊讶："毋庸置疑，中国葡萄酒的未来在宁夏。"

随着宁夏贺兰山东麓葡萄酒产区品牌价值的不断提升，贺兰山东麓葡萄酒产区不仅受到了国际葡萄酒大师的赞赏，也获得了国内外龙头企业的青睐。2010 年，奢侈品品牌 LVMH 集团派专家来贺兰山东麓产区考察，当时在宁夏林业产业发展中心任职的苏龙参与了接待工作。

"1994 年 LVMH 集团也曾来中国考察，但没有签下任何一个产区，2010 年他们分别在葡萄生长期的不同时期来到银川，共到访了 5 次，每次长达半个月之久，考察报告长达几百页，最后他们得到的结论是，将在贺兰山东麓投资一座酒庄，这是他们在中国的第一个葡萄酒项目。"苏龙告诉记者。

得到世界顶级奢侈品品牌投资，这无疑引领了产业的风向标，也给不少大企业亮起了明确的信号。自那之后，保乐力加等国际巨头，张裕、长城、美的等国内龙头企业纷纷到银川建酒庄。目前，银川市葡萄酒产业完成了大、中、小规模酒庄（企业）梯次布局，形成了西夏王、张裕、长城、保乐力加、贺兰神、轩尼诗、贺兰红、类人首、加贝兰、志辉源石、立兰、迦南美地、美贺、银色高地、利思、留世等众多骨干品牌。

"先后有 40 多家酒庄的葡萄酒在国际葡萄酒顶级大赛中获得 500 多项大奖，创建了一批以张裕摩塞尔、志辉源石为代表的葡萄酒文化旅游融合发展的酒庄主体和精品酒庄旅游线路，进一步提升了贺兰山东麓葡萄酒产区国际影响力和银川城市国际化发展水平。"闫树革介绍。

C 科技支撑　外地专家来银"取经"

信步于贺兰山东麓黄羊滩小产区的夏桐酒庄，不远处，一行行、一列列葡萄藤整齐划一，生机勃勃。如果进一步了解，整个酒庄的科技化和智能化程度也许会让你惊叹。

在这里，每一个支撑桩都用 GPS 进行了定位，确保行距的整齐，提高机械化作业的精准度，提升葡萄的品质；酒庄内建立了气象数据站，能够精准地对园区微气候环境的降水量、温湿度等进行实时监控记录；园中安置了温度探头和不同土层深度的温湿度探头，精准控制滴灌量，从而精准掌控埋土和出土的最佳时机；安装电子探头，对病虫害等情况进行实时监测……

当问及全职负责葡萄园工作的员工数量，酒庄负责人苏龙的回答是，10 个人。埋土、出土、犁地、剪枝和施肥等步骤，都有机械辅助，从而减少劳力需求。依托这些先进的技术，夏桐酒庄荣获"贺兰山东麓十大葡萄园"以及法国最权威的葡萄酒行业杂志《法国葡萄酒评论》的"最佳管理奖"。然而，在贺兰山东麓葡萄酒产区，夏桐酒庄高度的智慧化建设只是贺兰山东麓产区的冰山一角。

作为银川市重点发展产业项目之一，位于银川中关村创新创业科技园创新基地的中国葡萄酒产业技术研究院，虽然还未完工，但早已开启了科研工作。"全国 90% 以上的葡萄产区，由于气候原因，只能采取埋土的方式越冬，但这种措施对环境影响很大，无形中也增加了企业的成本。现在研究院已研发出新品种'魅丽'和'艾格丽'，下一步将大面积种植试验。"该研究院项目主管宋瑞介绍，项目还将打造生态环境监测、智能化管理等关键技术，构建环境、主栽品种、栽培技术、智能装备、信息化管理一体化的优质酿酒葡萄现代生产技术体系和全产业链智慧化管理体系。

除此之外，国家重点研发计划"宁夏贺兰山东麓葡萄酒产业关键技术研究与示范项目"启动智慧化示范酒庄建设，借助国家项目专家服务系统和大数据信息平台，示范酒庄将实现葡萄酒从土地到餐桌的全程质量追溯。张军翔告诉记者，下一步，研究院还将利用平台模式带动产业集群发展，实现从种植到生产再到销售的全面数字化，打破"养在深闺人未识"的营销困局，带动贺兰山东麓葡萄酒产业高质量发展。

资料链接

截至 2019 年底：

全市酿酒葡萄种植面积达到 28.6 万亩（净面积 22 万亩），占全区 50%；

年产葡萄酒 4.5 万吨（6000 万瓶）；

葡萄酒销售产值达到 60 亿元；

累计完成总投资达到 54 亿元；

年接待葡萄酒旅游人数达 42 万人次；

年劳务用工 40 万人次。

吸引众多"巨头"：

LVMH 集团　保乐力加　张裕　长城　美的

形成一批骨干品牌：

西夏王　张裕　长城　保乐力加　贺兰神　轩尼诗　贺兰红　类人首　加贝兰　志辉源石　立兰　迦南美地　美贺　银色高地　利思　留世

紫色之美：贺兰山下　美不胜收

■ 李　靖

10 月的贺兰山东麓，是收获葡萄、酿造美酒的季节，贺兰山下 200 余座葡萄酒庄里，到处都弥漫着醉人的酒香。

金秋时节，站在贺兰山上东望，成片的葡萄种植基地和一座座好似童话城堡的葡萄酒庄尽收眼底，形成了银川平原一条美丽的生态风景线。

融入这丰收的美景，品尝那甘醇的美酒，一次次美好体验、美味享受，都在这一年里最美的季节。

紫色之魅：天赋风土　魅力无限

■ 闫　茜

今年 10 月，第四批中国特色农产品优势区名单公布，"宁夏回族自治区银川市贺兰山东麓酿酒葡萄"榜上有名，成为全市唯一上榜的特色农产品。如今，贺兰山东麓产区优质的葡萄酒，已出口法国、德国、比利时等 20 多个国家和地区，在国际各类重要赛事上获得大奖 1000 多项，已成为了一块"金字招牌"。贺兰山得天独厚的风土，和一群匠人的坚守，让贺兰山东麓产区葡萄酒，以其独特的魅力、亮眼的魅力，叫响全国、走向世界。

A 沙石里长出紫色"珍珠"

2011 年，即将从法国勃艮第大学葡萄酒学院毕业的贵州小伙邓钟翔，来到了波尔多玛歌村开启自己的毕业实习之旅。在勃艮第酿酒，对于许多酿酒师来说都是梦想，但他乡纵有千般好，邓钟翔的人生方向依然在中国。中国种的大多是赤霞珠，勃艮第没有赤霞珠，所以他选择去波尔多。

也是那一年，宁夏贺兰山东麓的加贝兰，像一匹黑马横空出世，斩获国际大奖，刷新了一众世界顶级酒评家的认知，邓钟翔心中的光也被点燃了，他决定回国后一定要去银川看看。

2012 年，宁夏出台了贺兰山东麓葡萄文化长廊发展总体规划，国内首个葡萄酒产区立法，《宁夏贺兰山东麓葡萄酒产区保护条例》也呼之欲出。无数的资本和人才向贺兰山东麓产区涌来，山脚下的风沙里出现了越来越多开荒者的身影，邓钟翔没有失约，他也是其中之一。

"贺兰山太酷了，不是每座城市都能有幸拥有这么一座山，为什么有这么多人都在做同一件事，用简单的话来说就是天赋风土，每一位从业者的动力就源于对贺兰山东麓风土的自信。"他告诉记者，曾经，这里是一片荒滩，农作物颗粒无收，但恰恰是贫瘠的土地，反而更适合酿酒葡萄的出产。由于土壤养分少，葡萄树根会往更深广的地下生长，这样可以吸收到更复杂的物质，故结出果实味道也会丰富，丰富的味道正是优质葡萄酒的特征之一。

"天赋风土"并非凭空而来，早在 20 世纪 90 年代，这个观点就得到了论证。1994 年 8 月，全国第四次葡萄科学讨论会召开，国内外葡萄专家云集银川，对贺兰山东麓葡萄与葡萄酒发展寄予厚望，也为宁夏大规模发展葡萄产业提供了科学理论依据。

会议总结："以银川为代表的西北一些地区，虽然也存在冬季气温低、易受冻害、生长期不够长等不足之处，但只要改变栽培方式，选用早、中、中晚熟品种等，就可以得到解决，但它无法替代的优势是成熟期天晴少雨，气候干燥，但有黄河灌溉之利，昼夜温差大，病害极轻，果实含糖量高，酸度适中等，无疑是我国最佳的葡萄产区之一，也是我国生产高档葡萄酒最有竞争力的潜在地区。"

B 酿酒葡萄享受奢侈待遇

酿酒行业中流传着一句话"七分种植三分酿造"，葡萄在地里的时候，酿酒师就已经知道它适合酿什么酒。贺兰山东麓米擒酒庄里的每一串葡萄都有自己的"成长日志"，从施肥灌水、开花结果到采摘都一一记录在案。

除了大自然的恩赐外，在种植葡萄的过程中采用与自然条件相适应的栽培、采收、酿造技术，酒庄每年还会收购 100 多万元的羊粪，经过杀菌、发酵作为肥料，引进生物有机药剂，用以杀虫、杀菌。为了让葡萄更为香甜，酒庄在葡萄树周围种植各种果树，在果树开花授粉的时候会和葡萄花的花粉相互授粉，结出汁甜圆润的葡萄。

"在我们850亩的葡萄园内，可以说，葡萄都享受着'奢侈'的待遇。"米擒酒庄技术负责人张楠说，用农家肥作为养料，葡萄能吸收更多矿物质，生长过程中也更加"壮实"，也就不容易生病，酿造的葡萄酒口感也更加饱满。葡萄酒是有生命的，有一丁点的差池，葡萄酒的味道就会产生微妙变化，所以在整个生长和酿造过程中都要细致入微。

2008年从宁夏大学农学院毕业的张楠，在葡萄酒种植领域一干就是12年，现在是酒庄的技术骨干。张楠告诉记者，从4月撤土期开始，他几乎每天都在地里风吹日晒，现在虽然葡萄采收完毕，可是工作并没有结束，他还要指导工人们进行冬剪、灌冬水、编条、埋土。"今年的工作到11月中旬就会彻底结束，但最近也不能掉以轻心，仅冬埋这一项就需要人工和机器并行，埋土不及时、不彻底会造成葡萄枝条冻死。今年天气冷得早，为了保证葡萄枝条顺利越冬，所有步骤都要提前。"

"为了酿出优质的葡萄酒，原料需要精心栽培，我们的葡萄园根据小环境的不同，分割出8块试验基地，每块地上的品种和养护方法都不同，精细化的管理也决定了酒的品质。"张楠说，他们种植的酿酒葡萄主要以赤霞珠和梅鹿辄为主，光照充足的区域先采摘，地势低的区域先浇灌，8块地产出的葡萄分别酿造，在酿造过程中工艺也有细微差别。

好的葡萄酒考验技术，有时候也要凭运气。"葡萄和农作物不同，并非产量高就是好事，2018年遇到了连阴雨天气，葡萄在转色期果粒迅速增大，那一年的亩产达到了470公斤，比平时多100公斤，但酿出来的葡萄酒颜色、糖酸度都不理想。然而产量太低也会影响经济效益，所以对于天时地利的因素，技术人员也要有一定的预判。"张楠说。

2019 年，第 26 届比利时布鲁塞尔国际葡萄酒大奖赛在瑞士举办，宁夏斩获 3 枚大金奖，米擒酒庄就是获得者之一。张楠告诉记者，得知获奖的那一刻，感觉自己十多年的深耕付出都是值得的。

C 酝酿美酒更需匠心

进入 10 月，贺兰山东麓葡萄酒产区很热闹，经过采摘、筛选、榨汁，葡萄已进入入罐环节，宁夏农垦集团西夏王葡萄酒业有限公司首席酿酒师俞惠明也开启了一年中最忙碌的时刻。对于一名酿酒师来说，葡萄酒的品质取决于天时地利，也来自酿酒师的一颗匠心。

深耕 37 年，俞惠明的学生和徒弟们现在已经成为贺兰山东麓各个酒庄的中坚力量，而这些后起之秀依旧延续了老一辈的优良传统。"贺兰山东麓之所以揽获这么多大奖，除了区位优势之外，产区每个酒庄都保留着自身的特点，年轻的酿酒师们都有着一股执念，他们没有对西方葡萄酒的酿造流程死记硬背，而是因地制宜地发挥了自己的想象和创新精神。"俞惠明说。

这一点在邓钟翔身上得到了充分的印证。邓钟翔刚到贺兰山东麓葡萄酒产区，参与了一个新的酒庄项目，当时在没有除梗机、筛选台，没有温控设备，只有两个敞口罐的艰苦条件下，邓钟翔几乎是在用空手酿酒。越艰难的条件越容易激发人的想象，邓钟翔受到当年米歇尔·罗兰在黑教皇堡酿酒故事的启发，建议采用人工除梗粒选来提升酒质。庄主连夜找来 60 多个工人，24 小时连轴转纯手工为葡萄除梗，以此保留葡萄最佳的新鲜度和果香。后来，这个年份的酒在宁夏贺兰山东麓国际葡萄酒博览会上斩获了金奖。

"破碎发酵还是整粒发酵？冷浸渍多少天？后浸渍多少天？在不锈钢罐内发酵还是在橡木桶内发酵？用放血法还是用压榨法？什么时候中断发酵？中断多长时间？每个酿酒师都用自己对葡萄独到的理解和工艺去掌控。"邓钟翔说，优质的酿酒葡萄遇上优秀的酿酒师，酿就了品质上乘、精彩各异的酒庄酒，再把悠久的中华传统文化融入到酒里，酒就有了魅力，有了灵魂。

亮眼荣誉

■ 2011 年，贺兰晴雪酒庄"加贝兰"夺得全球最具声望的品醇客世界葡萄酒大赛金奖，为中国葡萄酒拿下第一个国际大奖；

■ 2019 年，第 26 届比利时布鲁塞尔国际葡萄酒大奖赛在瑞士举办，宁夏斩获 3 枚大金奖；

■ 在刚刚结束的第 27 届比利时布鲁塞尔国际葡萄酒大奖赛中，西夏王葡萄酒获得三金一银的佳绩……

■ 目前宁夏贺兰山东麓产区葡萄酒已出口法国、德国、比利时等 20 多个国家和地区，在国际各类重要赛事上获得大奖 1000 多项，成为宁夏亮丽的"紫色名片"。

紫色之源：聚集能量　叫响品牌

■ 闫　茜

20世纪80年代，贺兰山东麓葡萄酒产区曾是一片荒滩、一片沙坑。弹指之间，曾经"养在深闺人未识"的贺兰山东麓葡萄酒产区，如今已成了世界葡萄酒舞台的主角和中心。

贺兰山下，翠绿的葡萄长廊，处处洋溢着丰收的喜悦，弥漫着馥郁的酒香。你无法想象，脚下这片生机盎然的土地曾是一片不毛之地。更值得期待的是，假以时日，这里将会成为闻名遐迩的"葡萄酒之都，葡萄酒之源"。

A 宁夏葡萄酒产业重新起航

2003年，对于贺兰山东麓葡萄酒产业来说是非比寻常的一年，之前的盲目扩张和霜冻打击，使宁夏葡萄酒产业跌入谷底。据时任自治区葡萄产业协会会长的容健回忆，当时葡萄的收购价格从每公斤3元钱顶端直线下滑，受到重创的农民又开始"重操旧业"，种起了黄豆、玉米等地产作物。

短时间的"伤筋动骨"，给政府和企业家一个反思的机会。在学习国内外葡萄酒产业发展经验的基础上，宁夏葡萄酒产业重新起航，然而，面对国外的进口葡萄酒以及国内老牌酒厂的双重竞争压力，眼下如何重振宁夏葡萄酒产业，选择什么样的道路等，都需要认真审视。容健介绍，探索差异化战略，发展特色酒庄，保持产业和品牌的独特性，成了推动宁夏葡萄酒产业发展的唯一出路。

2005年，宁夏第一座名副其实的酒庄"贺兰晴雪"诞生了，随后贺兰山脚下形成了一条百余公里葡萄长廊。

"什么是酒庄酒？就像是家里母亲做的那碗手擀面，用的是我们自己地里种的小麦、自己榨的辣椒油，最后由母亲亲手做出来的那碗手擀面，这也是一种多元化、个性化、特色化、不可复制性的价值观体现。"容健介绍。

酒庄集群式"抱团"发展，为创业者们带来了无限思路。

米擒酒庄总经理王宏曾走遍中国不少葡萄酒产区，最后在贺兰山东麓葡萄酒产区停下了脚步。"这里给我的第一印象是年轻，充满热情，第二印象是大家都抱着合作共享的心态创业，谁家引进了新技术、有了新想法，会第一时间拿出来共享，而不是闷着头自己干。"王宏告诉记者。

过去，宁夏人为了"入门"葡萄酒产业，少不了去河北昌黎、山东烟台等地"取经"，但近几年，宁夏葡萄酒产业发展飞快，来自这些产区的技术人员和专家陆续来到银川了解葡萄栽培的先进技术，学习该酒庄的建设经验以及管理方法。容健告诉记者，这样的改变，离不开贺兰山东麓产区多年来的努力。

B 小葡萄串联起紫色大产业

贺兰山东麓葡萄酒产区之所以崛起，与政府的高度重视、大力支持有着密切的联系。2010 年底，在全国经济转型升级的大战略中，自治区提出用"一优三高"的理念把贺兰山东麓葡萄酒产业做成宁夏经济发展新的增长极，让贺兰山东麓"金字招牌"享誉世界。

2011 年，银川成立了全国首家市级葡萄产业管理机构——银川市葡萄酒产业发展局，对产业的规划、政策、管理、组织审批和实施重大项目等方面进行了指导，开创了产业管理新模式，也架起了政府与酒庄、产区与市场、银川与世界的桥梁。

那时候，在贺兰晴雪酒庄工作了两年的李强，通过考试进入了银川市葡萄酒产业发展局，成为了该单位第一批技术管理人员。工作中，李强热情饱满，从项目选址、土地开发测算、葡萄品种的选择、苗木的培育，包括酒庄的设计、项目方案申报到产业政策的解读分析，都由他自己全程服务。"第一批投资人进来对酒庄的概念还很模糊，我们的工作也非常烦琐，一个车间要设计多高，生产功能区如何布局，设备的间距多大，排水、通风、采光的标准等，都需要从专业的角度去设计。"李强说。

2011 年至 2015 年的 5 年时间里，自治区党委、政府全力推进贺兰山东麓葡萄酒产业，先后出台了《宁夏贺兰山东麓葡萄酒产区保护条例》《关于促进贺兰山东麓葡萄产业及文化长廊发展的意见》《中国（宁夏）贺兰山东麓葡萄产业文化长廊发展总体规划（2011—2020 年）》《贺兰山东麓列级酒庄评定管理办法》及《关于加强贺兰山东麓葡萄酒质量监管品牌保护市场规范的指导意见》等一系列法规政策，为产区发展提供了政策支撑和法律保障。

在政府的支持组织下，贺兰山东麓葡萄酒产区先后举办了贺兰山东麓葡萄酒节、国际葡萄与葡萄酒组织学术会议、贺兰山东麓国际葡萄酒博览会、中法葡萄酒技术设备展、世界酿酒师贺兰山东麓邀请赛等活动，引来八方宾客，聚国内外人才，共同提升宁夏葡萄产业发展水平，推动宁夏葡萄酒走向世界。

2016 年 1 月 17 日，自治区政府正式颁布了《宁夏贺兰山东麓葡萄酒产区列级酒庄评定管理办法》（以下简称《办法》）。《办法》规定了参加列级酒庄评定的酒庄应当具备的 10 项条件，其中包括参评酒庄须葡萄种植与酒庄一体化经营，葡萄酒发酵、陈酿、灌装、瓶储等过程均在酒庄内完成；酒庄主体建筑具有特色和鲜明的地域特点，并有旅游休闲功能；酒庄原料全部来源于自有种植基地，葡萄树龄在 5 年以上（含 5 年）；葡萄产量应控制在每亩 500 公斤至 800 公斤，葡萄产量及质量稳定，并具有可追溯性；酒庄酒品质稳定，典型性明显，有稳定的葡萄酒销售渠道及市场，在国内外有一定的品牌影响力等。

　　"《办法》一出，有人质疑贺兰山东麓葡萄酒产区操之过急，但对于该产区来说，这一制度更注重提升产区的整体品质。"李强说道。

C　让生态效益和社会效益并行

　　美国《纽约时报》曾评价：宁夏可以酿造出中国最好的葡萄酒，而唤醒这荒漠般山麓的，不仅仅是葡萄酒，还有生活在这片土地上的勤劳和努力的人们。除了一批有战略眼光和实干精神的政府人员，贺兰山东麓葡萄酒产区的崛起，也在很大程度上得益于吸引和聚集了一大批有能力、有情怀、有耐心的企业家和创业者。

　　金秋十月，位于贺兰山东麓的志辉源石酒庄分外迷人，从高处俯瞰，大地好似铺上了一层金灿灿的地毯。然而在 20 世纪，这里还是飞沙走石、人烟稀少的荒芜之地，矿区开采过后留下的砂坑满目疮痍。

　　宁夏志辉源石酒庄庄主袁园告诉记者，2002 年至 2008 年，其父袁辉挥汗贺兰山下，在废弃的砂石矿区上，凭着一腔热情种果树、种蔬菜，致力于荒山整治及生态再造。2009 年，听说宁夏打造贺兰山东麓百万亩葡萄长廊的消息时，袁辉看到了曙光。

　　目前，该酒庄已建成生态林 15000 亩，治理采砂矿区 4300 亩，种植各类树木 300 余万株，游客和网上葡萄酒订单大增，一度让志辉源石酒庄成了网红打卡地，生态环境治理与恢复，让袁辉尝到了甜头。

　　看准贺兰山东麓这块宝地的企业家并不少。2007 年，乘着闽宁协作的春风，陈德启作为闽商代表到宁夏考察，原计划投资房地产，谁知道一眼看中的却是贺兰山东麓的一片不毛之地。然而，想要把戈壁变绿地，谈何容易。"想种出葡萄，就得先造林固沙。"此后数年，陈德启住进彩钢房，开始了浩大的造林工程，这一种就是500万棵杨树，投入近3亿元。葡萄还没种，基地已拿下了"全国绿化模范单位"称号。

今天，站在10万亩有机葡萄生态园中间环顾四周，郁郁葱葱，500万棵杨树高大挺拔，护卫着葡萄园。更重要的是，庄园种出的葡萄酿出的葡萄酒获得了业界认可。帕耳国际有机葡萄酒大赛2金3银，3届布鲁塞尔国际葡萄酒大奖1金2银……这些年，陈德启拿到的富有含金量的国际大奖不胜枚举，这也让他和他的"贺兰神"品牌走向世界。

银川市葡萄酒产业发展服务中心主任闫树革介绍，近年来，银川市葡萄酒产业的发展使贺兰山东麓的"砂砾滩"变成了"新绿洲"，酒庄防护林建设更是大幅度提高了森林覆盖率，增加了贺兰山东麓蓄洪滞洪的能力，提升了贺兰山生态屏障功能，让生态效益和社会效益并行。

数读：

计划到2022年，全市酿酒葡萄种植基地总面积达到30万亩左右（含宁夏农垦），年产葡萄酒7万吨（9300万瓶），葡萄酒销售产值达到93亿元。

力争到2025年，全市酿酒葡萄种植基地总面积达到50万亩左右（含宁夏农垦），葡萄酒销售产值达到147亿元。

产业规划：

葡萄酒产业关系着发展、关乎着生态、关联着文化，是典型的"第六产业"。根据规划，宁夏贺兰山东麓葡萄酒产区将进一步推进跨界深度融合，以葡萄酒产业为核心，拓展葡萄酒＋教育、文旅、体育、康养、休闲、生态等新业态新模式，将葡萄酒产业打造成多产业融合、高综合产值的复合产业。

紫色之园：酒香园美 相得益彰

■ 鲍淑玲

作为全球知名、中国最优的葡萄酒产地，近年来宁夏大力推进葡萄酒产业与文化旅游产业融合发展，贺兰山东麓众多葡萄酒庄吸引着游客慕名而来欣赏美景，同时了解酿酒葡萄种植、葡萄酒酿造工艺和葡萄酒文化，品尝选购高端葡萄酒，年接待游客 60 万人次以上，酒庄游已成为宁夏全域旅游不可或缺的元素。

贺兰山下，一座座酒庄设计独具匠心，建筑各具特色，园林风光无限，更有甘醇美酒留客，正所谓贺兰山下庄园美，酒不醉人人自醉。

感知：美酒庄园的综合魅力

作为一名葡萄酒爱好者，一旦闯入这个领域，你就会被风格各异的葡萄酒酒庄所吸引。近日记者走访了本土一些特色酒庄，品尝了具有宁夏风土特色的葡萄酒，带您感受贺兰山东麓美酒长廊的独特魅力。

"这里分布着赤霞珠、霞多丽、丹菲特等几十个葡萄品种，近几年在国内外大赛上引人注目的长城天赋葡萄酒都来自这片葡萄园。"中粮集团长城天赋葡萄酒酒庄酿酒师指着一个葡萄园说，贺兰山下复杂的微气候、多变的土层结构和未受污染的土壤，让长城天赋酒庄的酒拥有了丰富的口感与自然的香气。

"关于酒庄的风土秘密，我们一直在探索。比如我们以混酿的方式，把在长城天赋酒庄表现优异的品种——丹菲特的柔和单宁与赤霞珠的浓郁强劲结合，将'甘润平衡'的酒体风格诠释得淋漓尽致。"长城天赋酒庄负责人表示，"作为甘润平衡性葡萄酒的代表，我们正在规划设计旅游参观线路，未来将通过'旅游 +'的模式，依托贺兰山万亩洪积扇独特风貌，打造出更多独具特色的精品旅游线路，让更多消费者记住酒庄游的独特魅力。"

位于西夏风情园旅游景区的米擒酒庄绿树掩映，曲径通幽。这是一家西夏建筑风格的精品旅游型葡萄酒庄，地处宁夏贺兰山东麓葡萄产区的核心地带。

在酒庄的葡萄酒品鉴大厅，各式各样精致的葡萄酒令人目不暇接，供前来游玩的游客品鉴。对于游客而言，一边听专业酿酒师介绍酒的特色、侍酒温度以及搭配的食物，一边可以畅饮葡萄酒，是一种不可多得的旅游体验。这里现在主要打造"旅游 +"销售模式，以精准服务为主，提供度假休闲、小型年会场所，让人们享受雅致空间里的别样情趣。

贺兰晴雪酒庄创建于 2005 年，经过 10 多年的努力，昔日的不毛之地已经变成了一个硕果累累、鸟语花香的精品示范酒庄，目前种植优质酿酒葡萄 350 亩。酒庄的名字，源于古代宁夏八景之首的"贺兰晴雪"。酒庄葡萄酒的酿造尊重自然，恪守"好的葡萄酒是种出来的"理念，经橡木桶陈酿和窖藏，葡萄酒呈深宝石红色，果香浓郁，高贵雅致，口感均衡，香气持久。

永宁县闽宁镇原隆村立兰酒庄的酿酒葡萄基地是贺兰山东麓最优质小产区的核心地带，占据着贺兰山脚下 150公顷的理想缓坡，充满钙质的砂砾石土壤带给葡萄酒馥郁的果香。立兰酒庄的建立也很富有智慧，在葡萄酒前期的进料环节，旋转的机器会伤害到葡萄的籽和果肉，还会增加氧化作用，这样对葡萄酒的生产是不利的。立兰酒庄因地制宜选址在断坡上，利用上下地势重力自然入料，聪明地解决了这一难题。

葡萄美酒夜光杯，贺兰山下游人醉。如今的银川西线黄金旅游带自然风光优美，再加上集酒庄人文景观游览、休闲度假等多模式于一体，吸引了国内外众多游客前来品酒观光。

酿造：高标准打造优质品牌

酒庄最重要的功能就是酿造葡萄酒。这个过程看似复杂，其实最基础的原理就是通过酵母菌的作用，将葡萄里的糖分转化为酒精。而其他复杂的工艺都是为了获得更稳定的质量，或更好的风味。"由于我们所饮用的葡萄酒有着各种不同的风格类型，所以在工艺上也有所区别。"宁夏葡萄酒协会相关人员介绍，在宁夏产区，葡萄酒最主要的类型就是干红（占全产区的 85% 以上）和干白（约占全产区的 13%），也有一些不同甜度的桃红、起泡酒和冰酒。

宁夏产区的酿酒葡萄都是手工采摘，在进入发酵罐之前需要进行分选和除梗，工人会将品质不佳的果串直接丢弃，然后用除梗机脱去葡萄的果梗。"我们的大部分酒庄对葡萄的品质有更严格的要求，因此还要进行粒选。工人会逐粒选出成熟度高、果粒饱满的葡萄，将不成熟的果实和未清除干净的果梗筛选掉，虽然费时费工，但是对于提高葡萄酒的质量有很大的帮助。"宁夏葡萄酒协会相关人员说。虽然大多数酒庄在酿造干红时，都会把葡萄破碎以后再进行发酵，但也有一些酒庄采用整粒发酵的技术，这取决于酿酒师对葡萄酒风格的把控。无论破碎还是不破碎，经过前处理的葡萄都要投入发酵罐中，但是有观点认为，泵的粗暴转动会吸入空气，让破碎后的葡萄汁液氧化，因此像前文中的立兰酒庄一样，宁夏越来越多的酒庄在修建时就采用"自然重力法"布局，即前处理车间的位置高于酿造车间，这样就可以利用重力将葡萄投入发酵罐。

打卡：酒庄成全新旅游目的地

宁夏葡萄酒的崛起，不是单个酒庄的独立表现，而是整个产区的共同崛起。如今，宁夏贺兰山东麓葡萄酒产区以葡萄园风光、地下酒窖、葡萄酒博物馆等葡萄酒文化为依托的文旅经济发展已步入快车道，从参观旅游到住宿餐饮，葡萄酒主题游的全产业链发展正在悄然兴起，成为全新的旅游打卡地。

走进张裕摩塞尔十五世酒庄，恍若置身一座欧陆皇家城堡。庭廊深远，林木苍劲，巨大的"荣誉巴拿马"汉白玉雕塑喷泉浪花欢涌，似乎在歌颂着葡萄美酒的曼妙，并展示了张裕在第十五届巴拿马万国博览会上夺得金奖的骄人荣誉。酒庄建筑外形是拜占庭式风格，从高空俯瞰更加壮美。酒庄内部，从酿酒到灌装，红酒在一条条按照国际标准制造的自动化生产线上源源不断地诞生，除供应中国市场外，还出口到德国、英国、加拿大、美国、荷兰、法国等 35 个国家，并登上了英国最古老的皇室御用酒商BBR 的永久货架。在张裕公司全球十大酒庄中，这里出产的酒庄酒被定位为最高端。

作为国家 4A 级旅游景区的张裕摩塞尔十五世酒庄，凭借酒庄旅游，每年接待游客超过 8 万人次。"除了常规游客接待，酒庄浪漫风情还成为婚纱拍摄的重要取景地，目前银川婚纱拍摄市场 70% 以上的影楼都会选择来这里取景。"酒庄的工作人员介绍。不仅如此，酒庄优美的内外景环境还吸引了众多剧组来此拍摄，截至目前已经有《莫语者》《百慕迷踪》《大夏宝藏》等多部影视剧前来取景。

宁夏志辉源石酒庄历时 6 年，将各类废弃建筑材料重新利用，打造了一座园林式酒庄。建筑风格从中国传统美学出发，融进了很多中式元素，整体建筑风格上以汉文化为源，吸收汉代的思想精髓，依托贺兰山自然地貌，打造了一座古朴典雅的中式园林。除了拥有葡萄种植基地之外，该酒庄还分布着橡柳、红柳林、海棠等，建筑、园林、水系相互辉映，风光旖旎。

据志辉源石葡萄酒庄相关负责人介绍，酒庄每年不同时期都会推出不同的旅游项目，"春季嘉年华"可来此欣赏海棠花开，"采摘月"可体验葡萄采摘，"自酿节"期间可以自己动手酿造并定制专属酒标的葡萄酒，在各项活动的吸引下，去年接待游客约 10 万人次。

依托特色葡萄产业和高品质酿造葡萄酒产业，宁夏贺兰山东麓葡萄酒庄以葡萄酒为核心，选取特色文化符号注入设计理念，凝聚成一片供游客了解葡萄酒、品尝葡萄酒、挖掘葡萄酒文化的交流阵地，成为葡萄酒爱好者不可错过的打卡胜地。

截至 2020 年年底：

宁夏贺兰山东麓酿酒葡萄种植面积近 50 万亩，占全国 1/4，是全国最大的集中连片种植区。

现有酒庄 211 家，年产葡萄酒 1.3 亿瓶，综合产值达到 261 亿元。

一些酒庄在发展葡萄酒产业的同时，还开发建设运动公园和攀岩馆，带动文化旅游业发展。通过酒庄民宿、生态观光等体验式旅游，贺兰山东麓酒庄年接待游客达 60 万人次，成为宁夏全域旅游的重要组成部分。

紫色之缘：一朝结缘　情牵一生

■ 闫　茜

时间倒退回二三十年前，那时葡萄酒庄主、酿酒师、品酒师在银川还是个陌生的职业。如今，漫步在建筑风格各不相同的葡萄酒庄园里，有着不同面孔、操着不同语言的外国酿酒师带你揭秘来自贺兰山东麓的佳酿，跟随专业的品酒师品尝一杯红酒，听葡萄酒学硕士讲述紫色故事，这些都已经不是什么新鲜事。

从无到有，从摸着石头过河到职业化教育，从人才匮乏到大师云集，从寂寂无名到享誉世界，如今，越来越多的各类葡萄酒人才集聚银川、扎根银川，与贺兰山东麓相伴，与紫色结缘，共同酿造"紫色梦想"。

俞惠明：亲手酿出宁夏第一瓶葡萄酒

37 年前，俞惠明是宁夏玉泉葡萄酒厂的一名普通工人，现在已是西夏王酒业有限公司首席酿造师、总工程师，也是宁夏首位一级品酒师、酿酒师，宁夏首位国家级品酒委员。他陪伴贺兰山东麓葡萄酒产区一起成长，也见证了这里的发展。

万事开头难

1983 年，宁夏农垦局决定筹建宁夏玉泉葡萄酒厂。时值我国葡萄酒产业的发展初期，葡萄酒企业较少，技术也非常落后。要想使酒厂尽快建成并投入生产，必须尽快培养自己的技术人员。当年 8 月，酒厂面向农场职工子弟招收第一批技术工人，100 多人参加考试，最终 8 人被录用，其中就有俞惠明。9 月，俞惠明等 8 人前往位于河北秦皇岛的昌黎葡萄酒厂，开始了为期一年的技术学习。

学成归来后，俞惠明开始带领工人们着手酿造葡萄酒。

当时酒厂的发酵车间还没有建成，摆在俞惠明面前的困难重重。"辅料在市面上很难买到，发酵没有降温条件，葡萄品种混杂，室内温度变化较大，房间没有自来水，下水更没法排放……"俞惠明告诉记者，最后买来 100 多口腌菜的大缸，采用土办法将成熟的酿酒葡萄进行自酿，一切问题都要想尽办法克服。

1985 年 2 月，团队的实验成果通过了自治区科委的鉴定，确定了宁夏地区发展酿酒葡萄的区域和葡萄品种，并正式酿造出第一批 1000 瓶葡萄酒，填补了宁夏的一项空白。3 年后，宁夏玉泉葡萄酒厂通过验收，正式开始生产"贺宏"牌葡萄酒，俞惠明担任配酒班第一任班长。

配酒班另外的七八个工人都是新进厂的，以前都没有接触过葡萄酒，更谈不上调配葡萄酒了。为此，俞惠明承担了很大的责任，不但要手把手地教工人，一些重要的工作还要亲自上手干。从配酒班班长起步，俞惠明先后又担任了技术员、技术科长、生产副厂长等职务。

注定不平凡

20 世纪 90 年代，消费者对葡萄酒接受度不高，市场上的红酒凤毛麟角，且鱼龙混杂、真假难辨，一些真正用葡萄酿酒的企业竟然被市场无情地挤到了停产边缘。与俞惠明一同从秦皇岛学习归来的 8 名同事，后来有 6 名另谋出路，只剩下俞惠明和另一位还在执着地坚持着。

据俞惠明回忆，当时酒厂销路一直没能打开，后来北京某酒厂来了 2 位专家，品过俞惠明酿的酒后，以低价收购了滞销的 10 万吨葡萄酒。签下订单后，对方重新灌瓶贴标，以每瓶 268 元的价格销售，很快被抢购一空。当时月工资只有 60 元左右的俞惠明开始意识到，自己坚持的这条路注定不平凡。

1994 年，国家出台 GB/T 15037 标准，这意味着中国的葡萄酒将接轨国际标准，于是干型葡萄酒崭露头角，正规酒厂也迎来了春天。当时俞惠明被聘为酒厂生产技术副厂长，上任以后，他根据全国葡萄酒的发展形势对酒厂的产品结构进行了调整：减少甜型配置葡萄酒的生产，扩大干型葡萄酒的产出。

1999 年，宁夏西夏王葡萄酒业有限公司在原玉泉葡萄酒厂的基础上注册成立，此时恰逢中国干红葡萄酒的势头迅猛，俞惠明和西夏王共同迎来了高光时刻。"西夏王干红葡萄酒在法国世界名酒博览会上荣获金奖，这是宁夏葡萄酒第一次在国际上荣获大奖。多年来的付出没有白费，对于我来说是极大的鼓舞。"俞惠明说。

近日，在刚刚结束的第 27 届比利时布鲁塞尔国际葡萄酒大奖赛上，西夏王葡萄酒再次获得三金一银的佳绩。俞惠明说，很庆幸自己没有离开这个行业，贺兰山东麓葡萄酒产区的未来必将风光无限，他要继续在这条路上执着向前。

李浩玮：让宁夏美酒香飘更远

在贺兰山东麓葡萄酒产区，聚集了不少从国外学成归来的年轻人才，李浩玮就是其中的一位。李浩玮留学归来回到家乡后发现，在葡萄酒行业中，大多数人都是低着头忙生产，品牌的建设和推广以及品酒的氛围都很薄弱，于是决定换一种身份为家乡服务。

留学之前，对于葡萄酒行业，李浩玮只是个门外汉。刚到法国的时候，他对葡萄酒的理解也不多，只知道这里是全世界葡萄酒最优质的产地。在一次品酒会上，不爱喝葡萄酒的他却在酒会上找到了几款自己非常喜欢的酒，从此便对品酒产生了浓厚的兴趣。

"国外每周都有品酒会，大家坐在一起分享喝酒时的心情和感觉。回到家乡后发现，葡萄酒产区在品酒领域还比较薄弱，所以我决定在银川开始做品酒会。"李浩玮告诉记者，自己模仿了波尔多酒会的形式，每周为酒会定一个主题，比如"宁夏葡萄酒和法国葡萄酒的对比""葡萄酒搭配宁夏的美食"等。

通过开展品酒会，李浩玮发现银川的葡萄酒爱好者非常多。他告诉记者，参加品酒会的人不仅是葡萄酒爱好者，也有专业的葡萄酒酿酒师、酒庄负责人，他们通过品鉴世界各地的名酒，来拓宽自己的思路，提高业务水平。4 年来，李浩玮主持了 600 多场品鉴会，同时，他也带着银川产区的酒，将品鉴会开到外地，让更多人了解贺兰山东麓葡萄酒的高品质。

两年前，李浩玮开设了"兰酒馆"项目，每一期都对产区酒庄的酒做一期解读，也会将大家品鉴这一款酒的感受写下来。"参与品鉴的有国内外的专家、消费者、葡萄酒爱好者，他们对产品的解读都非常中肯。这样做的目的，就是想让外界知道，贺兰山东麓葡萄酒的品质实实在在。"李浩玮告诉记者，未来他不仅要继续做好一个品酒师，还要继续为家乡的葡萄酒开拓市场，为家乡和外部搭建桥梁。

苏龙：这个行业值得奋斗一生

他放弃了上海的光鲜工作，毅然决然回到家乡，为贺兰山东麓产业作贡献；又放弃了"铁饭碗"，沉下心来做酒庄。对于在葡萄酒行业摸爬滚打十多年的苏龙来说，一个个选择，恰恰证明了自己对葡萄酒事业的执着。

虽艰苦，但离梦想更近

苏龙是宁夏隆德人，2008 年，作为西北农林科技大学葡萄与葡萄酒学第一届硕士毕业生，他放弃了上海的工作，想凭借自己的专业为家乡做一番事业。当时宁夏林业产业发展中心正好缺一位从事葡萄酒工作的专业干部，葡萄酒协会的两位老领导举荐了苏龙。

到银川的第一天，单位的领导赵世华来接苏龙，路上赵世华问他是否已经考虑清楚放弃上海的工作。虽然宁夏林业产业发展中心的工作比较稳定，但以他的职级，这里的工资水平难以与上海相提并论。"今后宁夏产区的发展有多壮大，我的平台就有多大。"这是当时苏龙的回答。

2009 年，世界最大的奢侈品品牌 LVMH 集团派专家来贺兰山东麓葡萄酒产区考察，苏龙全程陪同，并帮忙对接葡萄酒企业和酒庄。一年后考察结束，一份长达几百页的考察报告上交，LVMH 集团确定了在银川的项目，并对苏龙抛来了橄榄枝。

"研究生毕业的时候与同学谈理想，梦想自己能酿一款世界级的葡萄酒、建一座世界级的酒庄，这个时候我意识到我离梦想越来越近了。"苏龙说道。

2011 年 5 月，酩悦轩尼诗夏桐酒庄项目在宁夏正式启动，面对当时还是一片荒滩的酒庄规划地，苏龙和澳大利亚葡萄酒专家托尼开始了"造梦之路"。与此同时，国际大品牌在宁夏投资葡萄酒项目，瞬间在全世界范围内引起了轰动，甚至《华盛顿邮报》《泰晤士报》等也对此做了相关报道。

好时代，我们赶上了

"我们赶上了好时代，2012 年自治区成立了葡萄酒局，对产业的支持在政府层面又上升了一个新高度，一时间贺兰山下的酒庄如雨后春笋般纷纷诞生，酩悦轩尼诗夏桐酒庄也迎来了新的机遇。"苏龙说。从酒庄的选址、建设，到种下第一棵苗，苏龙都全程参与。酒庄的建筑风格集现代化和本土化于一身，他想把这里打造成贺兰山东麓一道亮丽的风景线。

为了防范贺兰山的洪水侵袭，酒庄没有规划地窖，而是将所有车间都设在地面，然后在上方覆盖重达三四百吨的土层，用以隔绝高温。酒庄有一面灰色的外墙，波浪形的墙体上竖立着许多柱桩，这是酒庄参照宁夏的葡萄园冬季埋土后的样子设计的，从另一个角度体现了这一国际化的公司对于本地风土的尊重。

2013 年，苏龙邀请中国第一位世界级葡萄酒大师赵凤仪前来酩悦轩尼诗夏桐酒庄参观品鉴。参观结束后，赵凤仪当即给国际葡萄酒界"大师级的大师"杰西斯·罗宾逊写了一封邮件，盛赞酩悦轩尼诗夏桐酒庄。在种植和酿造方面，苏龙更加注重精益求精，早在 2013 年，他就对酒庄的机械化、智能化进行了提前布局。

"酒庄建成当年，我们的一款起泡酒就在世界最权威的英国伦敦香槟及起泡葡萄酒大赛中从 3000 多款酒中脱颖而出获得了大奖。这是酒庄的荣耀，也是我的荣耀。对于我来说，葡萄酒行业是值得奋斗一生的事业。"

紫色之愿：串串葡萄　托起梦想

■ 闫　茜

贺兰山东麓葡萄酒产业的发展，带动了生态建设，也带动文化旅游、包装物流、电商等相关产业的发展，更有力地带动了周边农民增收致富。

未来，葡萄酒产业将坚持高端化引领、规模化种植、标准化酿造、系列化生产、品牌化经营，着力推进葡萄园扩规提质、技术创新、产区品牌推广、企业市场开拓、文化旅游提升、产业链完善六大产业环节，力争在种植面积、产量产值、销量以及旅游销售方面都有一个更大的提升。贺兰山东麓葡萄酒产业，愿景可期。

美好生活渐渐展开

38 岁的刘莉是立兰酒庄车间主管兼酿酒助理，也是永宁县闽宁镇原隆村的一名村民。刘莉自己也没想到，自己能从一名深山留守妇女，变成如今月收入 5000 元的酒庄管理人员，一切就像做梦一样。

没搬迁前，刘莉家里的收入全靠丈夫打零工所得，刘莉负责照顾孩子以及在家种地，家中的经济情况很差，常常是吃饱饭都很勉强。2016 年，刘莉一家从固原市隆德县搬迁到闽宁镇原隆村。

"过去，一家 4 口挤在不到 15 平方米的土房子里，老公去银川或者内蒙古的建筑工地打工，我就守着家里那几亩地和两个孩子过日子。村里给搬迁户准备的是一家一户的小院，我家的房子加上院子总共有 260 平方米，比原来那间 15 平方米的小土房不知大了多少。"她告诉记者，从此以后，一家 4 口住上了大房子，喝上了自来水，笔直的马路通到家门口，好日子在向自己招手。

也正是这次搬迁，让刘莉有了打工的机会——在建筑工地做保洁、到酒庄除草，最后成为一名"白领"。现在，在孩子们心中，刘莉是他们的榜样和骄傲。"现在我有了生活的目标，希望家里越来越富裕，我也能够靠自己的双手，酿造出更高质量的红酒，成为企业的骨干。"她说道。

立兰酒庄负责人邵青松告诉记者，酒庄里96%的用工都来自附近的移民村移民，他们通过双手过上了好日子。在贺兰山东麓葡萄酒产区，注重发展的同时，积极响应国家以及当地政府的号召，全力开展产业扶贫、技术培训扶贫、就业扶贫等扶贫工作的企业不在少数，他们通过葡萄酒产业的发展带动了当地生态移民就业。

在西夏区昊苑村，葡萄酒产业的发展，让不少年轻人结束了在外漂泊的打工日子，在家门口也获得了一份可观的收入。5岁的李科跟随父母从陕西移民到昊苑村，在李科的记忆里，刚搬来时的昊苑村到处都是土路，周围环境也不好，农民主要种植玉米、西瓜，没有人种葡萄。2016年，他入职志辉源石酒庄，从司机做起，一点点学习与葡萄酒有关的知识，如今已是志辉源石酒庄市场部的一名员工。同时，李科家里的土地也流转给村子里的酒庄，一家人都能够腾出手来打一份工，赚两份工资。

据了解，目前，昊苑村种植着1.5万亩酿酒葡萄，拥有17座酒庄，全村60%左右的劳动力都从事着与葡萄酒产业相关的工作，而他们每年依靠葡萄酒产业平均收入4万—5万元。

美好愿景正在实现

据了解，截至目前，宁夏贺兰山东麓葡萄酒产业每年为周边农户提供就业岗位12万个，工资性收入约9亿元，当地农民收入中的1/3来自葡萄酒产业，有力地带动了农民增收致富；酿酒葡萄种植将贺兰山东麓35万亩荒地变成了绿洲，酒庄绿化及防护林建设大幅度提高了产区森林覆盖率，葡萄园"浅沟种植"成为贺兰山东麓最大的洪水拦蓄工程，减少了水土流失，成为贺兰山东麓亮丽的风景线和银川市的生态屏障；葡萄酒产业既带动了生态建设，也带动了文化旅游、包装物流、电商等相关产业发展，酒庄年接待游客 60 万人次以上，成为宁夏全域旅游不可或缺的元素……

银川市葡萄酒产业服务发展中心主任闫树革介绍，今年 6 月习近平总书记视察宁夏时明确指出"宁夏要把发展葡萄酒产业同加强黄河滩区治理、加强生态恢复结合起来，提高技术水平，增加文化内涵，加强宣传推介，打造自己的知名品牌，提高附加值和综合效益"，下一步，银川将坚持高端化引领、规模化种植、标准化酿造、系列化生产、品牌化经营。重点推进葡萄园扩规提质、技术创新、产区品牌推广、企业市场开拓、文化旅游提升、产业链完善六大产业环节。

到 2022 年，全市酿酒葡萄种植基地总面积达到 30 万亩左右（含宁夏农垦），年产葡萄酒 7 万吨（9300 万瓶），葡萄酒销售产值达到 93 亿元，年接待葡萄酒旅游人数达 65 万人次。力争到 2025 年，全市酿酒葡萄种植基地总面积达到 50 万亩左右（含宁夏农垦），年产葡萄酒 11 万吨（1.4 亿瓶），葡萄酒销售产值达到 147 亿元，年接待葡萄酒旅游人数达 100 万人次，葡萄酒＋旅游文化等深度融合。

用文化和故事为宁夏葡萄酒赋值

■ 刘沛昊

　　文化其实就是一种生活方式，端午节吃粽子、中秋节吃月饼，这些传统文化除了情感上的延续，也具象成了人们的生活习惯，而流传千年的各色美酒，也有着自成一派的文化体系。宁夏贺兰山东麓葡萄酒享誉业内，但想要获得大众的信赖，还需被赋予更多的文化和内涵，以丰富的故事满足各类消费场景，才能赋予宁夏葡萄酒更高的价值和潜力。

　　中国的葡萄酒历史很久远，早在西汉时期，它们就千里迢迢抵达长安，但在漫长的历史中并没有形成特有的文化。作为一种舶来品，葡萄酒文化体系源于欧洲大陆，尽管最初没有与啤酒匹敌的流传度和地位，但随着葡萄酒的内涵意义逐渐丰富，逐渐成为上流社会的象征和代表。

　　有人说，品葡萄酒是一门艺术，任何其他饮品都难以创造出如此复杂的礼仪规范。西方人品葡萄酒，举起酒杯观赏美酒饱满的色泽，轻轻晃动酒杯使得酒香散溢，鼻子嗅一嗅，然后开始品尝，这样的举动看起来很有品位。随着葡萄酒进入大众消费时代，在大多数人眼中，葡萄酒与其他酒无异。

　　近年来，国内的葡萄酒产业发展得很快，但中国的葡萄酒喝的是什么，恐怕少有人能回答这个问题，因为大多数消费者对葡萄酒文化的认知有限。以传统的酒文化去定义葡萄酒显然不合时宜，而剥离葡萄酒本身的内涵和故事，它的独特之处与文化价值更难以体现。

更为重要的是，离开了文化加持，葡萄酒产业更与市场格格不入。定价便宜会被认为是劣质酒，定价过高又会让很多人望而却步，近百万元一支的罗曼尼康帝有人买账，10多万元一瓶的拉菲也有人愿意消费，但一款国产红酒卖几百元，就有人要问一句：凭什么？

事实上，葡萄酒的鉴定中，除了酒本身的品质，嗅觉和味觉中掺杂了太多人文情感和后天因素，因此几乎很难标准化，而丰满精彩的故事，是赋予一件事物仪式感的方式。一个好的故事往往能绕过固有的思维逻辑，影响人们的最终判断。

历经千年传承的欧洲葡萄酒，无论一个古老的酒庄还是一个优秀的品酒师，他们本身就是一堆故事的载体。国外的红酒备受青睐，也并非一句"外来的和尚好念经"能诠释，文化赋予它们的力量至关重要。所以说，一支好酒、一个品牌，需要一个精彩的故事，也离不开独具特色的文化标签。

今天，一大批有理想的酿酒师在贺兰山东麓辛苦耕耘，他们的作品也受到了国内外业界的高度赞许，获得的荣誉更是不胜枚举。宁夏的葡萄酒品质媲美波尔多地区，这是业界公认的，但如何让大众消费者信赖，关键还在于文化和故事，只有让大家感受到宁夏葡萄酒与众不同的文化，国产葡萄酒才能被重新审视。

当宁夏的葡萄酒被赋予特定的内涵和故事，能够充分满足各类消费场景，并逐渐演变成大众的一种生活方式，它的价值才能被进一步认可，整个葡萄酒产业的发展才能更具潜力。